七十歲學吹鼓手

詹建侯 著

博客思出版社

夢中舊事時時笑
字裡行間詩詞斜
嬉怒笑罵
帶點麻辣
晚年隨筆
想到就寫

蔡建侯寫

作者簡介

崔建侯，山東省莒縣人，民國十六年三月二日生，常用筆名：念莒、莒人、山佳仔等投稿。

民國三十七年底由青島乘「中興輪」經上海再轉乘最後一班「太平輪」來台，寄居親戚家。翌年，考取警察學校「臨訓班」，兩個星期的講習後即派北市任職警員。

四十九年司法官檢定考試及格（鑿井九軔，未能及泉，廢井也。）

五十二年警察人員委任級升等考試及格評定優等。

六十二年警察行政人員特考乙等考試及格。

六十五年退休後，嘗試寫作，用多個筆名投稿各報副刊、雜誌。

曾任《古城陽》季刊雜誌社編輯、總編輯。

51年5月20日 水上結婚照

初為保母時

崔太太「代工」，正以藤心編製輕巧藝術品。

製成的藤具樣本，估價後交由工廠轉寄日本。

我家的「紅色中華」：老牛破車度餘年

山東省莒縣縣立中學1943-1944年級同學會留影：來自全國各個角落，遠的如台灣(中排右起一、二人)、新疆等地的五十幾位同學合影於浮來山上有三千年樹齡的銀杏樹下。

前排左起第四人副縣長、第五人筆者、第六人縣長李鴻翔

又和四十八年前的小姑娘站在一起了　座談會之一角，前排左起第二人為筆者

同學會時贈文：「羈鳥戀舊林，池魚思故淵」

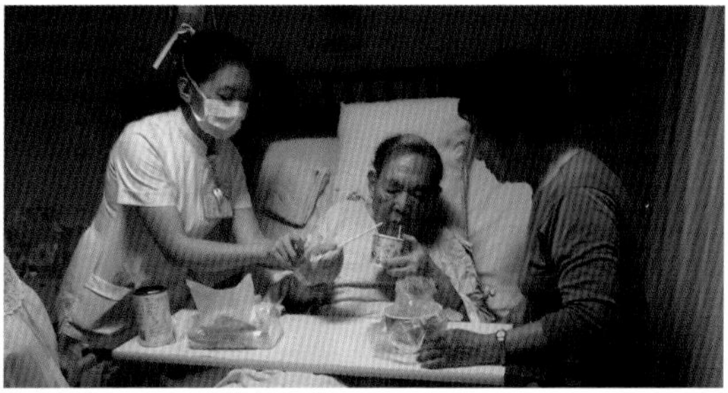

加護病房裡的
老「古水」

我與古城陽

獎狀

崔建侯君參加一九九七資訊爺爺資訊奶奶選拔活動其以銀髮之年學習資訊新知精神可佩特頒此狀以資鼓勵

指導單位：台灣省政府社會處
台北市政府社會局
高雄市政府社會局

主辦單位：財團法人資訊工業策進會

中華民國八十六年十月十七日

獎狀:資訊爺爺資訊奶奶選拔活動

辨識率不佳的「手寫輸入法」

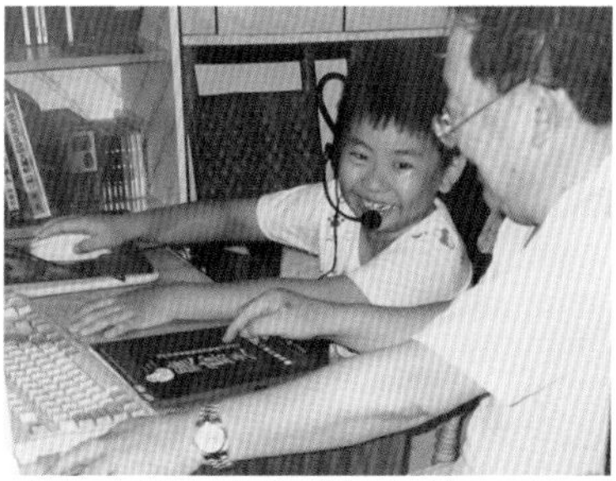

驢唇不對馬嘴的「語音輸入法」

攝於100年父親節，左下起第
二、三人為筆者夫婦

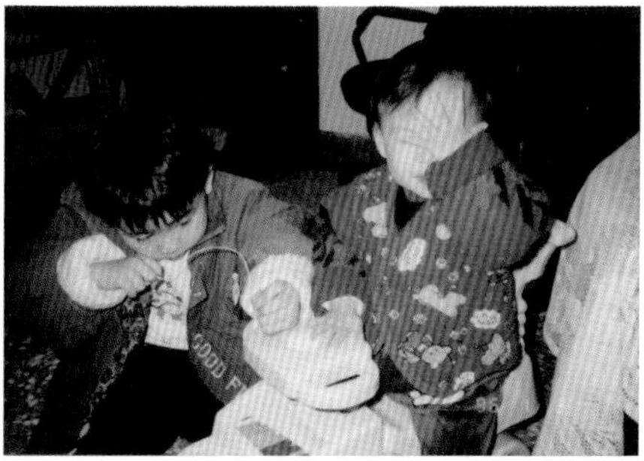

鄉土卡拉ＯＫ

自序

平生最大的憾事，就是沒有像在台灣的小朋友那般幸運，可以按部就班地完成完整的教育。只因生於戰亂，那個年代的「富有」，是一種「罪過」。何不幸？我正出生在這樣的家庭中，不能與同年齡的兒童玩耍在一起，因為我是匪徒覬覦的對象，若有活動，身後總有幾個暗藏短槍的大人追隨其後，是那樣地不自在！躲土匪、躲「鬼子」，寢食不安！居無寧日！今天在這裡讀一段時日，明天又不知道要去哪裡？十幾歲時，就被父親送到離家三百餘里之遙的青島市，寄居在親戚家。讀到四年級，就跳到「東文書院」，在那兒，除日文外，其他功課都跟不上。實在太想家了，等家鄉稍有平靜，藉著回鄉省親的理由回家後，再也不想回到青島了。於是，回到縣城再回頭從小學五年級讀起，並完成小學畢業。之後，在縣立中學讀了不到三個月，學校又在隆隆的砲聲中解散了！

再去青島，是以難民身分跑去的，家中傳來的都是鬥爭得死去活來的壞消息，經濟來源被切斷，於是進入了流亡學校，開始了流浪生涯。我常對我的孩子說：「爸爸的最高學歷是國民小學第一名畢業的」。其餘的都是東鱗西爪，根本談不上正經地讀書。

到了台灣，想再求學，已是癡人說夢了。為了填飽肚子，最實際的辦法就是找個餬口的工作。翌年五月，考取了警察學校的「臨訓班」，其招考對象本來是先前曾當過警察的，短期講習後即可派為警員。我沒有當過一天警察，也去報名，也被錄取了。有了工作後，工作之餘就看書自修，還「未學吹鼓手」（即七十歲）之前，已嘗試投稿，如早期警察學校的「樹人」、「親民」、「警民導報」、「警光雜誌」，退休後的「退警之聲」、「警友之聲」以及各報章雜誌等。後來有了「電腦」的出現，激起我的學習雄心。文中有篇「七十歲學吹鼓手」的短文，描述學習過程，發表於85年95期警聲月刊，想不到十幾年後即2012年4月8日為某報副刊所「借用」，雖未知會該月刊雜誌及作者本人，我不以為意，反有種拙作被肯定的快慰。於是就以「七十歲學吹鼓手」為書名。

出書，是受到三個兒女的鼓勵、支持與從旁協助；這些都該給予謝謝。凡是文末沒有註明刊於何處者，多為「退稿」或「用詞尖銳」，自認難覓「園地」，不曾寄出者，也收錄書內，以充篇幅。因為是想到就寫的隨筆，既不連貫，也就不同於實用書籍般的具有系統性，只是零零碎碎雜湊起來。至於刊出年、月、日的先後，雖有排列，或仍有誤，雖是無關緊要的末節，仍請讀者見諒、教正。謹此致謝！

鄉賢仲儒先生勉勵信

建侯鄉長台鑒：

傾奉大作拜讀之下，至為敬佩，生命於世豈當留有鴻跡，但不是事業的財富，《古城陽》第是鄉親們，史跡留痕，至今唯有徐敬親鄉長之德配王宇箴女士，委託《古城陽》發行①號叢書，至今尚未出現②號，鄉長之大作，係因完全自立，內涵豐盛，唯整修文美化，其實條件具備，以此為藍本，加以規劃正式成為單行本刊，此書仍千秋文物，不可草率行事，《古城陽》主旨為服務兩岸文化事項，有必要當做〻力襄助，謹此建言參考。

此頌

吉祥

鄉末
一水仲儒 拜上
九三年五月廿九日

目錄

第三部　七十歲學吹鼓手……150

第四部　生活點滴……186

糊里糊塗來了台灣

民國三十七年底的青島市已在風雨飄搖之中了，家中傳來的都是鬥爭得死去活來的壞消息。我就讀的流亡學校，謠言四起，老師無心教書，學生無心上課，但見操場上，三、五一堆，議論紛紛，所談論的無非是「聽說快要打進來了！」、「如何設法離開這裡是為當務之急！」的話題。我是在這樣的情形下，也弄了一張黑市船票，跟著嘈雜的人群，先擠上開往上海的中興號輪船。之後，等待機會再想辦法轉往台灣。

當貨輪升起濃濃輕煙，一聲長鳴之後，便拖著一條長長的尾巴，緩緩地駛過前海灣，岸上「市府大摟」的巨大建築，「觀象山」上的高聳塔台，漸漸變小、變沒了。啊！美麗的青島市，美麗的印著我無數腳印的前海灘，將永遠從我的身後消失了。我開始流淚了！我開始後悔了！身無長物、孑然一身的我，茫茫然，既沒有一定的目的，也沒有一點點打算，只為了離開而離開。

伴我同行的是長我三、四歲、親戚的朋友的兒子徐錫信兄。他與我就大大地不同了，除了腰纏萬貫，大包小包的行李外，最大的不同是：他的家人已在台灣安頓好了，他是家族中最後一個撤離的人。此去台灣，找到家人，便可以按計劃做他喜歡做的事——升學或就業。

而我……

錫信兄吩咐我看好甲板上的行李不要走開，便一頭鑽進了船艙。過了很長的一段時間，他滿頭大汗地鑽了出來對著我抱怨：「太亂！太擠！太吵了！再也找不到容身之處啦！」

「那怎麼辦？」我焦急地問。

「只好在這裡湊合了。」錫信兄指著甲板上他的一堆行李。

「別開玩笑了！」我冷冷地回了一句。

他把橫七豎八的行李重新排放一下，拉著我坐了下去。

「喂！我知道你沒有坐過船，尤其像這種類似逃難船，何必一定要擠在空氣污濁的船艙裡。在這裡多清靜，空氣又好，還可以飽覽海上風光……」他絮絮地往下說。

我才懶得聽，早把他的話當作了耳際的海風。說什麼「清靜」、「風光」、「多詩意」呀！呸！海天一色，一望無際，單純地教人無法忍受啦！我們擠不進艙裡去，就該認命；但是，我難以忍受的是他那言不由衷的怪調調。

「你是吃不到葡萄，硬說葡萄酸。」我沒好氣的說。

「話也不能這麼講。」他輕輕應了聲。

之後，我們一直沉默著。我偷偷瞄了他一眼，還好，不像生氣的樣子，倒像是沉思什麼。

「你會游泳嗎？」他半天突然冒出一句。

「當然會啦！」換個輕鬆話題也好。於是，我抓住機會，誇大其詞地說：「每年暑假，只要天氣好，我們幾個愛好游泳的同學，總是三、五相約，跑去匯泉海水浴場，游個夠，瘋個夠，在風平浪靜的時候，我們會游到很遠很遠的深海裡，遠到岸上的人看不到我們⋯⋯」。他靜靜地，表示很感興趣地聽著，這回喋喋不休的是我啦！

「那更好啦！」他一拍大腿：「塞翁失馬，焉知非福？」

「什麼意思？」我要他解釋。

於是，他清了清喉嚨，正襟危坐，講了起來：

「青島至上海的航程至少也有XX浬，以現在的正常速度，鼓浪前進，大概也要三天兩夜吧⋯⋯」

「⋯⋯這艘商船看起來很大，可是把它放在這浩瀚的大海裡，就等於滄海之一粟，渺小得很哪⋯⋯！」

「⋯⋯天有不測風雲！」

「別瞎扯啦！」我插嘴。

「假如說⋯⋯」他乾咳了兩聲：

「⋯⋯萬一⋯⋯航至中途，天雲變色，風浪大作，或是機械故障、撞船、觸礁等什麼的，來一個…」他把一隻手掌心朝上的右臂伸向我，然後，慢慢地再把手掌翻轉朝下。我楞楞地聽著、看著，心中有點發毛啦！我跳起身來，幾近咆哮地叫著：

「你能不能說點好聽的嗎？」

「…老弟，先別發火，人世間事，誰能料到？」

「閉上你的烏鴉嘴，我們是坐船呀！瘋言瘋語，什麼玩藝兒！」我雙手掩耳，跺著腳說。

「你不能不聽，有道是『朝聞道，夕死可矣』。『福』之一字即將臨頭啦！你怎能不聽…」

「…萬一…」又來了！

看著我兩隻餘怒未消的眼睛正瞪著他，他把伸出一半的右手掌還沒等翻轉朝下，就又縮了回去…頓了一下…

「…我們現在可是居於全船最佳位置，進退有據。記得我的話，沉著最重要，不能慌張，早不得，晚不得，選擇最佳時機，就像你從前站在青島前海灣那座伸入海中的棧橋上、縱身一躍、那種優美的姿勢，跳入海中，漂浮著，堅定忍耐，以待救援…」

我緊握雙拳，想的是何時出擊較為恰當。

「…第二天，各地報紙，均以頭條刊出，大報特報，轟動全國；不，是全世界。大意是說：『屬於中國籍某輪船公司的XX號客貨巨輪，載著一批急於逃離即將陷於魔掌的數千人，由青島開往上海途中，行經北緯XX度XX分，東經XX度XX分，突然一聲不明原因的巨響，船身一陣劇烈震動後，隨即陷入一片火海中。因為事出突然，又值深夜，艙內睡夢中的乘客，驚慌失措，亂成一團。據說船公司只顧為了賺錢，無限量地承攬貨物，又無限量地出售船票，導致超載、超重，加上平日管理不善，賴以逃生的太平門，堆滿了行李、雜物，阻斷了逃生之路，都是造成這次海難事故死亡人數最多的原因。當局對此慘劇之發生極為震怒，除命令有關單位即速派出多艘救難船隻馳往出事海面，全力搜救生還者外，並責令有關單位徹查爆炸原因，研究責任歸屬云云…』」「…又據發佈的最新消息，截至發稿為止，只奇蹟似地救起兩位生還者。據其描述，他倆上船後，發現艙內人多擁擠，難以容身，他倆就一直睡在甲板上。半夜裡，睡夢中被一聲巨響震醒；接著，濃煙、烈火，噴出艙外；接著，船身開始傾斜，且在迅速下沉中，他倆是在船身沉沒前的幾秒時分，縱身躍入海中，在冰冷的海水中漂浮了十幾個小時後，才被救援的船隻救起，據說已無生命危險；不過，因漂浮太久，體力消耗幾已殆盡，健康極度惡化，已被送至某地某家醫院接受治療中。至於其他乘客，尚無進一步消息傳來。由於東北季風增強，海象逐漸變壞，生還機會將更渺茫…」

「還有嗎？」我問。

「這個說法，你就再也不會埋怨我們沒有擠進船艙裡啦！這就叫作『塞翁失馬，焉…知…非…福』。」錫信兄聲若游絲，頭一歪，回答我的是如雷鼾聲。

時間分分秒秒地過去了。天未亮，朦朧中聽到甲板上有人在走動的聲音。一夜沒睡好的我，依稀聽到有這樣的對話：

「看！有人睡在這裡耶！」

「人家睡得多甜、多舒服，那像我們，男女老少，鬧哄哄地擠在悶熱、惡臭的統艙裡。」

「不知道你怎麼樣？我可是一夜沒有睡著。」

「我連個躺下的地方都沒有，我是一直坐到天亮的。」

我半睡半醒，聽著聽著，不知何時，左右圍攏了一大堆陌生人，有的佔位子，有的從船艙裡往外拖行李。

「欸！快起來，有人也想像我們一樣在這裡安營紮寨了！」我把一夜鼾聲不斷、仍在作夢的錫信君兄猛搖一陣，並且小聲地告訴他甲板上陌生人的動態。

「德不孤，必有鄰。」他揉著睡眼，把嘴湊近我的耳邊說話。

船到上海，我們隨即買了開往台灣的「太平輪」船票，因為還有一個禮拜的船期要等，身上的錢不多（指我自己），人、地又不熟，我們大部分時間都待在「五洲大旅社」裡。閒來無聊，忽然想起有個遠房堂哥和堂嫂兩年前來到上海。便掏出記事本，隨便翻翻看，果然有他的地址；於是跑去買了張「大上海地圖」，經旅社服務人員的熱心指點，坐了一段電車之後，尋尋覓覓，被我找到了。倆夫婦看到這個因戰亂已有兩、三年不曾見面的堂弟突然出現，又驚又喜，不在話下。席間，彼此就把平日各自所聞家鄉親人的遭遇，相互交換談論著；說到傷心處，三人淚眼相對，唏噓不已。

堂哥知道我要去台灣投靠姐夫時，期期以為不可，他的理由是：姐姐已去世多年了，常言說得好：「有一百年的一家子，沒有一百年的親戚。」此去實是一大冒險。這道理我也懂，問題是：一個人在青島，已和家中父母失去聯絡，經濟來源已切斷。這期間，從家鄉傳來的都是一些親人如何被鬥得死去活來的壞消息。看時局，難望好轉，混亂緊張，日甚一日，賴以為生的流亡學校，吃一頓沒一頓地數日子；同學間，天天謠言四起，個個人心惶惶。我不趁此身邊還有點餘錢作路費，趕快走人，還等什麼?當然，此去台灣，壓根就沒想到投靠任何人，有個姐夫在台灣，想去落落腳倒也是真的。

聽完我的這番陳述之後，堂哥更是勸我打消此意，並保證能在上海替我謀個餬口的工作。我毫不考慮，立刻答應留在上海。

決定不去台灣了，便要做兩件事：一是請堂哥陪我即刻回到「五洲大旅社」，向一路結伴同行的錫信兄說明此意；第二是去船務公司退船票。

我沒有料到，錫信兄聽過我的決定後，先是一陣錯愕、臉色大變！接著，大搖其頭：「不行！不行！你怎可中途變卦?！」

「變卦？」話怎麼可以這麼講？只能算是中途改變行程而已。我告訴他，我去台灣原是一個茫無目的的冒險，於今，在上海有個堂哥、堂嫂照顧，我還有什麼理由非得飄洋過海去一個未知數的台灣呢？

我把他所說的「變卦」理由表白過後，就看出他是陷入兩難之中了。如果不是為了他那堆大包小包的行李，他是不會堅持什麼了。人各有志嘛，那年頭，誰也不能給誰保證什麼。但是，如果我真的「變卦」留下來不走了，那他的麻煩可就大啦！當然，他不好直說要我幫他搬運行李才阻止我「變卦」；那麼，只好繞著圈子來啦。

於是，他搬出了種種理由，一邊說，一邊察言觀色，直到確定那套說詞無法動搖我的「變卦」時，再換另一套；最後，他把在台灣、上海，去留之間，作了個與堂哥全然不同的分析。他壓低了聲音說：

「時局步步逆轉，大勢去矣！上海決非是個久安之地，丟失祇是時間問題。」

當他作這項大膽的分析時，打開房間門，閃開一條縫，不時地探頭出去張望。我們都知道，那個時期，在那個場所談論那種事情，是極不適當的；換言之，是有危險的。像錫信兄，此時能將心中的直覺毫不掩飾地講出來，是要有點勇氣的，起碼對我們哥倆要能有百分之百的信任，尤其面對與他初次晤面的我的堂哥。他的放言高論，雖然說的都是真情實話，卻有「動搖民心士氣」之嫌。他緊張兮兮地講，我倆戰戰兢兢地聽，怕的是隔牆有耳，一個不小心，走漏半點風聲，對我們三人來說，那問題可就不是一點點了。

「…言盡至此，聽不聽在你。」最後他以「今天不去台灣，明天你會後悔」作為總結。

我正陷入猶豫、徬徨之中，去耶？留耶？兩難之際，堂哥突然走向我，輕輕拍著我的肩膀說：「去吧！建侯，照著你原先計畫勇敢地去吧！」

五天之後，在堂哥的祝福聲中，錫信兄和我踏上了開往台灣的最後一艘「太平輪」號輪船。

民國三十七年十二月廿七日，是個細雨霏霏的下午，太平輪停靠基隆（姐夫就住基隆）時，少不得一陣忙亂；忙著比手劃腳與碼頭工人打交道，忙著把大包小包行李搬至火車站，忙著辦理托運手續。當錫信兄坐上開往台北的火車蠕蠕啟動，隔著窗子和我揮手道別時，佇立在月台上的我，像極了一隻落單的孤雁，茫然失措，孤立、無援、恐懼，頓襲心頭，兩行熱淚，奪眶而出。

八十六年七月二十五日《古城陽》季刊十二期

第十四屆文錠獎徵文

我與《古城陽》

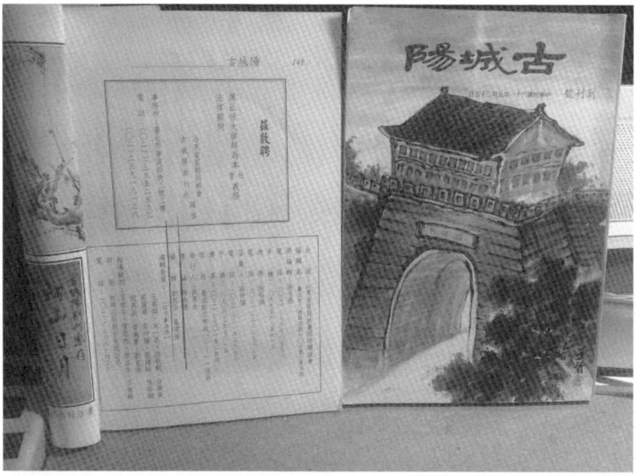

左圖曾被「錯」委為總編輯
右圖為「古陽城」創刊號封面

「話說九州十府一百擔八縣。」這是當我童年時，在老家鄉下，我們一群孩子圍著一位老人家，嚷著請他講述故事時他的一句開場白。這句開場白，一則說明山東省幅員之遼闊，同時也說明了山東省行政區域之劃分。即便在講述故事的當時，這個數字的正確與否，都很難說，遑論歷經多次變革的今天。這不重要，我想當時既有這種說法，當然不會離題太遠，而當年渡海來台的山東同鄉，應該包含了這個概略性的說法：「九州十府一百擔八縣」的人們吧！

我是山東省一百擔八縣中的莒縣籍人。莒縣當時在山東是個大縣，在台灣也還算有名，以莒之為名者多矣，例如莒光小學、莒光樓、莒光號列車、莒光日等等…尤以金門大武山上老總統親題「毋忘在莒」，蒼勁有力的四個大字，大有孤臣孽子，多難興邦的襟懷。更覺身為莒縣籍人為傲。

我莒來台人士究竟有多少人？我手中本有一份名冊，一時之間找不到，記憶中識與不識者超過三百人。

據我所知，散居於各地、在名冊之外者更數倍於此。據鄉賢莊仲儒先生語我，從各個管道先後來台的我縣人士約有兩千人之譜。。

民國八十一年元月，我縣熱心鄉長多人籌資於台北市成立了「山東在台莒縣同鄉聯誼會」，並於同年九月發行縣訊，訂名《古城陽》季刊創刊號，迄至九十四年一月二十五日的第二十七期停刊，歷經十三年。歲月如流，緬懷當年籌組同鄉聯誼會、並規劃出版《古城陽》的熱心鄉賢，幾番歲月更迭，有的回歸道山做了古人，有的纏綿病榻；等待時日，有的移居海外，做了愚公，文章道德，成了絕響，不由人大興哲人已遠的感嘆！更道盡了人事已非的淒涼。

獨樹一幟的《古城陽》成立之初，從刊物的古樸命名看，自有其一定的風格、特色，除旨在聯繫鄉親情誼外，更重要的是在介紹我莒名山大川、典雅文物、歷代賢達、隱人哲士以及奇異特產之園地。她是份嚴謹、嚴肅的刊物，容不得風花雪月、蝴蝶鴛鴦、碰不得的政治評論。

我幼年一度遠離家鄉，即便家中發生重大變故，也都被家人瞞著不敢告知。因此，對家鄉事物所知有限。藉讀《古城陽》，才使我對家鄉的人文事物有了更多的認識。期間，偶而投稿本刊，所言並不盡符合「古」刊旨意，有時也被採用了，說明《古城陽》有多元的趨勢，已具「談古也說今」、「講莒也話台」的包容性了。

「古」刊到了第十三期時，在沒有徵詢我的意向下，出刊時電話通知：即期起「命令」

由我任《古城陽》總編輯。天啊！這是個「有欠考慮」的決定，「編輯是那麼好當的嗎？可以隨便拉個人來『充數』的嗎？」論學識、能力、經驗，無一沾上邊的我，不就是俗話說的「綁著鴨子上架」嗎？我力辭不從。電話那頭：「白紙黑字難更改，你就勉為其難吧。」如此這般，我就當上了《古城陽》季刊的總編輯。幾期之後，因為南北遙隔，又因為是季刊（半年），稿子又不能集中，今天寄來幾份，明天寄來幾份，寄過來再寄過去，有事實上的不方便和困難，加上我又一再請辭，最後總算「恩准」換人了，由吳永德擔任總編輯，我和劉其悟兩人任編輯，從旁協助。這才使我的負擔大量減輕。

巧合的是，我和吳永德、劉其悟三人同是莒縣「模範小學」同班畢業的同學，（我以第一名畢業）同年考取莒中。諾大的莒縣只有一個縣中，競爭之激烈可想而知，而我以第三名考進，羨煞許多人。但之後，讀了不到三個月，就在一個夜裡隆隆的砲聲中解散了。誰也沒有想到，竟有幾位同學各以不同管道不約而同地來到台灣，但彼此都沒有聯絡；更想不到的是大部分同學都穿著同樣的衣服，吃著同樣的飯，幹起同一行業。但誰也不知誰來了台灣，直到四十八年後（即民國八十一年），返鄉參加莒中同學會，從來自台北的吳永德同學口中得知尚有十多位同學也先後來到台灣。真是巧合，更巧合的是我們三人同任《古城陽》的總編輯、編輯，直至第二十七期停刊為止。儘管彼此沒有什麼聯絡，尤其劉其悟同學，僅在嘉義一位同學兒子的宴會上見過一面，寒暄了幾句，不到三分鐘。

這就是我與《古城陽》的一段淵源。當然，這在之後的時日裡，如寫什麼「簡介」時，還可以提上一筆，算是我混充了幾期不稱職的「總編輯」、「編輯」的唯一收穫了。

前排左起第四人副縣長、第五人筆者、第六人縣長李鴻翔

同學會─四十八年後返鄉參加「同學會」紀實

念故鄉

民國八十一年的元月某日，我接到一份從大陸輾轉寄達的「山東省莒縣縣立中學」於八十一年四月二十至二十二日，在縣城招待所召開同學會的通知書。看到裡頭附有包括我在內的相識和似曾相識的一〇二名同學名冊時，激動之餘，多少前塵往事一起湧上心頭，一下子又把我拉回到好久好久以前那幕驚恐難忘的回憶裡。

那是民國三十三年，敵偽控制下的山東省莒縣城，在一個月、日不復記憶的深秋。白天，機關、學校，熙熙攘攘，一如往常，傍晚時分，我和一位鄰居伯伯在我家的城宅門前談天。猛然間，目睹駐守城內的漢奸頭子莫政民，率其大隊偽軍，從我家門前通過；中間還看到有兩個人，一邊一個架著一個人。伯伯眼尖，雖在暮色蒼茫中，仍能一眼就認出，那是個橫行城內的「日本顧問」。

推算時間，彼等剛出城南大門而已，即聞三聲槍響。伯伯輕鬆地對我說：「一定是『顧問』多行不義，被老莫給斃啦！」不過，據之後的一個較為可靠的說法是：那三聲槍響。表示老莫安全出城啦，讓潛伏城外的共軍可以蜂擁而至，快速進城包圍日本鬼子據守的營房的聯絡信號。

接著，天色暗了；接著，槍聲、炮聲大作；接著，硝煙四起，烈焰觸天。我們這才意識到：「老莫投降老八啦！」我們的學校就是在這樣一個沒有預警、沒有來得及宣佈的情形下解散的。

此後，全校兩百五十餘名師生，風流雲散，各走一方，沒有了訊息。我以難民身分第二次跑去青島，並進入了流亡學校，開始了我的流浪生涯。三十七年底流浪到台灣，屈指算算，已有四十八個年頭了。我來台後雖然也還「常常回去」；不過，那都是在午夜夢迴中。醒來，更添

山東省莒縣縣立中學1943-1944年級同學會留影：來自全國各個角落，遠的如台灣（中排右起一、二人）、新疆等地的五十幾位同學合影於浮來山上有三千年樹齡的銀杏樹下。

幾分濃濃的鄉愁。想到這裡，再掂一掂手中的「通知書」，心想著：「時代真的在變，一個縈懷腦際多年，日日夜夜期盼重回故鄉的美夢，即將成真啦。」

當台北的吳姓同學打電話問我要不要去參加時，我毫無猶豫地告訴他：「我會準時報到。」

同學會的前一天下午，我趕到了通知書指定的縣城招待所，那是我離開縣城時還沒有的、一棟占地廣闊、氣魄宏偉的五層樓建築，進得大門，迎面就看到在一間平房門旁貼著大紅紙條寫的「縣中同學報到處」。

報到過後，服務小姐幫著提拿部份行李，並帶路到十餘公尺之遙的招待所大樓。途中，目睹院子裡盡是三三、倆倆遊走的老人；心想：「莫非都是先我而至的同學嗎？」及至接近，彼此凝視，卻不相識，不敢造次招呼，只能彼此含笑點個頭，擦身而過。

參觀劉勰故居：始知劉勰是老鄉，他的文心雕龍在此完成。

我被帶至三〇五號房。為酬謝小姐的服務熱忱，我要她稍等一下。我打開行李包，摸出男女絲襪各一雙相贈，她客客氣氣地在推辭，我開玩笑地告訴她，這雙女用絲襪妳留著自己用，另一雙男襪送給男朋友。她含羞帶笑地收下了，我看出她那高興的樣子，但不曾說聲「謝謝」就一溜煙地跑出房門；我心裡覺得怪怪的。在這幾天之後的幾天裡，在致贈小禮物給過去幾個較要好的老同學時，包括戒指、照相機等（最貴重的應該是那條四錢重的金項鍊），我發現他（她）們對「謝」之一字，都「吝」於出口。為此，我也請教過老同學，他們的說法是：「中國人講的是含蓄，『謝』在心裡口難開，說出口來，不就顯得見外、矯情、虛偽了嗎？」也有道理。這對住在台灣多年的我們，不管大事小事，常把「謝謝」掛在口上的習慣大異其趣。畢竟兩岸隔離太久，不止生活、習慣有了差異，就連說話應對，也大不相同，就如上述列舉為例。其實，這「謝」與否，只能算是諸多差異中的一種，我了解事情後，就不再在意了。

當我躺在床上正想休息時，忽然聽到「崔建侯來啦，住那個房間？」有人指名道姓地在門外嚷嚷。隨著「我就在這裡！」的應答聲，房門霍地一聲推開了。一下子湧進了一群銀光閃閃、和我一樣老的老人，他（她）們把我團團圍住，拉手的拉手，搭肩的搭肩：「我們又見面了！」「你怎麼變成這個樣子啦？」「還認得我嗎？」

七嘴八舌，不停地嚷嚷。說真的，腦中印象只是模模糊糊而已，我誰都不認得了，莫非這就是英國一代文豪蘭姆說的：「統統都消失了，那些舊日熟識的臉面……」嗎？

「我是某某。」開始自我介紹時，我循著「某某」之聲，仔細端詳著「某某」。努力地追索，依稀還能找到四十八年前那麼一點點「某某」的模樣。嘆只嘆，歲月催人老，擠得滿屋子包括我也在內的這一群，橫看、豎看，都已不再像是當年的「某某」了！

次日，上午八時，這個沒有中心議題，也不同於時下流行的「XX交流」什麼的純同學聚會，在縣長李鴻翔先生致過歡迎詞後開始了。先由發起人，現在在重慶西南師範大學任教的管象東學長報告同學會籌備經過。他說：「我們先由僅知的幾位同學聯絡起，以滾雪球的方式，經過半年多，聯絡到一、二、三年級同學共一〇二人，今天到會者有五十二人，幾乎分布在全國各省市的各個角落，遠的如新疆、如台灣，美國也有兩位……」一個早年坐在我身後的小搗蛋，此刻已經變成老頑童了，用肘拐一拐我：

座談會之一角，前排左起第二人為筆者

「喂！聽到沒有？我們都是這樣『滾出來的』。」

發言的同學，大都暢言接到聚會通知時的興奮心情及目前的工作狀況。我仔細的聽著：有大學副校長、教授、研究員；有操手術刀的外科名醫；有子女、子媳都在日本讀書的高幹；有「抗美援朝」歸來，可以購買軟臥車票的老英雄；還有……當然還有未曾離開家鄉一步，一直從事我初次聽到的一個新的名詞：叫做「修理地球的」（種地）；還有……。

浮浮沉沉，同學們各有各的不同際遇。我敬佩那些有高成就的佼佼者；當然，也悲憫那些直到現在也僅能顧個溫飽的老窗友。悠悠歲月，改變了多少人、事、物！

同學們嚷著，要我和另一位來自台北的吳永德同學也談一談這些年來在海外的景況和來此聚會的感想。首先，我站起來，想了又想，實難啟齒，既沒有傲人的過去，也沒有：乏善可陳，不說也罷。感想嘛？我說：「我此刻的心情正如台灣早年一首流行歌曲中的一句歌詞『相逢猶如在夢中』差可比擬。」並胡亂拼湊了兩句唸起來連自己都覺臉紅的打油詩搪塞了事，詩曰：

海外漂泊四八年，
一事無成兩鬢斑；
今日重遊舊時地，
前塵履痕皆惘然。

建侯窗友莒城之會留念

有笑有淚的三天聚會飛快地過去了。我搭乘一位來自南京與會同學的專車，直奔南京。途中，幾番迴盪起惜別晚會上那位同學，幾度哽咽，方把一首題為「念故鄉」的新詩唸完的情形。我還依稀記得幾句是這樣唸的：

四十八載艱辛歲月彈指過
贏得了滿面風霜一頭白髮
總算回歸故里了。
千里迢迢來此匆匆地一聚，
輕輕地卸下了萬斤沉重的鄉愁。
再重聚　訴離情，
風雲變幻萬萬千，
也不知該從何說起？
唉！
孰為為之？
孰令致之？
具往矣。

都在那一聲聲的嘆息裡！
浮來山上的銀杏樹依舊鬱鬱蔥蔥，
古城也還在
只是顏面改（厚厚的城牆鏟平了）
三天後，又得揮一揮手
互道一聲珍重。
問蒼天：故鄉何日再見？
蒼天不語，
曉風殘月！
淚眼
漣……漣……

八十二年七月二十五日《古城陽》雜誌第四期

又和四十八年前的小姑娘站在一起了

閃耀的「29」號門牌

隨團返鄉，途經青島我就脫隊了。只因想重遊民國三十一、二年間，我就讀北京路小學廣州街分校時曾經住過的地方——費縣路29號。那是個包括林姓房東在內共四戶人家居住的小院落。

計程車抵達後，我熟稔地踏進了那個原本就不寬敞，現在更因多出了幾棟房子，直覺連個轉身都有困難的庭院。我指著其中一棟老房子，告訴周邊圍繞著的人：「五十年前，我在此住過兩年。」問起當年的鄰居？玩伴？答云：「幾度斜陽幾度秋，風流雲散、不知去向啦！」

我只能失望地感嘆一聲：「滄海桑田，變之多矣！」悵然退出庭院，回頭做最後一瞥，赫然發現那方藍地白字的「29」號門牌正閃耀著，像故友般地注視著我，莫非在向我訴說什麼？於是，我邁開的腳步又停了下來，同時陷入了沉思。

在那個「運動」連連，無人能倖免的風暴中，唯「你」——「29」號門牌，別來無恙，斑斑點點，孤懸原處。信耶？非耶？何幸之甚耶？我不禁要問一問：「你度過了多少『和尚打傘』的日月、晨昏？你看盡了多少『造反有理』的憂患、滄桑？你無視群魔亂舞？你忍聽生靈哀號？你……？」

俱往矣。唯殷鑑不遠，後之來者，覆轍莫重蹈，飛彈莫輕飛，且把恩怨隨著歷史的腳步悄悄遺忘，別記仇。

八十四年六月號《警聲月刊》第七四期

探親途中趣事二則

時代在變

政府終於開放大陸來台人士可以返鄉探親啦！這是何等天大地大，夢寐以求的喜事。當然，時隔幾十年的親人，見面時的悲喜交集，都在意料之中。所以在起程之前，必先有一些心理上的調適。譬如，旅途中難免會遇到一些你前所未聞或前所未見的奇人、奇事、奇景。畢竟相隔這多年，風俗、習慣難免有些差異，如果想：「我的目的是在探視多年不見的親人，並於途中增廣見聞，舒展胸懷。」那麼，即使是一件令你不愉快的事，切要記住，不能生悶氣，那會犯了探親目的之「大忌」，要換個角度把它轉變成是件難得一遇的趣事來看。果如是，你的探親就「值回票價」了。

大爺不伺候

從香港轉機，第一站是哈爾濱。因為要來接我的人從黑龍江邊陲鶴崗市出發，預估還需一天才能抵達。我一人待在哈爾濱大旅館裡等，那多心悶！出去走走，看看路邊有沒有像我們台灣的街道一樣，三步一小攤，五步一飯店，順便解決早餐問題。結果，大清早地，走遍了大街小巷，連個人影也沒有。走著走著，好不容易看到路邊有位老人，我好奇地看著他用一塊似報紙那樣的紙張，搓啊搓地揉成一圓形紙條，擦地一聲點亮火柴，吸了起來。我一個箭步跑上去，遞上一支「三五牌」，並趁機借問附近可有賣早點的？他接過香煙非常高興的說：「有，但您找不到！」接著，非常熱情地說：「我帶您去。」他把我帶到一個地下室的上面，用手一指：「下面就有賣綠豆粥的。」為了感謝人家，我把還剩有大半包的「三五牌」香煙送了給他，我看著他那份高興的樣子離去。隨後，我順著他指的又陡又長的台階步步地往下走，邊走邊不住地往下望，暗暗的燈光、空蕩蕩的場地，只看到擺了幾張桌子和椅子，卻空無一人，我有點「毛毛的」！「要不要繼續往下走？」正在猶豫著，忽然瞥見那邊像有個人影似的佇立在那裡，又像是一直望向我這邊。我壯著膽子走過去，果然是個面無表情的人。我恭恭敬敬地說：「我要一碗綠豆粥。」他未出聲就轉身回到了後面的廚房，我就找了張桌子坐在那裡等。等了約半個多小時，一點動靜也沒有。心裡想：「就是現煮的也該煮好了。」這時又來了兩位客人，也去櫃臺說了幾句話；不久，兩人各端著一碗稀飯回到位子上大口大口地喝起來啦。這時，我還沒弄懂狀況，怎麼我比他們早到了半個多小時還沒有吃到東西？該不是因語音上的差異，他沒有把我的話聽得清楚，還是把我要的東西忘記了。走過去問問看：「請問我要的綠豆粥好了沒？」這回他說話了，用手一指：「不是在那兒嘛！」我順著他指的方向看過去，果然有個碗孤伶伶地「呆」在那裡，我已明白事情的大概了。我把一碗快要結冰的綠豆稀飯端到桌子上，邊吃邊覺得有趣、好玩，更重要地是我又上了一課，多得了一點見識。原來人家這裡是「要吃自己來，大爺不伺候。」

我吃了「三個」一兩水餃

中午到一家稍具規模的飯店，客人大半是說日本話的觀光客，服務生就周到多了。

「請問您要吃點什麼？」他是用日語問我。

「十五粒水餃。」我以普通話回他。

他也改以普通話說：「我們沒有十五粒水餃，只有一兩……」

「那就來一兩吧。」

不久，他就端著放了五個水餃的盤子來了，五個水餃我怎能吃得飽？我心裡已明白是怎麼回事了，人家的水餃可是稱斤論兩的賣。

「再來『兩個』一兩」我說。

於是他又送了十個來。我邊吃邊想，兩岸隔絕這多年，事事大不同，同樣的事情，卻有不同樣的說法與作法。我吃了「三個」一兩水餃：一兩是五個，再乘以三，折合台灣以「個」為單位數的水餃，剛好是十五個，也剛好符合我在台灣吃得飽的飯量。我想，要吃得剛剛好飽地一餐飯，還真得須要有個較好的數學頭腦才能辦得到。

人家的水餃可是秤斤論兩的賣喔！

探親途中趣事二則之我吃了「三個」一兩水餃

北遊記（之一）

——初履北京「魂飛天外」

這幾年來，我多次進出大陸，兩次旅遊北京。猶記得，第一次去北京是開放大陸探親的第二年——也就是民國七十七年，我趁著去東北邊陲一個「鶴崗市」的小市鎮探親後，返回台灣前，由外甥張志儒陪同，想去北京遊歷一番。我們從「佳木斯」坐上「軟臥車」，也不記得坐了幾天和幾夜？只記得抵達北京已是午夜時分。出得車站，在燈光昏暗的火車站前廣場上，走了沒有幾步，就被地上的「東西」絆了一角。我定睛一看，可不得了！原來是個活生生的人，躺在那裡。我一骨碌爬起來，顧不得隱隱作痛的雙膝，忙不迭地向著那個人，深深一鞠躬，誠惶誠恐地道歉說：

「對不起，我真的不是故意的。」

「您走好！」那人倒也沉著，若無其事，動也不動地輕聲應了句話。

離開幾步後，我小聲地向外甥埋怨：

「這一個人也真是的，無緣無故地躺在這裡幹嘛？害我跌一跤。」

「哪裡是一個人？三舅您看！」外甥回答說。

在昏暗的燈光下，我順著他劃了個半弧形的手勢掃瞄過去。

「哇！橫七豎八，躺在那裡的人還真不少。」我瞠目結舌地說。

「不但現在的六月天是這樣，即使到了嚴寒零下一、二十度的冬天也是如此。」外甥補了一句話。

「哪是為什麼？」我追著問。

「他們都是來自北京以外地區、在此等待搭乘火車的鄉下人，住旅館要花錢，就在這裡湊合著等。」外甥解說著。

志儒拉著我的手，小心翼翼地，好不容易從躺著的人堆縫隙中走出廣場，就有好多輛三輪車圍攏上來，搶生意。我們隨意坐上其中的一部；剛坐定，就聽到身後有人大聲吆喝：

「小心點兒！不要被他給宰了！我不矇你。」

這樣恐怖的吆喝聲，叫人聽了，心裡能不驚恐？在台灣報紙上我也曾看到過「台胞」遇害的報導。處此燈光暗暗，人車稀少的馬路上，人生地不熱，能不「魂飛天外」？我用一隻顫抖的手，撫摸著跳個不停的胸口，另外以肘猛撞志儒，意思暗示他：

「我們已上了『賊船』啦！會有立即的危險。」外甥立刻有了反應。

「誰敢！三舅不要忘了我是運動選手啊！三個、五個，也難近我身。」外甥音量之大，無以復加，他是有意要使前面踏三輪車的人聽得到。

那人也有了反應，一面踏著三輪車，奮力前進，一面答腔：

「不要聽他瞎矇，北京又不是『和尚打傘』的地方。」

二十幾年過去了，這幕初履北京「魂飛天外」的恐怖場景，記憶猶新。

北遊記（之二）

——他一直都在「感謝」毛主席

憶及民國九十六年偕同妻子、兒子、孫子，三代四人參加「東森電台」招攬的「北京天津六日遊」。因為妻是第一次出遠門，她又是個極為細心且又膽子很小的女人，行前，總是問東問西，我就趁機告誡她一些應該注意的事項，最重要的還是「謹言慎行」。

「畢竟隔絕太久，兩岸大不相同，不管在什麼樣的場合，對什麼樣的人，一旦扯到共產黨或毛澤東什麼的，可得小心應對，千萬不要說錯話，免得惹禍上身。」我說。

這番交代，可把我的台灣「某」給嚇著了。

「裝個啞吧不說話總可以吧。」妻說。

「不可以！」

「胡適博士生前曾提醒過人們：『共產國家裡沒有不說話的自由。』」我警告她。

「哪要教人家怎麼樣嗎？」妻睜大了眼睛！

「無妨。」我安撫著她：「要撿好聽的說嘛，俗語說：『好話一句三冬暖。』人嘛，總是愛聽好聽的；譬如恭維、奉承；譬如諂媚、歌頌……。」

話說到了北京，住進新世紀豪華飯店。頭一天早上，我夫妻睡不著，提早走進了餐廳。偌大的餐廳裡，也僅止我夫妻兩人。各自盛好稀飯放在桌上，兩人就朝向圍著一個煎蛋用的小火爐，在聊天的幾個服務員那邊走過去。

「請幫我們來兩份煎蛋。」我禮貌地點個頭說。

「成，您等著。」一個服務員應著。

「聽您的口音是…？」趁著煎蛋空檔，另位服務員向我搭訕，還故意把個問號拖得長長的，等我回應。

「俺是山東台灣人。」

「我說呢，聽起來口音就有點熟。那感情好耶，咱們是老鄉啊！啥時去台灣的？」另位操著一口山東腔者這樣問。我一聽是個道地的老鄉，感覺上，一下子距離拉近了，跟著嘛也就熱絡起來啦。

「不到二十歲，俺就被毛主席趕到台灣去啦！」逗得他們一陣哈哈。

「您心中還有怨恨嗎？」一位語氣欠佳者，突然拋出個極具震撼、挑戰，直教人不易回答的難題。我離開大陸時，還是個青澀慘綠一少年。年紀輕輕的就被迫離鄉背井，隻身去到台灣。今天再臨故土，已是個年逾八旬、白髮蒼蒼一老人。祖遺產業寸草不留，想要見的親人已無從再見。即使不談「怨恨」，那心中的痛，又豈是眼跟前你們這一代年輕人所能體會?雖說歷經滄桑、變幻，「怨恨」二字，早就隨著歷史的腳步悄悄地遺忘啦。但是，現在要我親口說出「心中沒有怨恨」這種「違心之言」，我一時還真的說不出口。正在猶豫不知如何回答這個問題時。

「不!不!他一直都在感謝偉大的毛主席。」妻見我遲遲答不上話，情急之下，頻頻擺手，操著她的台灣國語，急忙為我解圍。

這!笑聲可就更大更久了。其實，妻沒說錯，在那個天翻地覆，「運動」一個接著一個來的風暴中，我沒有躬逢其盛，還不該感謝那個「東方的紅太陽」嗎?

在哄笑聲中，我們接過了我們要的煎蛋，轉身要走時，發現周邊的服務員都停下了手中的工作，好奇地翹首望向這邊。我繼續走了幾步，再回頭看時，他們都已圍攏過去，或許是受到剛才那陣爆笑聲的吸引吧。

一〇〇年三月《警友之聲》第二三六期

北遊記（之三）

——幾則發人深省的順口溜

要我們叫他「小王」的北京導遊說：「西安的導遊靠一張嘴，北京的導遊靠兩條腿。」西安的導遊長個啥模樣我不知道，不過幾天下來，我倒覺得北京的導遊，像三十歲不到的帥哥小王，他靠的也是一張嘴。當我們每天的每次出遊，等到全員到齊了，車子開動了，就是小王口沫橫飛，滔滔不絕地開講的開始；天文、地理、景觀、習俗，無所不包，有時穿插個小笑話，有時來段順口溜。一路上，不間斷，無冷場，總是逗得大家笑哈哈。

有次，他沾沾自喜地說，有個台灣朋友對他說：「我在台灣常常聽說以前大陸人都生活在水深火熱之中，我現在看來沒有嘛。」他的話剛說完，就有人大聲問他：「現在沒有，以前有沒有啊？」能說善道的小王也被問得啞口無言。一直等到全車人的笑聲停了，他才避重就輕的說：「俱往矣！無數突飛猛進的偉大建設，還看今朝。」雖然叫人覺得他答非所問地在迴避問題，但也不能不令人折服小王肚子裡還真有點東西。

在從北京去天津兩個小時的行程中，他把天津的今昔作了極為詳盡的介紹之後說：「高樓大廈連雲起的天津市是這個幾年的事，幾年前還是個破爛不堪的城。」」。接著，他講了下面的一則笑話：「美國派了一架轟炸機去炸北京，飛機在北京上空盤旋了幾遭後回去了。他的長官正在嘉奬他勇敢達成任務時，他說他沒有轟炸，理由是北京的古蹟太多，他捨不得炸；第二次派他去炸沒有古蹟的上海，他還是沒炸，原因是上海街上的人太多，他不忍心炸；第三次派他去炸沒有古蹟，人口也不多的天津，他還是沒有炸就飛回去了，他說他在天津上空一看，斷井頹垣，一片焦土，確定天津已經被人家炸過了。」

我說過，能把小王每次在車上的講話一字不漏地紀錄下來，絕對是篇絕妙的好文章，可惜我沒有這個本事，只能把他說的幾則順口溜紀錄下來，以饗讀者：

到北京是看牆頭。到上海是看人頭。到杭州是看丫頭。到蘇州是看橋頭。
到柳州是看木頭。到山東是看饅頭。到西安是看墳頭。

……

不到北京不知道官小。不到東北不知道膽小。不到上海不知道樓小。
不到深圳不知道錢少。不到包廂不知道老婆老。不到海南不知道身體不好。

因為海南島的特種營業特別多。
對靠特種營業謀生的女人也有一則順口溜：
一不偷，二不搶，堅決擁護共產黨。
不爭地，不爭房，營生只靠一張床。
不生女，不生男，不給政找麻煩。
無噪音，無污染，拉動內需促發展。
我吃藥，你帶套，台幣美金我都要。

……下面的幾句更是偏黃，還是不寫出的好，以免污染了本書純淨的園地。。

對假結婚，真賣淫，偷渡來到台灣的大陸妹，賺足了新台幣，回到大陸後，還不忘把台灣的男人消遣一番：

四十男人像瘋狗，能咬一口是一口；

五十男人像病狗，提著偉哥到處走；

六十男人像老狗，只能親親我的手；

七十男人像死狗，想要什麼都沒有。

立即有位團員提出抗議：「她說的完全不是事實，她太不了解台灣男人了，她太看輕台灣男人的『功力』了。」引得哄堂大笑。

小王對高幹們提出建言，若能守住下面的「三不」原則，就可以直道而行，無往而不利：

一、不要走錯路（堅持無產階級革命路線）。

二、不要上錯床（不搞外遇，不鬧緋聞）。

三、不要放錯兜（不貪污，不倒把）。

以上「三不」原則，對我們台灣的官員，自可一體適用，不過，「不要走錯路」當然指的是堅持我們的三民主義革命路線喔。

北遊記（之四）

——「一館兩制」坑殺人　老迷糊誤闖霸王廳

我們這團由二十四人組成的「北京天津六日遊」，論年齡，八十七歲的湖南籍團員拔得頭籌，其次算是「芳齡」七十有八的在下我了。飛機於八月十四日的午夜時分落地北京機場，轉眼就到了即將結束的第五天。我們住進了「北京新世紀日航飯店」，準備第二天用完早餐後就要趕至機場打道回府了。幾天來，我一向早起，趁著餐廳食客稀少時去用餐。這天我從十一樓坐電梯直達一樓，經服務生的指引走進了餐廳。吃完了，嘴巴一抹要走人時，卻被擋了駕。以下是我與櫃檯小姐的對話：

「要付費！」

「我是隨旅遊團來的，食宿包括在內。」

「那是四樓。這是一樓，要付費。」

「原來是『一館兩制』，可是沒人告訴我。」

一位站在櫃檯外、頗具大陸以外地區人們應有的理性、厚道、講理的小姐解圍說：

「算了、算了。」

裡面的小姐問過我住幾樓幾號，就叫我走了。

我把這段插曲告訴了家人時，還沾沾自喜呢。等車子發動要出發時，導遊小王上車點名十一樓十八號的客人櫃台有請。小王說的就是我，我以為什麼東西遺留在房間裡啦，教兒子下去領。

「爸吃的早餐是要付費耶！」兒子回來說。

我接過收據一看：76.5元（當然是人民幣啦）！

「老迷糊硬闖霸王廳」太太揶揄說。

「這個我必須予以更正為『誤闖』。」我滿肚子委屈地反駁。

「『誤』也好、『硬』也好，結果都是一樣的。」妻說。

76.5元的人民幣，以當天1：4.3的匯率折合新台幣是329元，在台灣各地的「永和豆漿」店吃套燒餅油條加豆漿，可以舒舒服服的吃上十個早上。

這就是令人欲哭無淚，所謂的台胞變成了「呆胞」是也。

也談我莒奇人徐劍超

春節期間，重讀《古城陽》第十七期鄉賢閒人先生的《莒縣奇人奇事暨傳說趣談》鴻文。文中奇人之一的徐劍超，因與筆者有過一面之緣，因此，也就我所知徐某其人的一、二奇事，補述於後，以饗讀者。

話從民國二十六年七七事變談起。當盧溝橋畔燃起漫天烽火，迅即，整個時局為之丕變。當時，家鄉——莒縣自亦無法置身事外而免於苦難。影響所及，百業蕭條，社會混亂，工廠停工，學校解散，人心惶惶不可終日。於是，群「雄」並起，紛紛成立「抗日軍」。其始也，志在保國衛民，立意至善，鄉人自然樂觀其成。雖然從也不曾聽說過有和日本鬼子交火的紀錄，但盼望能對地方治安之維護有所助益；且又明正言順地受到中央政府委以官銜之鼓勵，鄉民對之還是寄予無限厚望與支持。

次年，日軍攻進我縣，中央軍且戰且退，終至退至大後方，留下了這些依然打著「抗日」旗號的雜牌貨。彼等在一旦失去了依附且又無人可予約束的情況下變了調，為維持其生存，各自擁兵自重，競相擴充地盤，壯大實力。其糧餉之來源，不用說全都落在苦難的百姓身上了；其手段則是巧取豪奪，打家劫舍，擄人勒贖，無所不用其極地榨取，成了有組織、有武器，抗日不足，擾民有餘的股匪。徐某就是在這種環境下孕育出來的股匪頭子之一。

我家世代務農，到了父親這一代，又兼營「泰記」油坊。後來，由於戰亂，時局不靖，被迫結束營業。偌大的廠房閒置下來，徐某乘機帶了一批人馬強行住了進去；於是，廠房成了他的犯罪「大本營」。往年，車水馬龍，生意鼎盛的「泰記」油坊，頓時成了人間地獄。每到夜晚，那悽厲的慘叫聲、求饒聲，伴著「團長」（村人對徐的稱呼）的吆喝聲，聲聲達於戶外，教人聽了，毛骨悚然。被害者都是附近農村「還過得去」的善良百姓，抓來後，嚴刑拷打，為的是逼錢、逼糧，逼槍。

我還記得，「團長」出入油坊大門時，後面總是跟著二十來支垂著紅花穗子的「盒子炮」，甩啊甩的，威風凜凜，套句現代詞語：「拉風！」、「酷！」。這是我初次見識到的徐劍超。

有一天，「團長」不知那根筋不對，不聲不響地帶著他的人馬，匆匆忙忙地連個「招呼」也沒打就走人了。村人耳語，說他是接到駐紮在沂水第五十七軍（？）「即刻離開，不得有誤」的命令之故。

勝利後，我再回到青島（小學三、四年級是在青島讀的）。有一天，去到華陽街難民院看望我的舅父，一進門，發現「團長」也在座，他盯著我上下打量，雖然他堆著一臉的笑容，雖然他已不再是個後面跟著盒子炮的「團長」了，但他那銳利的目光還是把人家看得很不自在。舅父忙著給他介紹：

「這是我的外甥，某某人的兒子。」

「我還在你家的油坊『借住』過幾天，後來被令尊大人攆走了。」他「噢！」地一聲。

「家父大門不出，二門不到，只是個守著幾畝薄田過日子的樸實農人，那有這大本事？」我忙著辯解。

「你那時還是個孩子，哪裡懂得這些事？」他回話。

在座者包括徐某在內的一票人，一陣哈哈大笑之後，就把話題叉開了，改聊一些風花雪月，近似黃色笑話之類的閒話。那次見面給我的印象是：徐某不是一個健談的人，聲音低沉，語調遲緩，雙目炯炯，始終保持著微笑，直到現在我還清清楚楚地記得他一再重覆的一句話：

「趵突泉有三股水」……「趵突泉有三股水」……「趵突泉有……」；只是，直到現在我還不清楚那句話的含意是什麼？如果我記得沒有錯，他還有個異於常人的特徵，那就是他那銳利的眼珠子是「金黃色」的，這也該把它列為一奇。

之後不久，就聽說他下車時，剛巧汽車開門，就被汽車門碰死了。當時我就有點納悶，一個矮矮胖胖，健壯如牛的徐「團長」，怎麼那樣地不經碰呀？讀了鄉賢閒人先生的大作後，才知他是「那樣死的」。毛澤東說：「死人是常有的事。」蔣仲苓也說：「哪個地方不死人？」「那樣死」本也算不得什麼。閒人鄉長的「莒文」末句：「說者謂其或為穢罵他人親長之報！」挨罵者不是「日後乃獲推心置腹」（見《莒文》中用語）了嗎？想必也都升了官，發了財，比作「周瑜、黃蓋」模式觀可，據此尚不足以言「報」。若說人世間果有所謂的因果之「報」，那「報」該是來自他那「假抗日之名，行擾民之實」期間的暴行，庶幾近之。

九〇年六月二十一日《古城陽》雜誌二十期

東邊在哪邊？

民國三十七年底，在風雨飄搖的時局中，我跳上了青島開往上海的「中興號」大輪船，擬轉船去台灣。當時，擠不進艙裡的人，只能在甲板上「湊合」了，我是其中的一個。行李展開，識與不識，三、五一堆，嘻嘻哈哈，高談闊論起來，全把人間疾苦置諸腦後了。

「太陽從哪邊出來？」天未亮，有個孩子尖著聲音問。

「大概是東邊吧。」是個大人的回應。引得哄然大笑！

孩子又嬌又嗔又羞，提高了嗓門：

「爸！告訴人家，『東邊在哪邊』嘛！」

說真的，在這隻巨大搖籃裡晃盪了一夜的人們，誰還分得清東西南北？

我隨著人群踱向船舷，極目望向遙遠微有亮意的一方，莫非是那對父子談論的「東邊」嗎？少傾，有個彎彎的紅邊，若隱若現；接著，一個火球，在大人驚呼、孩子拍手尖叫聲中，一躍而起，把海面映成一片絢爛，也把光明帶給了這群避秦的人們。

九〇年十月七日《聯合報》「海上快樂行」三百字徵文入選作

那個大年夜裡的小故事

來台的五十年後，就在那個「全員」都到齊了的大年夜裡，讀高三的外孫女突然提議：

「阿公，講個故事給我們聽好不好嗎？」此建議立即得到附和的掌聲。

「這個…我是個不會說故事的笨阿公。」我這樣應付著。

此時，在一旁的孫子接口說：

「爺爺從哪裡來？為何要一個人來台灣？把經過告訴我們嘛！」

要我談談來台灣的經過，那簡單。於是，清了清喉嚨：

「話說很早很早，大概是民國三十七年年底吧…」

我把第一篇「糊裡糊塗來台灣」的內容，活靈活現地說將起來。全屋裡的人靜靜地只顧得聽「故事」，我更只顧得添油加醋地說「故事」，卻沒有注意到讀小班的孫女兒聽「故事」的感受。

「阿公！您真的哭了嗎？」小孫女甩動著兩條辮子倚偎過來，仰起臉問。

我點點頭。

「有流眼淚嗎？」小孫女再次問。

我再次點點頭。

「阿——公，您——不要來台灣——就——好——了——嘛——」想不到她哇地一聲！撲倒在我懷裡，一陣拍打。

這突於其來的哭聲，震撼了屋內大大小小的人。我尤其心疼地手足無措，不知如何對應？身旁的老妻狠狠地白我一眼，把孩子一把拉了過去，摟在懷裡，又拍、又搖，小聲哄著：

「憨查某孫仔啊！阿公不來台灣，又安怎會有這一屋子的人？爸爸、姑姑、叔叔、大哥哥、大姐姐，還有你這個憨查某孫仔啊，一個一個出生來纏我？吵我？鬧我？」

語畢，爆笑之聲，達於戶外，只有躺在阿嬤懷裡的憨查某孫仔，像頭受到傷害的小鹿，還不停地哽咽抽搐著……

我的二姐夫「皮笊籬」

他的尊姓大名不見經傳，鄉人為他量身打造了一個貼切、雅致、又合身、如雷灌耳的「雅號」——不漏湯的「皮笊籬」。無論家鄉或來台的鄉親們，一直以來，都以「皮笊籬」稱之而不名。因為我們是至親，還有一些不為人知的恩恩怨怨，都已隨著時間消逝而消失，我不妨當作趣聞逸事來談談。

俗話說「女怕嫁錯郎。」又說「婚姻是人生大事。」我說「婚姻是一場豪賭。」二姐在這賭局中可謂慘矣！從嫁到張家，就是她夢魘的開始。每次帶著累累傷痕回來，總與母親相擁而泣。那時又沒有「家暴法」，更不時興離婚那一套。

有次他來我家，前腳進門，後面就有個人跟了上來。拉拉扯扯，說是討賭債的，一問，天文數字。

「慣例開了，以後會有更多的賭債來討。他家大業大，不去找他的父母，憑什麼來找我們？再說，誰又知道不是串通好了來訛詐呢？」父親本有意拿錢打發，母親強烈阻止說。

「這件事情我來處理。」母親讓父親走開。

就這樣，那人一看錢的事情沒指望了，一把揪住他的領子，不等他的腳步站穩，就把他給拖走了。

有一年，他的遠處莊子上的一家佃農年過不去了，去他家懇求借點糧食。二姐拿了一點給人家。等他半夜回來知道後，不得了！打著要二姐連夜去要回來。經苦苦哀求，才答應天一亮就得要回來，條件是一粒都不能少。結果，糧食要回來了，卻發現剛出生七天的男嬰凍餒而死！二姐傷痛欲絕。母親得知，立即派人去把她和另一個兩、三歲的兒子接回家來。

「我養妳一輩子。」母親不捨地說。

幾個月後，不知死活的他大搖大擺地來了，說要領回他的孩子。

「很好！很好！我們本來就沒義務還得養活你的兒子，我會教人去把孩子找來交給你。」母親心中另有定見地說。

其實，母親指示二哥找了幾名壯漢進來。他一看不對，起身要走，被擋「駕」了。

「大門、二門給我守好。」母親向著屋子外的人大聲喊著。

「今天管教你來得去不得！」母親回轉身來，咬著牙根，借用包大人的話。

開始一件件數落他的不是。說到「借糧」事件，更是怒不可遏！

「平日裡的打罵，我們認命啦！她生產七天，隆冬臘月，風雪交加的早晨，你打著她來回走二十幾里路去要回那點糧食，你還是人嗎？」

「親戚到此為止！」母親越說越大聲。

「好嘛，紙筆拿來我寫休書。」他說。

母親接過「休書」：「現在沒有親戚啦，給我打回來！」並吩咐屋外的人：「去找狗屎來！」我兄弟三人撲上去，沒頭沒臉打起來。

「俺找不到狗屎，這是豬屎。」此時，有人端著盆子進來了。

「行。」母親接過盆子。

「撬開他的嘴巴，我要給這個畜生灌下去！」

我從來沒有看見過一向被人譽為通情達理，敦厚善良的母親情緒如此失控過。我們七手八腳，他則緊咬牙關，猛甩腦袋，不肯就範。眼見用灌的難度高，母親乾脆就把一盆薄糊糊的豬糞對準她的「愛婿」頭頂澆了下去！

「給我拖出去。」母親喝道。

「斬了！」十來歲的我順著母親的話尾大喊一聲。

我看到壯漢他們別過頭去捂著嘴巴偷笑。

但見他，邊走邊撲攏著滿頭滿身的穢物，一步步走出深宅大院。

「我會再來！」他出了大門，回頭說了句威脅的話。

「再來？！」（我們著實為他撂下的這句簡短的狠話擔心了好一陣子。）

那時節，家鄉的情勢怎一個「亂」字概括。中央軍且戰且走，最後去了大後方。接著，山東省政府遷去皖北，撇下一些擁有幾支破銅爛鐵，假抗日之名行擾民之實的雜牌隊伍。不遠處，有殺人放火的日本鬼子據點及依附其勢，狐假虎威的二鬼子漢奸；有晝伏夜出，專事打家劫舍，且神出鬼沒，叫人防不勝防的游擊隊；還有剛萌芽的二八路，百姓的苦楚不打一處來。

不久，「抗日軍」在綁架我家男人不成後，竟把伯母和母親兩個老婦人綁架去了。討價還價，交涉半年，賣盡田園，贖了回來。家人認定這宗轟動莒、沂兩縣的綁架案，必與那個無人性的「東西」脫不了干係（事後證明冤枉他了）。

「風吹鴨蛋殼，財去人安樂，爾今爾後，我們也可以高枕無憂，再也不必躲躲藏藏，居無寧日，又有什麼好怨懟的？」父親豁達地說。

來台初期，曾在台北一處同鄉經常聚會場所相遇，彼此互瞪一眼！各人心裡想的無非是「你小子也來台灣？真是冤家路窄！」

七十七年，我去東北二姐家住了九天。她的獨子—張志儒，在當地一處國營的鋼鐵工廠擔任廠長，他要求我回台後務必探聽他父親和叔父的下落。於是，登了三天「尋人啟事」；沒有回音。兩年後的某天，忽然接到他打來的試探性電話：

「我想去看看你，可以嗎？」

「當然可以。」我說。

第二天，一輛計程車在門前停住，下來個衣衫襤褸，拄著拐杖，顫巍巍的白鬍子老頭。

我一眼認出，那就是「牠」。妻唯恐我情緒失控，一直用肘碰著我說：

「來者是客！來者是客！」

妻打量著他那魁梧的身材，接著，去買了套新的衣服，讓他換上。我把平日讀書、休息，佈置得還算雅致的「違章小築」讓出來。雖說一應俱全，但獨缺便所；因此，臨時買個尿盆備用。第二天一早，去看有否用過？打開蓋子，滿滿的。這個必須拿到樓下處理的任務，不用說，就落在我的頭上了。我端起尿盆，五味雜陳，不情不願地說了句：

「我還沒有給我父母端過尿盆呢！」

「建侯，我給你磕頭，咚！咚！咚！」他老兄噗通一聲跪下。

「我對不起崔家，對不起你二姐。嗚！嗚！嗚！」接著跪地不起，一把鼻涕一把眼淚地說著。

遲來的懺悔也算懺悔，我為他端了五個早晨的尿盆。

「耳聞你在台北靠拾荒發了大財，想必是訛傳。」閒聊時，我問。

「不。我是攢了一些錢，涓滴交由在豐原教書的弟弟拿去替我儲存，他最後向我報告的數字已經超過一千萬了……」

不由得我伸了伸舌頭！

「……很不幸，弟弟先我而去，弟媳全不認賬，無憑無據，我能怎樣？」

「好一個不漏湯的皮笊籬，漏不了芝麻，卻漏掉了冬瓜。」我笑著揶揄兩句。

「…我又不想和她鬧翻，指望能養我的老也就夠了，誰知…」

「這次回去，給你二姐留下我身邊僅有的四千美金。」他接著說。

「總算為你的家人作出了偉大的貢獻。」我感動得提高嗓門。

他搖搖頭：「離開時，我們祖孫四人開著剛買進的嶄新轎車，從黑龍江邊陲鶴崗市出發，送我去瀋陽坐飛機，不幸途中撞死了一個人！」

「你…你…你，真真是個被人咒為不祥之物的掃巴星耶！」我拍著桌子感嘆著。

「日前來信說，賠了人家四萬人民幣。」

「我最後住進了照顧得很好的『廣慈博愛院』。可是，我很想再回去…」

「我願助一臂之力。」我心起了惻隱之情。

「謝謝，到時候再說吧。」

這期間，我協同妻子多次從台南去看他。每次給他留點零用錢，問起「回去」的事，他總是低頭不語。有次他發瘋似的狂喊：「老天爺！為什麼？受惠於我者，棄我不顧！恨我入骨，視我如寇仇的人，反倒…」雙手掩面，泣不成聲。

我們最後一次去是八十五年元月六日—小兒的婚假期滿，提前一日回到台北，補請他的同事。我想趁此去到「博愛院」接他來熱鬧一下。走到他住的八號房前，正要敲門，一個掃地的歐巴桑過來問：「找誰呀？」

「皮…張燕文。」

「叫張燕文就好啦，什麼屁張燕文？」歐巴桑一臉的不高興！

「是、是，是。」我連聲陪不是。

「他走啦！」

「請問什麼時候回來？」我柔聲地問。

「他上天啦！再也不回來啦！」婦人揚起右臂向上一指，沒好氣地道。

「他於半年前—即八十四年五月二十六日病逝，沒有半句遺言和一絲遺物，火化後骨灰置放木柵『富德靈骨樓。』」承院方告知。

「可憐！可憐！」一股莫名的悲愴直襲心頭！妻也抹著眼淚。

二姐夫——鄉親們喊得震天價響，滴水不漏的「皮笊籬」——我們的恩怨，隨著歲月的腳步已悄悄地遺忘啦，你大去之前，怎麼連個「招呼」也不打？無聲無息走完你八十一歲的人生。您知道嗎？留給我們的竟是無盡的哀思。

九十七年四月份《警友之聲》第二〇一期

記一個「剛毅木訥近於仁」的人走過的坎坷路

八叔——崔黃圃先生，民國四年，出生於山東莒北崔家莊的一個小康之家。其父親中孚先生，我輩稱之為五爺爺。五爺爺做過聯中的校長、縣教育局局長等職。他家與我家相距約三十幾公里，我們沒有血緣關係，莫說八竿子，就是八百、八千竿子也打不著，只是「碰巧了」都姓「崔」而已。但從老一輩（甚至更遠些）的口中得知，兩家交情之深厚，甚過於近親。至於稱謂，據說是照著當時年齡的排比，由兩家協商後決定的。他是在這種情形下，順理成章地成了我的「八叔」了。幾次想請他證實一下，卻始終開不了口。如今，他人已走了，為了存真，我必須把這個不為他家四姊妹所知的「秘密」說出來。我認為這些都不重要，人與人之間，貴在投緣。若沒有那份「緣」，即使親如父子、兄弟，又怎麼樣？老死不相往來者，比比皆是；反目成仇者，亦屢見不鮮。

八叔的點點滴滴，多半是來台後，從他的口中得知的。他說他生於小康之家，卻沒有過幾天小康人家應有的好日子。

「我生來是個勞碌命，看我的兩隻耳朵你就知道。」有次，他自我調侃地對我說。

「看耳朵準的話，那我恭喜您。大企業家王某人，也有兩隻和您一樣超大的『招風耳』。就此觀之，您的大富大貴，還在後頭呢！」我說。

兩人哈哈大笑起來。

八叔幼年曾遭綁票，受盡了折磨——兩眼貼著膏藥，兩耳注滿洋蠟。贖回當時，被土匪帶到一個小山崗上，一腳踢下山，就咕咚一聲，像滾雪球般地滾到了溝底了。從此以後，兩耳重聽，別人和他講話必須提高分貝。

提到綁票，他就提到我家。他說莫政民當漢奸之前，是個打著「抗日」旗號的土匪頭子。在綁架你家男人不成之後，就把你母親和伯母兩位老婦人綁架去了，達半年之久。但是，莫匪待之如「上賓」，派有專人伺候，沒有受到一點委屈。同樣是綁架，同樣要付贖金，卻有不同的待遇，這就是名人的命。

八叔對我家當年的事，總是如數家珍。他說，我的曾祖父白手起家，置產數十頃，卻被不肖的子孫吃喝玩樂，抽大煙，當輩子就給「踢蹬」完了。

「常言道得好：『富不過三代。』。」「你家更快，不過二代。」八叔露出惋惜的神情。

八叔於三十八年來台。初抵基隆時，生活陷入絕境。「我要提著籃子去要飯了！」他徵詢家人。終因家人極力反對而作罷。他做過派出所的工友、清潔隊員，賣過饅頭，拉過三輪車。為了養活家人，再苦的工作他都撐著幹。記得三十七、八年間，基隆多雨。有次，我與親戚在滂沱大雨觀看雨景時，一個戴著斗笠，披著當地人早些年的那種簑衣，拖著板車沿街收取垃圾的人，在街的對面舉手與我們打招呼。我立即認出那人，並大聲喊著：「八叔！八叔！」招手要他進來避一下雨。他擺擺手，沒停下來。目睹此景，我竟掉下淚來。後來，大陸來台的人一天天多起來，他想要做生意賣饅頭，卻沒有本錢買麵粉。有對張姓夫婦知道了，主動借他一袋麵粉。這個雪中送炭的感人往事，幾十年過去了，他依然銘記在心，經常提起。

多年以後，八叔的生活改善了，並買房子在永和。其實，八叔的驕傲不在此，而在於極度困難中能使三個女兒完成學業。除了大妹淑華確因當年環境的不允許，無法繼續升學外；淑鳳、淑英、淑芬三位妹妹都有高學歷、高成就，並且均旅居美國。大妹淑華在台，嫁作商人婦，鶼鰈情深，也過著富裕的生活。八叔如果地下有知，也該安慰了。

八叔能脫離貧窮，步上小康，得力於八嬸之助，自不待言。當年，八嬸伴隨八叔渡海來台；從無到有，胼手胝足，無怨無悔，婦容、婦德，她兼備，是位賢妻良母型的女性。這使我想起他們購買房子時的一則趣事。八叔說，當時，每次都以三輪車載著一位雍容華貴的「闊」太太至工地交涉。建商一直把他當作是夫人長期雇用的「車伕」，他們也沒說破。直到搬去住了，建商才恍然道：「看不出你們原來是夫妻。」，大家笑成一團。

我居南部，每年總會一或兩次去看他們。八嬸在時（她於七十四年九月六日睡夢中去世），總是忙著做菜、包水餃，熱情招待，使我覺得有回到家的溫馨。飯後，叔侄二人，一包香菸，一壺茶，促膝談心到天明。而今，此情此景，只能成追憶了。

猶記得，有次我去探望八叔，按了半天門鈴也沒人回應，就在樓下門前等。他回來看到我時，非常高興，老遠打著招呼：「啊呀，見一次少一次了！」我最後一次去看他時，感覺上就有點不一樣了。他再也沒有以往的熱情了，他冷冷地說他將要去美國。是不是在暗示什麼？還是我多心？態度冷淡確是事實。於是，我拿起電話撥給住永和的小兒子，要他馬上開車來接我。我這個動作，他看在眼裡，卻沒有慰留的意思，這和他以往的個性大異其趣。途中，兒子問：「怎麼這樣快？怎麼沒有留下來？」，我搖搖頭：「以後再也不想來了。」看兒子詫異地瞪大了眼睛！我又補上一句：「你八叔公，人變啦！」後來的一段很長時間裡，我雖然也去過幾次永和，真的沒有去看他。直到兒媳坐月子，需內人去台北住一個月，期間我去住了十幾天，心裡很想再去看他，但又想到：上次他告訴過我要去美國，時間又是隔了這麼久，還有可能再見到他嗎？見到了又是個什麼樣的場面呢？去與不去，猶豫很久；最後還是不由自主地去了。到了樓門前，抬頭一看，二樓陽台上的擺設完全變了樣，這說明房子換主人了。

有回，我去桃園看外甥女時，談起八叔的事。她告訴我：「聽說八老爺這幾年變得瘋瘋癲癲的，常常鬧出一些叫人啼笑皆非的笑話。又聽說他生病住院很久了。」我聽了很震驚，即刻與淑華取得聯絡，從桃園直奔永和振興醫院。到達時，護士正在為他抽痰。那一幕，我不敢直看，於是強忍著淚，退出病房。

半年之後，我第二次去醫院，預先用一塊紙板寫著斗大的七個字：「建侯來看八叔了。」舉著要他看。他的目光投向紙板，眼睛不停地轉動，像要想說什麼，卻又什麼也沒說。

不久，我再一次去看他。他正睡著，原本消瘦的他，幾年來被醫院「養」得又白又胖。我不忍叫醒他，只留下一張名片，交代護士等他醒了給他看。護士接過名片說：「他看不懂啦！」我指一指自己的腦袋說：「很清楚。」護士笑著說：「也有可能。」

這幾年，我也覺得自己老了，不敢單獨出遠門，就交代住在永和的小兒子，有空時，轉到醫院去看看。我也曾接過兒子的幾通電話：「爸！我今天去過醫院了，八叔公還是躺在那裡。」

九十二年六月初七，接到大妹淑華告知八叔已於六月五日過世的電話通知，當時來不及反應，好像沒有一絲悲痛之意，只應了一句：「終於解脫了！」。八叔，勞碌了一輩子，晚年應該要享清福的；但是，人卻躺在醫院裡，不言不語，不吃不喝，全靠呼吸器和注射營養劑維持生命達七年之久。那種煎熬，誰能體會？

大妹告知出殯的地點與時間，並交代：如不方便，就不要來了。我看看日期不是禮拜天，又正值暑假，家中還有三個讀小學的孫子需要奶奶照顧，兒子、媳婦要上班，我又不敢單獨行動，因此，想把奠儀寄去就好。但是，決定不去之後，問題就來了；一幕幕思潮起伏，幾個夜晚都無法成眠。如果不去見他最後一面，送他一程，那將成為我終生的遺憾。

考慮最後，還是勞師動眾，準時趕到八叔靈前。司儀安排誰人須跪拜，誰人上香鞠躬。考慮我的年齡，讓我鞠躬上香。當我接過香時，不禁悲從中來，竟而哭倒在八叔的靈前了。我感念八叔生前的推心置腹，不藏虛偽。我結婚時，八叔慨伸援手；雖然款項很快就奉還了，但這種恩情，彌足珍貴。受人涓滴，自當湧泉相報。古有明訓：「吃人一口，還人一斗。」這也是幾年前一位公職候選人競選時所說的話。我本此做人原則，皇天后土，可鑑我心。我對八叔的簡單評論是：「剛毅木訥近於仁，嫉惡如仇重情義。」；我給他的輓聯是這樣寫的：「終生勤勞留榜樣，一生儉樸傳家風。」，此番話足可概括八叔的一生了。

追憶「吾莒同鄉聯誼會」前後

大病初癒，很想北上走走，正好接到老同學永德寄來的「九三年六月十二日山東莒縣同鄉聯誼會請柬」，於是，就毫無猶豫地抓起電話告知永德，準時參加，當時，我們一行有三人——我、內人、小兒。

所稱「大病」，其初，也只是個令人全身痠痛乏力的輕微感冒而已；但因一再的醫療誤判，先是轉為肺部感染，咳個不停；再因用藥不當，多種藥物混合使用，導致胃膜破裂，引發大量吐血。住院十二天，幾番折騰，差點嗚呼哀哉、命歸西天！這種事，在台灣本來就不算稀奇，勿須大驚小怪，君不見抬棺抗議、蛋洗醫院者時有所聞，因為我也有過差點「不能活著離開醫院」的親身體驗。感謝成大醫院主治醫生的醫術醫德及家人斷然轉院的明快，把我從死神手中搶了回來；慶幸之餘，不禁打趣地詢問家人：「如果糊里糊塗地被治死了，你們也會抬棺抗議嗎？」妻的回答倒也乾脆：「不會啦！那多麻煩，死都死啦，抗議是有效嗎？」說得極是，多一事不如少一事，不正符合我那凡事不與人爭的個性嗎？

聯誼會的前一日，我和內人先到永和小兒家住下。計畫十二日上午，由小兒先載我們去老友王守誠家小坐，十時前再趕到東門餃子館會場。不巧地是：正準備出發時，小兒接到公司電話，要他即速趕回公司；說是他參加的球隊，本來禮拜六休兵，但卻臨時改變計畫。因此，他只能載我們至守誠家，另一段路程只能改坐計程車了，車資差不多一百五十元。

我住院期間，接到守誠嫂過世的訃聞；雖由小兒帶去奠儀三千元，終因不克參加她的喪禮而一直耿耿於懷。幾十年來，我們兩家的互動不曾間斷，幾乎每年都有晤面。他夫婦來台南的兒子家，一定會到我家來；我們去台北，也一定會去他們家。猶記得九十二年六月二十日，我們參加完黃圃八叔的喪禮後，晚間曾和守誠夫婦相約於捷運站附近一家日式料理店餐敘。席間，守誠嫂談笑風生的音容，歷歷如在；不及一年，竟成永訣，令人嘆惋！妻在守誠嫂的遺像前，不時抹著眼淚，我和守誠則談論著年來的人、事變化。說到多位過去的同事，包括江西籍的好友士傑夫婦、前年古正月初二還在煥旭家餐敘的元富兄，當然還包括他也認識的，九十二年六月五日過世的我的八叔黃圃先生等等。已有八位作了古人，感嘆人生何其短暫！人世間一切的一切如此這般地易逝、無常，唏噓不已！

九時多，離開守誠家，本擬坐計程車赴會，守誠說：「這個錢可以省下。」於是，他親自送我們坐上某路公車，並再三囑咐：「注意要在『包公廟』站下車，轉個彎就到了」。我一上車就注視著車頭上面的跑馬燈，駛過幾站之後，更是連眼睛都不敢多眨一下。可是「包公廟」始終也沒有出現，朝向車外瞧瞧，哇！什麼長春路，什麼松江路，什麼…什麼…我想我們是坐過頭啦！拉著內人急說：「準備下車！」她問：「到啦？」我說：「下車就對啦。」下車後她又懷疑地問：「怎麼不一樣？好像是郊區嘛！」我這才告訴她：「坐過頭啦！」

其實，「東門餃子館」我去過兩次。第一次是八十三年，和住在嘉義的紀樹法同學相約坐上同一班火車，去參加「山東莒縣縣立中學旅台校友聯誼會」；第二次，我們和小兒的女朋友——現在的兒媳婦去吃韭菜水餃。雖然時隔十年，妻還是有些印象。記得還有段小插曲呢，平時我們習慣了用台語交談；那位上菜的先生聽到我們的談話，有點不以為然地質問小兒：「你不會說國語嗎？」個性溫順的兒子被問得一臉錯愕，我忙著代為回答：「是呀，他只會說『山東莒縣話』。」後面的幾個字拉得又高又長，一陣嘻笑化解了尷尬。

下車後，如果就此坐上計程車，一定所費更多。心想：坐上同路的公車，回頭走上一段，再改搭計程車，或許能省幾文錢；於是，坐上原路公車往回走，但也一樣地沒有看到「包公廟」。途中，又怕再坐過了頭，因此，隨便坐了幾站就隨便下了車。當計程車把我們載至飯店前，一看手錶，正好十二點，問車資正好「150」。一文不多，一文不少，「這個錢要你花，你就得花。」我與妻倆相視而笑。

不曾謀過面卻經常通電話，並不時來函賜教的老鄉長——莊先生——站在門前，熱情地招呼來賓。打過招呼後，上了樓。首先，映入眼簾的是：幾則詞情並茂，配上秀麗字體的標語。見到永德，找了個空桌，坐下閒聊。問：「標語出自何人手筆？」答說：「張裕年鄉長。」環顧這些身在異鄉為異客的鄉親們，除了從「古城陽」經常刊出的照片中認出的幾位鄉長如宋一民、趙其昌、張裕年等先生外，相識者已無幾人。和我們同桌吃飯的是趙先生、張先生、老學長任耀祥。除此之外，另兩位因欠熟識，亦少交談；另位太太則自稱是山東莒縣第二代，她年輕漂亮的女兒最後趕來。她當然就是莒縣的第三代了。鄰桌有位年輕的太太，張先生告訴我，她是位「大陸新娘」。我好奇地悄聲問：「莒縣新郎」是哪位？他也不知道。

我們吃的是水餃、蒸餃，好像還有煎餃？餡子就有韭菜、豬肉、牛肉；最後出的是大家都爭著吃的素餃。後來，得知老闆就是和我們同桌、多才多藝的趙其昌鄉長，老鄉款待老鄉，看來是費過一番心思的。

開動不久，「三一九槍擊案」晚間，在台上手持麥克風，一直吵著：「我們要看阿扁的肚子」的立法委員秦慧珠女士到來。一付明目皓齒的嬌俏模樣，像顆明星般地照亮了會場，頓時掌聲四起。中間，她上台唱了兩支「黃梅調」。有人問她是哪裡人？她說：「桓臺，濟南附近的一個小縣。」接著又作了進一步的解釋：「母親是桓臺人，父親是威海衛人，我是正港的純山東種。」她說立委中山東人已不多了。從她口中得知孫大千是即墨人，另一位盧秀燕委員也是山東人，但沒說出是哪一縣人。

「古城陽」即將截稿的前數日，接到莊老的電話，要我就「聯誼會」的種種，寫篇稿子寄去。我知道莊老的個性是不好推辭的，那知一拖延，時間就過去了，只得打個電話向莊老道聲抱歉。他說：「沒有關係，但下一次一定要寫來啊！」難就難在他附了一個「不要再寫

『聯誼會』的事情了。」原來，第二十六期的《古城陽》已由衣谷先生，將聯誼會內容「側記」過了。然拜讀鴻文，發現獨漏列了那幾則精采、含義深遠的標語，不無遺憾。於是，在不違反著作權法的原則下，徵得裕年先生的同意，補記於後，一為未克參加「聯誼會」的鄉親們也能一睹標語內容；再則藉為拙筆增添幾許文藝氣息。

標語六則如下：

1、您的光臨是我們的榮幸。

2、有您的支持，「古城陽」才有今天的成就。

3、餃子就酒，越吃越有；精神聯誼，勝於酒肉。

4、「古城陽」是鄉親交誼的橋樑。

5、水酒小菜，「鄉味」猶在，淺斟低酌，叙舊家常。

6、杯酒高歌「聯誼會」，莒國春秋「古城陽」。

九十四年一月二十日《古城陽》第二十七期

讀「弔古戰場文」與「弔今戰場文」

重讀唐李華的「弔古戰場文」，再讀龍應台的「弔今戰場文——大江大海一九四九」，內心感受自是迥然不同。

「魂魄結兮天沉沉，傷心慘目，有如是耶！」「屍填巨港之岸，血滿長城之窟，無貴無賤，同為枯骨！」什麼意思？早就還給老師了，誰還記得那麼多？那麼久？當年是在聆聽老師講述古早古早時候的精采故事而已，哪有什麼感嘆？「其存其歿，家莫聞知，人或有言，將信將疑。」略有體會而已。

小時候聽老師賣力地講解「弔古戰場文」時，講完了，似懂非懂，只要照著原文一字不差地背得爛熟，就是被老師誇獎的好學生；至於涵意如何？不甚了解，更談不上什麼感傷了。讀者中，想必有很多人也和我一樣，曾經背誦過唐朝李華寫的這篇傳誦千古的奇文。當時的心情，是否也和我一樣的茫茫然不知其義呢？

「古戰場」距離我們而言，畢竟太遠太遠了。打開中國的歷史看一看，自古以來就是一部在戰場上廝殺拼鬥的戰爭史；大的、小的，歷史上記載的、無記載的，有名的、無名的，不勝枚舉。無處無時不在慘烈地殺伐中，當然也有太平盛世之時，如大唐的「貞觀之治」、西漢的「景文之治」⋯。但，畢竟是短暫的。在我國五千年悠久歷史上，所占的時空幾乎不成比例。

讀龍應台女士推出的十五萬字血淚斑斑的「弔今戰場文——大江大海一九四九」，不知又要喚起多少人往日不堪回首，猶如就在眼前的傷痕記憶。事實也是如此，有幸能存活至今如我這般年歲的人，來台的也好，留在大陸的也好，參加大逃亡，顛沛流離，饑寒交迫者有之；實際投入戰場，廝殺博鬥者有之，又有誰能置身事外而倖免？沒有身歷其境者又幾人？

我們看戲，京劇也好，越劇、歌仔戲…也好，多的是打打殺殺的場景。只覺得演員武功了得，煞是熱鬧，打得越是凶狠，越是過癮，哪有什麼悲慘的感覺？即使「四郎探母」裡楊延輝的那句：「想當年沙灘會一場血戰，只殺得血成河、屍骨堆山…。」看戲的人也只是在欣賞老生唱腔的優美，聽之心情愉悅而已，又有誰感受到當時殺伐的慘烈？因為那是離我們久遠的「古戰場」，又能感動到今人誰了？倒是四郎拜堂見母的那一幕：「千拜萬拜也折不過兒的罪孽來！思老娘思得兒肝腸痛斷，想老母背地裡珠淚不乾…。」我敢說，看過這段戲或聽過這段唱腔的來台人士，不掉下眼淚者幾希。還好，人家四郎他，甘冒殺頭的危險，用盡心機，排除萬難，終於闖關有成，見到分離十五年的老母一面。縱然時間短暫，也是造化。四郎別宮回營時，楊家老少，難分難捨，哭成一團的場景，更是賺盡了多少人的眼淚。而我們呢？我們這些直把他鄉作故鄉的人們，盼呀盼，終於盼到開放了，可以回家了。然而，家鄉的寸草都不屬於我人所有了，還談什麼家？若能見到兄弟姊妹者，就算不錯了；能見到老父老母一面者，又有幾人？這就是龍應台的「弔今戰場文」較之李華的「弔古戰場文」讀之尤令人「嗚呼噫嘻」也！

發動戰爭者的下場——除「裕仁」外，都很悲慘

書的主要涵義在警告世人：「戰爭沒有勝利者。」而發動戰爭者的下場，都是悲慘的。如義大利的法西斯主義頭子墨索里尼，被人民倒吊在樹上，搖搖晃晃，供人「觀賞」。又如德國的納粹頭子希特勒，最後躲在地堡裡，以不為人知的方式自殺；一代惡魔，至今連屍骨都無下落。再如發動侵華戰爭的日本，在對中國人民的生命財產造成無法計其數的損害之後，自己也招致了兩顆不為世人所同情的兩顆原子彈的攻擊。

日本自食發動戰爭的惡果，卻沒有一點反省之意；近來，竟有人發出一種奇特的怪調：

「多年來對中國的道歉次數已夠多了，經援已夠大了，卑躬屈膝已夠久了，還要怎麼才會滿意？」我回答的答案是：「中國人永遠都不會滿意的。再多的道歉，再大的經援，再久的卑躬屈膝，都無法抵償中國人承受的痛苦，更無法抵償中國人生命財產所受的損失於萬萬分之一。」

當年，就讀流亡學校時，我的國文老師說：「麥克阿瑟對日本人的扶植不遺餘力，總有一天會使之死灰復燃，重蹈侵犯他人的覆轍！」今天看釣魚台事件中，日人對我漁民的蠻橫霸道，我想：老師的「預言」實現了。

「以德報怨」換來的是「忘恩負義」

抗戰勝利後，蔣委員長透過中央廣播電台立刻發表「告全國軍民同胞及世界人士書」內容，宣告：對日政策採取「以德報怨」，並聲明「放棄賠償」。當時的日本人照理說應該「感激涕零」、「銘記在心」；曾幾何時？這個只顧「利」，不認「義」的大和民族，竟然主動與「不念舊惡」的恩人宣布斷交。當時報紙上老總統發表的談話，我只記得其中的一句：「大陸的失守導源於『九一八』。」，其他都不想多談了，盡在不言中！然而，我要說：「中國人殺中國人的國共慘烈戰爭，追根究底，也是導源於『九一八』。」

戰爭沒有勝利者

「弔今戰場文——大江大海一九四九」，強調的是：戰爭沒有勝利者。發動侵華戰爭、大東亞戰爭、太平洋戰爭的日本，雖然得到兩顆原子彈的懲罰，但令人不解的是：當盟國懲治戰犯時，竟以「棄車保帥」的方式，把東條英機幾個戰犯鉸死了事。事實上，發動侵華戰爭，在「御前會議」上點頭的元凶是天皇裕仁，而他卻能代代享有尊榮，其謂公平乎？裕仁的一生反映了日本歷史的最大變化；他在位的二十年中，不正是日本發動侵華的戰爭時期嗎？對於挑起戰爭的元凶，他能推卸責任嗎？事實上，裕仁根本就是侵華戰爭的始作俑者。民國二十年，侵佔中國東北三省；二十一年，成立僞滿洲國；二十六年發動長達八年的侵華戰爭。斑斑罪行，昭然若揭，但卻輕輕放過。是非、直理，何在？

黨國元老于右任先生，勝利不久曾作「第二次世界大戰回憶歌」。大部分的歌詞內容都已忘了，只記得起頭的幾句：「依枕頻翻大戰史，大戰史兮大戰史，後之來者寧止此！」但願世人記取教訓，不再有「後之來者」的戰爭。

一〇〇年元月號《警友之聲》第二三四期

一封尚未寄出的平安家書——母親節感言

母親大人：

一年一度的母親節又快到了，我又得把給您的那份特別禮物——一封沒有寄出的「平安家書」，再從箱底翻找出來讀給您聽了。

爸、媽：

兒真的沒有忘記，也永遠不會忘記，離家時，您們含著淚水的叮嚀：「孩子，不管落腳何處，都不要忘了寫信回來呀！」

當年，離家後，就開始過著顛沛流離的生活。隨著流亡學校的播遷，由青島遷往濟南，又由濟南回到了青島。每到一處，忙裡偷閒的第一件大事，就是寫信給父親和您報平安。

兒一到台灣，更是忙不迭地把如何飄洋過海來到台灣的經過，洋洋灑灑地寫了好多好多的一大篇。然而，「不知為什麼」沒有寄出去？怕的是「海外關係」曝了光，連累到家人！一封平安家書，就這樣深壓箱底。十年，二十年，三十年……，七十多年了，每逢母親節或受到委屈時，就從箱底翻找出來，捧在手中默念幾遍，告訴您，兒沒有忘記離家時父親和您眼中含著淚水的叮囑：「不要忘記寫信回來呀！」只是…我們本是土生土長在山東，傳聞父親在「土改」時餓死故鄉，長眠故土，您卻埋骨在那邊陲的北大荒！

七十七年，兒不顧海深浪闊，山高路遙，從萬里海外，奔向您的墓前。兒真的不敢相信，在那荒涼的山丘上，一個黃土堆裡，埋的竟然是兒親愛的母親。

兒把四十年前寫給父親和您的那封「平安家書」帶來了。跪在您的墓前，一字一淚地唸給您聽。那悸動的語句，依舊躍然在那發黃的信箋上。讀著，讀著，淚眼模糊了！九泉之下，您聽得到嗎？為什麼您會長眠在這「千里冰封，萬里雪飄」的北國？您會冷嗎？沒親人的陪伴，您會孤獨、寂寞嗎？兒更要問：「您的八十好幾的兒子，日後還有機會再置供品，跪在您的墓前祭拜嗎？」

人，一個極思反哺而不可得的人，唯一能做到的就是：在一個遙遠的地方，默默地祝禱，祝禱您地下安眠。

九十八年九月號《警友之聲》第二一八期

〈法曹解惑記〉

主辦司法業務的郭辦事員，手裡捏著幾張十行紙，急急忙忙找到我：

「今天檢警座談會，請準時參加。」

「幾點？」

「九點。」

我一看手錶，尚餘五分鐘，應了一聲：「馬上來。」

「同時請你紀錄一下。」

「要我作紀錄？」我懷疑他在開玩笑。

「是的。」回答得卻又是那麼正經。

「我不會速記！」我心裡有點慌了。

「有幾個作紀錄的一定要會速記呢？」

「我也沒有作紀錄的經驗啊！」

「要什麼經驗，衹要將會議情形簡單扼要寫下來就行啦。」

「哪有你說的那麼簡單。第一，我以前沒有作紀錄的「紀錄」；第二，這會議由檢察官主持，開口多少條，閉口多少款，滿口法律專用術語，叫我那裡去摸呀！第三，再說……」

噹！噹！一陣鈴聲打斷了我第三個不能勝任的理由。郭先生趁著鈴聲尚未落盡，把手中的用紙塞給了我，順手將我一推：「什麼第三第四，快！快！」

真的，這急促的鈴聲！使我再也沒有推卻的時間了。我機械地接過紙張，順著他的一推，又機械地奔向禮堂。剛一坐定，會議便開始了。先是徐分局長的簡短致詞：

「今天，台南地檢署戴檢察官駕臨指導今年度最末一次檢警座談會，本人僅代表全體同仁深致謝意。我們知道，檢警之間，無論在制度上，或在工作實際需要上，都有密切聯繫之必要。過去由於配合得當，使我們的任務得以順利完成，確已做到檢警一家了，期望今後有更進一步的成果表現。」

主席語畢，會場一片沉寂。我正私自慶幸，最好一直沉寂下去，散會時間一到，我在紀錄上寫下：「九時準時開會」、「秩序異常良好」、「十二時宣佈散會」，就可交卷了；沒料到，主席又講話了：「各位在工作上遇到的疑難問題，希望儘量提出來，今天機會難得，希望大家不要錯過。」這段話果真發生了「催生」效果，於是，有人發言了：「報告檢察官……」

「免啦！」檢察官馬上起立指示：

「今天的座談會，不要拘束，不必客氣，起立發言的同志也不必報告姓名，平鋪直敘，一問一答，這樣可以節省時間。」

這個指示，無疑使問的、答的，以及聽的，都輕鬆了，但是苦了寫的。我本想利用問答之間的繁文縟節，去頭去尾，記其精要，如今採用「平鋪直敘」式，使我失去了緩衝時間。盡力而為吧！我又不是一架錄音機，豈能一字不漏，原語照錄？其間，錯誤在所難免，也衹好請各位多多包涵了。

問：某甲於三十九年收養嬰兒乙，戶口報為「己出」。近年，某甲又生子，對前者備加虐待，有人檢舉某乙並非某甲所生，甲是否犯了偽造文書罪？

答：某甲是犯了偽造文書罪。不過偽造文書罪依刑法第二一〇條之規定，其法定本刑為五年以下有期徒刑，同法第八〇條第二款規定：追訴權消滅時效為「三年以上十年未滿者為十年」。某甲自犯罪成立之日（三十九年）起，至今事隔十五年，依上述法條之規定，時效早已消滅，檢察官固不得提起公訴。其已追訴者，依刑事訴訟法第二九四條之規定，應諭知免訴之判決。至於，虐待是另一問題，應視其情節、程度，論以應得之罪。

問：甲乙二人各騎單車，甲撞倒乙，乙再撞倒丙，結果丙之腳部受傷，請問責任誰屬？

答：我刑法採客觀因果關係說，即以客觀的一般常識決定其因果關係之有無，似此情形，如乙無故意過失，丙之受傷應由甲負責，如乙亦有過失，應由甲乙共同負責。

問：派出所查獲違反票據法之通緝犯某甲，誆稱罰金已繳清，藉口找尋收據，乘機脫逃。後又查獲通緝犯某乙，亦稱罰金已繳，查獲人因有前次經驗，不予放鬆，扣送法院。事後經查證，確已繳清，乙如提出告訴，查獲人是否構成妨害自由之刑責？

答：因違反票據法而被通緝者，如能自行投案，法院多考慮實際情形令其分期繳納以示「優待」。一旦被警查獲，再要求分期付款者，派出所或分局無此權限，仍應移送該有關通緝機關，如自稱已全部繳清者，必須提出確切證據，否則仍應移送。縱然經通緝機關查明確已繳清，查獲人亦不構成妨害自由之刑責（如果沒有犯罪之故意的話）。再者，一通緝犯常有數個通緝案，如一案已撤銷而他案不明者，應先查詢警局通報台，警局設有人犯資料卡，不致再有錯誤或遺漏問題之發生。

問：甲男說乙女坐於丙男之大腿上。某日，甲乙相遇於公共場所，乙出手掌摑甲之面頰，甲將乙推倒，致乙之手腳受擦傷，請問：

1、甲男告乙女公然侮辱是否成立？

2、乙女告甲男誹謗、傷害，是否成立？

3、乙之夫要求派出所出具證明甲男確曾打乙女，派出所有無此項義務？

答：1、如使甲男人格、尊嚴，受有損失，即構成公然侮辱罪。

2、如甲男意圖散布謠言於眾，而指摘或傳述足以毀損乙女名譽之事者，當構成誹謗罪。

至於傷害罪須有犯意、行為及結果，三者缺一，當不構成傷害罪。此外，打人未至傷害，可構成侮辱罪。

3、無此義務。

問：甲乙具有夫妻關係，夫出資六分之五，妻出資六分之一，合購房屋一棟。日後，感情欠佳；某夜，夫晚歸，妻拒不開門，其夫怒將房門打破，妻告以毀損，是否成立？

答：甲乙既然是夫妻，房屋又為其所共有，且夫占有多部份，如此經微，當不至構成毀損罪。

問：甲於乙之土地上蓋有房屋一棟，乙將之推倒，是否構成毀損罪？又我（提案人）在處理前項糾紛時，有第三者造謠說我被人打了，是否構成妨害名譽罪？

答：1、乙之土地被甲侵占，乙應循法律途徑訴請「拆屋還地」；如另有損害可請求賠賞，乙不此之圖，竟以私力把屋推倒，難辭毀損之咎。

2、要看第三者是否有意使你的人格、身份、尊嚴以及社會地位受到損害而定；如有，當然構成妨害名譽罪，否則不構成。

問：車禍發生後，被害人表示如果日後傷勢嚴重即提出告訴，否則不予告訴，被害人態度如此含糊，警察機關應否移送？

答：應移送。並將告訴與不告訴繫於日後傷勢嚴重與否之附帶條件在筆錄內，詳加註明，作為日後法院處理時之參考。

問：刑警人員查獲偽藥一批，查案人員為保全証據，認有扣押之必要；但有時寫扣押，有時寫「保管」，兩者效力有無不同？

答：可為證據或得沒收之物得扣押之，此為刑事訴訟法第一三三條第一項所明定。所謂扣押，也就是一種代為「保管」之強制處分，如其用意是為保全證據所實施之扣押，雖寫「保管」意義不差，不必拘泥於所用字句。例如「撤回告訴」，一般人多寫為「撤銷告訴」，事實上法律無撤銷告訴之用語，探其真意是撤回告訴，雖寫「撤銷」仍應視為「撤回」。

問：警員取締賭博時，賭徒息滅燈火，從高處跳下，因而跌傷，取締人員有無刑責？又賭徒指稱沒有會同鄰里長，執行人員應負何責？

答：前面說過，我刑法採客觀的相當因果關係說；換言之，要視執行人員在取締之當時可得預見賭徒有逃亡跌傷事實之發生否，以決定其責任之有無，如在取締之當時，以客觀的一般常識判斷，賭徒不至逃亡或雖有逃亡而不致跌傷，竟而逃亡跌傷，且其跌傷又非執行人員之故意或過失所造成者，不負任何刑責。至於沒有會同鄰里長，僅是執行的技術層面問題，如賭徒、賭資、賭具均在現場查獲，縱有指責，亦無何責任可言。

問：某人之女甚美，有青年甲向之求婚，女父怒云：「汝能出五萬元即送汝。」甲邀約乙、丙、丁、戊各出萬元，交予女父，將女帶走；租屋藏嬌，輪番享受；少女不支，逃回父家。甲請求返還五萬元，女父以女兒損失過大，拒不退還。請問誰有理由？此題一出，滿堂哄笑；祇有初為紀錄的我，低頭疾書，雖在如此輕鬆、有趣的氣氛中，亦無法消除我的緊張。檢察官桌子一拍！正色道：「果有如此傷風敗俗之事，我要依法『提起公訴』！」會場秩序突然冷了下來。乖乖，我想戴先生在發揮他的「檢察權」了。幸而，這位幽默大人，又恢復了他的和善面孔說：「我想這問題可能祇是一個假設，如果就題論題，我的答案如下：

甲男與少女既不具備民法九八二條『公開之儀式及二人以上之證人』之結婚要件，確定其婚姻關係不成立，女父保有五萬元即屬『不當得利』，應返還於甲。同時再看少女年齡幾何？分別構成下列之罪：

1、少女年滿二十歲，甲等亦無配偶，兩相情願，我刑法無處罰明文，不構成犯罪。

2、少女雖年滿二十歲，如不同意，甲等使用強暴脅迫藥劑催眠術或他法至使不能抗拒而姦淫者，構成刑法第二二一條第二項之強姦罪。

3、如少女未滿十四歲時，構成刑法二二一條第二項準強姦罪，但不包括強制姦淫在內喲。

4、如少女十四歲以上未滿十六歲時，構成刑法第二二七條第一項之姦淫少女罪。」

主席看看手錶，時間到了，而問題似乎漸超出實際範圍之外，不欲再為這種假設題浪費時間，趁機起立，宣布散會。我環顧左右，有的欲言又止，有的意猶未盡，我則如釋重負。

五十五年一月十六日《警光雜誌》第十八期

附註：本文刊出後，引起諸多爭議，先有常廣裕先生的〈法曹解惑記〉質疑，接著是丁仕仙先生極盡揶揄的〈讀者來函〉，最後是戴森雄檢察官的〈來信說明〉。讀者如有興趣，可至原刊載的《警光雜誌》進一步探究。

我也來一信，也請能照登

讀《警聲》一一七期「來函照登」：丁先生的「關於『故意抹黑』的說明」後，方知丁先生早在五十多年前，就在《青島健康》及青島警察訓練所自辦的刊物上投稿了。其寫作歷史，可謂悠久，令人欽佩。再從丁先生歷述其在台灣警方所辦各刊物輝煌的投稿紀錄與歷程觀之，更是無人企及，怎不教人肅然起敬！《警聲》何以把這樣一位名震一時的大作家的作品由「百分之百，降到百分之零」而棄於門外？（引用丁先生的投書抱怨用語）我對這位大作家的抱屈與抱怨寄予無限同情與好奇？看了《警聲》第一一三期編者的話：「《警聲》只是退休同仁習作的園地，並非大作家表演的舞台。」始恍然大悟，原來是「小廟裡供不起大菩薩」。其實，丁先生的大作，我也曾拜讀過，感覺上，除了予人以尖酸、刻薄，極盡揶揄之能事外，並無予人以「借鏡」之處。僅憑「老王賣瓜」，就希望能把「百分之零」打破，如不能如丁先生的願，就來個潑婦罵街，殊不可取。我想另一原因可能是「長江後浪推前浪，前浪消失在沙灘上」了。基於上述各點，我勸這位大作家，你就暫且息怒，別再大發雷霆啦！

八十七年十月一日《警聲月刊》第一一八期

烏籠「搶案」偵破記

元月六日晚間，幾個輪值同仁聚在大辦公室內，正談論著數日前在屏東大武山發生的華航空難事件。突有兩個青年人闖了進來，其中一人腋下挾著個斷了提帶的黑色塑膠公事包，他把皮包在桌面上一放，上氣不接下氣地嚷道：「搶案！搶案！」大家一聽是搶案，加上兩個青年人的緊張表情，使原來輕鬆的空氣，也跟著緊繃了起來！大家心裡暗想：今天是新年過後第一次輪值，卻未料到這麼晚了還有「生意」上門。值日官沈松木順手摸出紙和筆，開始問筆錄，同時吩咐值日刑警許文明，電話通知刑事組長及值日員警聯絡其他隊員與司機，待案情問明之後，準備爭取第一時間，即速出動。

報案的青年人說，他叫彭某某，二十七歲，台中縣新社鄉人，是XX塑膠公司的外務員，常住歸仁鄉許厝村岳父許XX家中。今晚自公司領到薪水，乘腳踏車回岳家，途經南保村上帝廟附近，突有三個年輕人，共乘五十CC機車一部，自後面追至，其中二人跳下車來，將他掛在車把上的皮包搶去。因皮包內空無一物，便將皮包丟棄，並出示小刀威脅，隨後將口袋內的新台幣一千兩百五十元搶走，然後騎上機車，向著歸仁方向逃逸。

再問他被搶時間，回答就是今晚八時，巡官抬頭看看掛在壁上的時鐘，尚差五分就十一點了。

對刑案的處理，貴在爭取時間，尤其是搶案，更是分秒必爭。沈巡官在受理本案之初，意在簡單問明案情，即刻採取行動，等他問到被搶時間與報案時間相隔達三個小時之後，隨即由緊張轉為平靜。問他為何相隔這麼久才來報案？「我因腰部被他們踢了一腳，疼痛難忍，所以先回家躺了一會，才想到應該來分局報案。」他這樣回答著。問案的人心裡頓時有種不一樣的感覺；他岳家與分局近在呎尺，且從被搶地點至他岳家必經分局門口，他為何不逕至分局報案？返而先回岳家，從容不迫地「躺了一會」？他這一躺，給他計算一下時間也有兩個小時以上了，這與他剛剛進來時所表現的急促、惶恐、緊張等情形印證起來，有點不對勁。

那個身著學生制服，胸前繡著當地XX中學校名的高中學生，並未在被搶現場受到驚恐，僅是陪同他的姐夫來報案的，為何會與彭某有著同樣的表情，如此慌慌張張、呼吸急促呢？這也有點不合常理。問他當時有否反抗？「其中一個被我摔倒在地上，另一個就在我腰部踹了一腳。」他這樣繪聲繪影地描述著。

巡官放下了筆，雙目盯著彭某，在他身上細細地打量了一下。看他上身著灰色夾克，夾克上的拉鍊只拉了三分之一，裡面是一件白色襯衣，看到這裡就指向他問：「你襯衣的口袋是……」「噢，這兩個口袋就是強盜搶錢時被撕破的。」彭的回答。巡官點點頭，對他的回答表示認同。再站起身來，仔細地檢查了一下他外面所穿的夾克，看過之後心裡不禁一樂，差點笑出聲來；不過，他沒有。

這時，組長章起照接到電話趕來了，巡官向他報告案情。這位不久前因破獲黑貓計程車被搶而獲獎的刑事組長聽過報告之後，似是心有成竹，態度顯得異常鎮靜。接下來就是他與彭某的問與答：

「你有債務糾紛嗎？」

「沒有？」

「你喜歡吃酒嗎？」

「我一杯面就紅。」

「你會賭博嗎？」

「不會。」

「那麼你一定有其他苦衷了？」

「不，我生活得很快樂。」

這時，他的岳父許某也來到分局，並代為辯稱：「這孩子，不酒、不賭、不……可說是個標準青年，我最瞭解他。」言下之意，對他能擁有這麼一位佳婿，頗為得意。

組長聽了這番話，看出許某對他女婿原是這般信賴與尊重，不禁慨嘆道：「真是天下

『岳父』心」。再對彭XX仔細端詳一下，看他面貌敦厚，架著一付黑色寬邊眼鏡，顯得更是斯文。他沉思了一會，突然像是有所感悟的說：「這位青年看來是很標準，不過，一個人也難保不會犯錯，一個人有時也有他的秘密和苦衷，有時連他最親密的人也不一定就能全然瞭解，當然也包括為人岳父的人。」許某聽了頻頻點頭，覺得這話是客觀的，很有道理。接下來，組長才言歸正題，轉向青年，誠懇的勸他，若有苦衷，還是坦然的講出來較好。無奈這位「標準青年」還是堅持被搶是「真的」。既云「真的」，迫使組長不得不列舉數項疑點予以推翻。組長正色道：「這種案子我如果破不了，那我這個刑事組長不是『白混了』嗎？刑事組不就得關門了嗎？少年耶！給我聽好，我來問你：

第一、晚間八時南屏公路上車輛行人尚多，歹徒三人共乘一部五十CC機車，速度未必能高，你若急踏單車，尾隨於後，並呼叫路人協助，歹徒怎能跑得了？

第二、你有勇氣將強盜之一摔倒在地，他們手中的刀子竟然沒有發生作用，對你不是有點「客氣」了嗎？

第三、今晚天氣這麼冷，你所穿夾克，胸前拉鍊必將全部拉好才能禦寒，為什麼經過一番搏鬥之後，夾克裡面的襯衣口袋撕破了，夾克本身及拉鍊卻完好無損？

第四、襯衣左右兩只口袋，各沿一邊縫線撕開，左口袋沿右邊線撕開，右口袋沿左邊撕開，所撕程度相若，未能全部、至少也要兩邊都一齊撕下，強盜有此絕技嗎？」

「以上幾點，你必須給我解釋清楚。」少年知道無法抵賴，只好坦承，所謂「搶案」者，原是他自編、自導、自演的一齣荒唐劇；與他同來的內弟，是個臨時拉來的配角。再問他為何這般自欺欺人？他又唯唯諾諾，欲言又止，組長會意，知他礙於岳父在側，不敢直講。組長這時真的輕鬆了，於是站起身來，面對在場同仁笑道：「搶案到此宣告偵破。」因搶案而引出來的「副案」就請許隊員繼續偵查，並暗示他的岳父暫且離開。再經祕密偵詢，最後，他終於坦白吐露真情如下：

薪水一千五百元，除夕日就已預支。元旦，先在台南XX舞廳蓬拆一番，再到嘉義水上XX茶室泡了一夜，如此這般，薪水就被舞女、茶孃「搶」光了。六號，照例該是公司發薪之日，因無錢向岳家交帳，一向被岳家目為標準青年的他，其荒唐行為當然不好直講，那怎麼辦？「搶案」，於是發生了。

五十八年五月十六日《警光雜誌》第九十九期

獵虎記

三個冊列的惡性流氓，其本名原不響亮，可是提起「歸仁三虎」，在高南地帶，真是個無人不知、無人不曉的名號。

「那三隻」（平日鄉民對他們的統稱），身材都很廋小，猛眼望去，倒像三隻小貓哩。他們所以享有「虎」名，主因生性兇狠無比，狡猾異常，專以恐嚇勒索為生。「三虎」搭檔起來，魚內鄉民，為害之烈，比起「景陽崗」上的那隻弔精白額虎來，又有過之。他們僅憑短刀數把，自稱死而無懼；於是，橫行鄉里，無往為利。茲簡介「三虎」如下：

黃X東，二十三歲，無業，有竊盜、侵佔、脫逃及恐嚇等前科。

林X朝，三十歲，無業，前科纍纍，是太平專案取締的對象，胸前刺有張牙舞爪的猛虎一隻。

黃X發，三十一歲，無業，右臂刺著「海賊」像。曾送外島管訓多年，現因案通緝中。

顧分局長到任不久，即聞歸仁地區有股「虎風」，他決心不容此風繼長，遂諭令刑事組長陳華中，注意虎蹤，務望短期之內，除此三害，以安民心。

組長受命之初，也曾拍過胸脯，保証不辱使命。可是，受害鄉民，因懾於虎威，均以數百元損失事小，全家生命安全為重，非但不敢報案，即對聞風前往查詢的警察人員，亦多守口如瓶，堅不承認。直到數日之後，即本年三月二十八日，首將黃X東捕獲歸案，並經台南地方法院四月二十三日以「累犯共同連續意圖為自己不法之所有，以恐嚇使人將本人之物交付」的恐嚇取財罪，判處有期徒刑八年，並於刑之執行完畢或赦免後令入勞動場所強制工作一年。現在獄服刑中。由此，鄉民對分局的「硬朗」作風，信心大增。

黃某到案後，其餘「二虎」聞風遠颺；從此，歸仁一帶，著實平穩過一陣子。但為時不久，「兩虎」捲土重來，再施故技。

緣由鄉民林烏番，數月前自糖場退休，領到退休金一筆。案發前一日，黃某持破舊手錶乙只，要求押借一千二百元，為林所拒，六月十八日下午七時許，正當雷雨交加之際，「兩虎」搭乘計程車，再至烏番處，要借一千元；林X朝同時從腰間抽出尖刀一把，在烏番面前幌來幌去，嘴裡唸著：「這把刀可曾殺過多人呀！」

林某受此威脅，等於在完全失去自由意志的情況下，任由林X朝自其身上搜去五百元。隨後，「二虎」乘原車逸去；黃某離去時留下一句：「記住！不得報警，否則全家生命難保。」林烏番真的「恪遵」斯言，沒有報警，僅將被劫經過告知鄰居林竹根等人。

越日，勤區警員涂清音，於戶口查察時獲悉上情；迅即轉報分局；分局查證屬實後，認為事態日趨嚴重，以其犯罪手段較之往日慣用的恐嚇取財，更「進步」了。往日的恐嚇取財，僅使被害者發生恐懼而已，其交付財物與否仍有自由決定及討價還價之餘地；而今，本案先以尖刀抑制被害人之自由意志，使之不能抗拒而取其財物，實已構成強盜罪了。分局長遂向台南地檢處申請拘票，積極採取行動。

經過多方偵察後，獲悉林X朝於案發後的第二天，亦即六月二十日，曾僱用台南市安平車行計程車，先到新三東工廠與工人林X興會談約半小時後，轉往高雄縣小港鄉美樂旅社，由服務生載往春發咖啡廳；找到在該廳當咖啡女郎的情婦高X妹，召至旅社幽會約兩小時，再乘原車折返南市後甲里，會見一位退伍軍人陳X康，要求代付車資被拒，旋乘司機不備之際，脫身溜之大吉。

六月二十三日，分局成立專案小組，代號名為「六二三」。由分局長直接指揮，刑警隊派偵查組長王煥章從中協助，刑事組長陳華中任小組召集人，負責策劃一切，積極展開「獵捕」工作。

當天，組長率隊員三人，直趨小港，先與該港大林派出所取得連繫。之後分組：二人在美樂旅社埋伏；二人喬裝顧客，坐鎮春發咖啡廳。苦守竟日，沒有結果。組長一人先行折返，繼續蒐集情報。

二十四日，偵悉「兩虎」經常在南市裕農街某一場所廝混；組長以「此地情況良好」為暗語，急電召回小組留守隊員，移鎮台南市。

二十五日，突接大林派出所電話：「你們的『虎』於本日下午二時再至美樂旅社。從服務生口中獲知有警來過，即倉違離去。」令追緝人員至為惋惜。據此研判，林嫌已有了驚覺，對小港將不敢留戀。分局長決意不再捨近求遠，宜集中全力在南市佈署。首先，覓得接近裕民街某處附近的東都旅社，將警員分為兩組，分由巡官孫景瑤、潘朝欽領隊，輪番註守，聽候消息。苦守三日，消息全無，大家心情沉悶已極。

二十六日上午，初傳黃嫌出現某賭場。佳音傳至，駐守人員無不雀躍。心想：捉一個算一個，於是紛紛要求即刻行動。組長獨排眾議，他認為除惡盡，方為上策，與其擒一縱一，對被害人將有嚴重的後果；並斷定那「兩虎」身邊餘錢無幾，日內必來此聚首。這般分析、解說，鼓勵大家再堅持，再忍耐。

延至二十六日下午七時，再接情報：「二虎」已在某處碰頭了。組長命線民某進入某賭場，繼續虛與委蛇；並約定其與「兩虎」所坐方位，保持某種角度，俾獵捕者易於辨認。十分鐘後，兩組人員會齊，組長面授機宜，約定暗號。出發前各人檢查裝備，並取出隨身所攜「虎照」再度過目一番，加深印象。

七時二十分，潘巡官首先試著入內；在場賭徒並未察覺，反以同路人目之，其餘人員魚貫入場，組長殿後。入內後，二虎玩興正濃，未加注意；待各就各位，架勢擺好，組長以目示意，隊員王金顯、鄭輝雄，同時，分別自二虎身後將之攬腰抱住，其餘人員擁上，加上手銹。或許是彼此心裡有數，雙方未交一語，倒像一幕精彩的默劇。

當離開現場不遠，才聽到有人自後面追來，大聲嚷著：「慢著！慢著！他還欠我六十元呀！」林X朝轉過頭來，邊走邊道：「那六十元嘛！你就記在帳上吧，十年之後我會加上利息還你的。」他回答得那麼輕鬆有趣，引得辦案人員的會心微笑。

「那兩隻獵著了。」（抓著了）鄉人競相奔告。於是，被害者紛至分局。有的聲淚俱下，指訴從前被恐嚇勒索經過，經一一查證，「那兩隻」也坦承不諱。

移送書中附列「三虎」犯罪一覽表，筆者有緣一覽，真是洋洋大觀。自五十一年至八十五年之間，計被害者二十七人，有的被害人被索取達十二次之多；自三百、五百，至一萬、八千；如現金不足，可以支票抵數；有的妻女跪地求饒，反被拳打腳踢。從這麼多被害者的苦訴中，筆者發現被勒索的對象、方式，或許各異，但卻有個共同的特點就是：每當其目的已達到，行將離去時，必將提醒一句：「記住！不得報警，否則全家生命難保。」在未「獵著」之前，此一警告一直是「靈」的。

二十七日午後，正當辦案人在整理案件時，忽聞窗外人聲嘈雜，心中疑惑：「今日何日？！」初則鑼鼓喧天，繼之鞭炮齊鳴。當我們的「組頭」踱至分局門口，鼓噪之聲加劇了。你道為何？原來，鄉民對這位身材高大，氣宇不凡的現代武松，作英雄式的歡呼呢！

五十八年十二月號《警聲月刊》第一一三期

「借車者」戒——記一起計程車被劫案的偵破

離冬防結束還有兩天多一點，一個計程車司機的錢被搶了，車被「借」走了。難怪值日官放下電話，嘴裡念道：「偏偏在這個當口，出個難題。」

緣由南京籍的計程車司機田X華，本（六〇）年二月七日八時許，駕駛輝龍行計程車，於南市民族戲院附近，搭載乘客二人，聲言開往關廟過去一點點，車資議定六十元。

車過關廟，即由乘客擺佈；左轉右轉，盡選山路；直至無路可走時，始命停下。二人相繼下車，在路邊小解。司機把車頭轉掉過來，這個腦筋不會急轉彎的田X華，一直在想，這二人可也怪啦！三更半夜來到這荒僻山徑幹嘛？見二人仍無付錢意向，他也隨之下車小便，一面嚷著「路太難走，應增加一點車資。」怪客也不說可否，便掏出香煙來抽，同時也遞給司機一支，再掏出打火機，恭恭敬敬地為他點火；司機口含香煙，低頭接火；火剛點著，未及抬頭，就覺轟地一下，兩眼直冒金星。原來那怪客趁他低頭（田X華是個一百八十好幾的大個子）接火時，沒有提防，施出了一招「雙拳貫耳」，打的他搖搖晃晃，不辨東西。坐在地上定神一看，不得了啦！眼前還有一把寒光閃閃的短刀在擺動。這個身高一八〇幾公分的司機，在此荒僻的山道上，第一回合就投降了。他苦苦哀求：「不要打！不要打！要錢我給你們。」怪客不為所動，接著動手綁人。那綁人的技術也是一流，先將雙手綁牢，再纏連在左腿上。歹徒在他身上搜去兩百五十元及瑞士製白色手錶一只，隨後，從容登上車發動；臨走前，還探出頭來告訴司機：「車子暫借我們。明天，你來高雄開吧！拜拜。」

田X華費了很大功夫才用口咬開綑綁他的繩索，行至關廟分駐所報案，時間是二月七日二十三時五五分。

田X華對怪客的描述是：「一高一矮，一胖一瘦，一白一黑。這對王哥、柳哥均操『本土口味』的流利國語。」

分局長等人，在司機田X華的引導下，馳往現場勘察。黑夜裡，在那崎嶇山道上，足足摸索了四個小時，司機竟無法指出確實現場。及至天亮，始在龍崎、關廟交界處之保安林山頂，發現車輪迴旋及三處尚可辨認的小便痕跡、一支剛點燃即熄滅的長壽香煙、衛生紙數張等物。

分局即日成立專案小組，代號「二〇七」，於十時四十分，假關廟分駐所召開初次會議，擬定重點數項，立即鎖定偵查目標。

八日八時，發現被「借」汽車棄置於南市裕農路「協興製藥廠」前，車內留有「六十年一月二十六日第五、六、七、八版的中華日報」一張。

經過一週的清查、過濾，發現家住龍崎鄉南坑村的不良少年陳X全，經常在南市蕩遊，結交舞女，生活糜爛；近因竊案才被台南地院判刑三月，卻避不到案。又查陳姓少年曾在某貨運行當過捆工，熟於駕駛，案發前受雇於南市「宏興計程車行」，上工僅只三個小時，即與一機車騎士相撞。據說陳X全並無錯誤，但他心裡有鬼（他無駕照、且身負三個月徒刑），竟棄車逃跑。一跑百輸，在無對證的情況下，全憑騎士單方的說詞，車行老闆林X宏須付騎士一萬五千元養傷費。專案小組獲此線索，與那個吃了啞吧虧的林老闆取得聯絡，林老闆聽了專案小組的來意，認為出「那口氣」的機會來了，他甘願丟下生意不作，每日駕著自用車，大街小巷找人。

二月十五日晚七時許，林老闆果然發現陳X全又駕駛「大元車行」計程車，疾向關廟方向駛去，乃通知「二〇七」專案小組及南市交通隊，派員在博愛路守候。數十分鐘後，陳姓少年果然駕車循原路返回，守候人員將其攔截，以其無照駕駛為由帶回分局偵訊。

陳X全對「借車」事件死不認賬，分局乃通知被害司機田X華到分局指認，田某進得刑事組一看，搖著腦袋：「不太像！」

據研判、分析，這無疑是一條較有希望的線索，卻被田X華「不太像」三個字切斷了，使辦案人員對陳X全的查證工作，一開始就觸了礁。組頭（我們背後對組長的尊稱）如同挨了一記悶棍，默不作聲，只見他香煙一支接著一支地抽。他搜索枯腸，絞盡腦汁，想從層層煙霧中悟出一點道理來。他從案發當時的情形分析起，到田X華報案時對歹徒之描述，說什麼「一高一矮？一胖一瘦……」那等有趣的對比，雖不敢斷定絕無，但在某些重要部分又不無有著令人懷疑之處，例如在那個荒郊野外、昏暗、驚恐的深夜裡，田X華辨認歹徒的正確性是否有誤。

於是，他扔掉最後一支香煙，作了最後兩點決定：

一、命隊員鄭X城、陳X川兩人對陳X全自稱在案發當日之活動情形，再作查證。查證結果，都是「黑白講」。

二、命鄭X雄、王X顯帶陳X全至他在南市剛租住的房內查看。結果，除床鋪之外，空無一物，僅有似曾包過東西的皺皺地報紙一張，放在牆壁中央木架子上，孤孤單單，極為顯眼。鄭X雄趨前一步，伸手抄起那張報紙一看……「中華日報」；再看，…「中華民國六十年一月二十六日」。他如同對上了第一特獎前數位號碼一樣的興奮。他屏住氣息，慢慢對下去……「一、二、三、四版」。他記得在車中檢獲者為「五、六、七、八版」。他因而有點激動了。報名，年月日都對上了，只差版面數字不對，真是可惜！定神一想，唯其不對，才可以銜接。於是，他真地像中了特獎般地跳了起來。

陳X全面對這張「奪魂報」，登時臉色大變，雙手開始顫抖。

回到分局，再經開導，他終於流下眼淚，把「借車」的前後過程和盤托了出來。他說：打從二月七日下午三時，他從南市來到歸仁表叔吳X煌家，兩人計議「專吃一塊」（他說出自表叔之口）開始，說到如何攔車、「借車」、棄車，個中細節，清清楚楚，明明白白，毫不含混地交待得一清二楚。他說，兩人計議好了，吳自家中取出刀子乙把，繩子乙條，先將刀子外層包以衛生紙，再取報紙乙張，連同繩子一起包好；他則取另張報紙包好自己的衣服；然後，兩人去到台南市，因天尚早，先去「赤崁樓」遊蕩。晚八時許，蕩至民族戲院，搭上了一部計程車，「借車」序幕於焉開始。他說，敬煙、出拳，他打前陣；亮刀子、綁人，表叔繼之；再後，他駕車，兩人回到台南市，棄車於台南市裕農路一棟高樓前面。車內尚有鎳幣五十餘元，加上搜自司機身上的兩百五十元之譜，他分得一百元後，將那張用來包繩子、刀子，已無利用價值的舊報紙丟在車中。再後，兩人雇車折返關廟；途中，吳付出三十元後，即在歸仁市場下車，他則回到平日很少回去過的家中。睡至天亮後，將衣服取出，再用那張報紙換包拖鞋，回到台南市租屋處。

現場表演時，辦案人員與司機摸了四個小時尚無法找到的現場，在這個識途幼馬的引導下，十數分鐘就找到了。田X華從頭到尾看到他表演完了，才從搖頭改為點頭，從「不大像」改為「完全對」田X華何以不敢指認陳X全?他的解釋是：事出突然，對出拳者印象模糊，倒是對綁他的那一個留下了「良好」的印象；報案時，受理員警要他說出歹徒的身高、特徵，他為了表明確有其事，就信口塑造了一對王哥、柳哥型的人物搪塞。

越二日，將共犯吳X煌捕獲。他只承認案發當日陳X全確曾來過他家，惟對「借車」等情則矢口否認參與其事。他說那天陳走後，他未曾離開家門，那種事情怎可扯上他?但是，他那不懂事的幼女吳X如，卻能道出：這其間他爸有三次沒有回家睡覺的紀錄，並進一步證稱：父母曾有囑咐，如有警察來問話，要說父親都在家中云云。

吳X煌用心苦矣，怎奈女兒不為父隱瞞！表姪的歷歷陳述，司機的當場指認，他的承認與否，已不重要了。

真相既白，筆者首先向組頭道賀。他遞來一支香煙，抿了抿嘴，搖了搖頭，長長地吁了一口氣，把收斂了近乎十天的笑顏。重新展了開來，小題目，大文章，他是完美無缺地交卷了。

筆者操此文時，二嫌已於三月二十三日，被台南地方法院依陸海空軍刑法第八十四條結夥搶劫罪，初審判處死刑（判決書副本已送至分局）。人生幾何？寄語心存歹念者及早醒悟，莫觸法網，珍惜這有限的人生。語云：「一失足成千古恨，再回頭已百年身！」記至此，不由人輕輕放下了筆，深深為這兩位「借車」者所付出的代價悲。

刊於《警聲月刊》（年月日及期別已無從查考）

往事趣談（一）

讀六十八期《警聲》何振寰先生的大作「我們這一群」，講述當年受訓時，外省籍同學說的幾句台語，讀之令人捧腹，同時憶起筆者三十八年投考「臨訓班」時的一段趣事。

上午的學科順利考完了，下午一節是面試。當叫到我的號碼入場時，我深深地吸了一口氣，力求鎮定。主試者是位五十開外，帶著黑色寬邊眼鏡的老先生，他面前擺的是貼著應考人照片的報名表。他上下打量著我，驗明正身無誤後，就隨便問了幾個問題，如：「何時來台？」「目前工作？」「為何想當警察？」等等。這些只要據實以答，即可過關。不料，最後問我會否說台灣話？心想：我來台也有五個多月了，雖然學會了「呷飯」、和「莫宰羊」，當然派不上用場；如果說不會，那我來幹什麼？招生簡章上明明就有一項須會國台語的規定。於是微微點下頭，把音量壓得低低的，應了聲「一點點」。那想到他老先生玩真的，隨即換上我連一句也沒有聽懂的台語發問；我既不知他之所云，當然無從回答，楞楞地怔在那裡。「不要怕，就說一點點吧。」他改以國語催逼著！我看，不說一點點，難過關啦！心裡一急，衝口說出：「您講的，俺莫宰羊，俺宰羊一點點，您沒講。」至於發音，我用的是國台語之外還混合了一點點山東腔。端端莊莊坐在屋之一角，專司傳話和喊叫考生號碼的小姑娘，蹦地跳了起來，捧著肚子往外跑；本來低著頭審視表格、紀錄資料的老先生也猛地抬起了頭，只見他左手舉起，「唰」地一聲扯下老花鏡，狠狠地瞪著直冒冷汗的我！足足過了一世紀！才似笑非笑地，抿了抿嘴，搖了搖頭，揚起握著鋼筆的右手，朝著房門猛揮一通。我立刻明白，那表示「你請吧！」我退出試場，掏出手帕，猛拭大汗。等在門外還未輪到上場的一堆應試者，迅即圍籠上來，「關心」地問：「幹嘛那麼緊張！都問了些什麼？」我把剛才的一幕重覆了一遍，哄笑中冒出個許姓台籍考生，大聲嚷著：「三八！你這款台語有三小路用？」但最後我被錄取了。

隨著歲月的推移，我人也已退休了。不是我愛「臭彈」，我現在的台語，若有等級之分，該屬「二級棒」；除了三台中午播報的台語新聞，還是有聽沒有懂，倒是三台的台語連續劇，外加楊麗花歌…仔…戲，我是越看越「趣味」。平日「閒閒」（台語發音），「透早、透冥」，和「厝邊隔壁」的「歐吉桑、歐巴桑」、「少年家、老伙仔」、「大漢、細漢」，「鬥陣開講」，攏嘛有通。

八十五年十一月號《警聲月刊》第七十一期

往事趣談（二）

話說當年，所內同仁間的相互稱呼，大概是這樣報的：凡是外省籍的同事相互稱呼時，總在姓的上面加個「老」或「小」字，如「老張」、「老郭」，再不就是「小王」、「小房」。除了本省籍的同事年齡較長者外，我們幾個「外省仔」，都是二十剛出頭，相差不過一、兩歲。但老與小的「輩分」，也不純然依年齡大小為準，那麼究竟以什麼為準呢？誰也說不上來，大概是「約定俗成」吧。反正，叫的人習慣那麼叫，應的人就習慣跟著應。至於，與本省籍同事間的叫法，都是在姓的下面加個「仔」（台語發音），如「孫仔」、「惠仔」等，倒是一律省籍不分，「輩份」不拘，沒大沒小的叫。不過也有例外，如有的同事被起了外號，文雅者如「秀才」、「教授」之屬，皆因舉止溫文，或喜舞文弄墨而得名。現在還和我互通訊息的時捷兄，就被取了個「骨頭」的諢號。他因常年患有胃病，本就有些瘦弱；一次胃潰瘍病發，暈倒在所內，被同仁顧請工人用擔架抬進了台大醫院（那時還沒有計程車，交通工具極為缺乏，病情嚴重到已不能坐三輪車。）。出院後，更是「仙風道骨」，行止飄飄然。從此就被同事直呼「骨頭」而不名其名。這個「謔而且虐」、聽之令人毛骨悚然的「雅號」，由於「傳神」、「切題」，及時捷兄「欣然」接受的雅量，就這樣，「骨頭」不脛而走，也這樣就把「時捷兄」取代了。

前年，時捷夫婦遠從板橋駕臨台南寒舍，老友久別重逢，倍感親切，熱烈地搖動著彼此緊緊握著的雙手，興奮、激動、喜悅，自不待言。

「啊呀呀！四十幾年未見面，『骨…』」，且慢，此時叫「骨頭」太沉重！忙即改口：「…時捷兄，您發啦！」我指的可是他的身體——那驚人的「噸位」。

昔日裡，所謂「骨頭」也者，俯仰之間，已為陳跡，再也聞不到一絲「骨頭味」啦！嘆歲月之流失！曾幾何時，文中的「老張」、「孫仔」兩兄，聞已作古多年，人生苦短，令人感嘆！如今，除了「小王」、「骨頭」兩兄，偶而通通電話，聊聊近況，餘者諸兄，別後鮮少晤面，均已失去聯絡久矣，回首前塵，不勝感慨！

八十六年二月一日《警聲月刊》第九十八期

往事趣談（三）

我和我的同學李時暘君畢業後一起被派至北市交通隊。除了在交通亭上指揮交通外，就是維持延平北路交流道上行人車輛的秩序；尤其當平交道上的欄杆放下後，火車尚未通過之前的空檔，一些不守秩序的行人車輛，總是東看看，西看看，冒險通過。一天，眼看著對面一個制服穿戴整齊的警員，拉起欄杆，快速跑了過來，剛好和在這邊認真值勤的李君碰著正面；李毫不客氣地攔住糾正他，這位不顧本身形象者不但不知悔過認錯，反而惱羞成怒，認為都是穿同樣衣服的人，為何故意給他難堪？於是一言不合吵了起來。請他來隊部，他不肯；我這位同學脾氣也大，一手抓住對方胸前的領子，拖到了隊部，如何處理已不記得了。

之後，隊長張海軒先生（蘇北人），在一次會議上說起此事：「一個警察抓著另一個警察，在大馬路上，拖拖拉拉進了隊部，老百姓追在後面拍手叫好！你（佛佛）說說，像話嗎？」使與會者個個笑翻了天。

難忘雞販淚

八十七年三月十日，《自由時報》「生活焦點」版有個極為醒目的大標題：

《警光雜誌》三十三年第五〇〇期出刊子題是：

前輩犧牲奉獻延續香火，後進薪傳有成寫下紀錄

我屏氣凝神，一個字一個字讀完全文內容後，有如時光之倒流，隨即進入了33年前那段模糊的塵封往事裡。此時，手中仍然握著報紙的我，面對其他「焦點」新聞，竟然再也無心讀下去了。

民國五十四年，我服務於台南縣警局保安隊，某一日，隊長翟X浚先生遞給我一本「明天」（四月十六日）才出版的雜誌——警光「創刊號」。如果細加推算，我所說的「某一日」，正確一點的說法應該是五十四年四月十五日。

時光荏苒，一個不注意，竟然悄悄地走過三十三個年頭啦！難怪當我草擬此文時，已是白髮稀疏，垂垂老矣。

「創刊號」的整個內容早已不復記憶啦！但有兩個專欄，還有些許印象。一個是「魯陽」先生（那時可沒人知道他是位先生啊）叫好又叫座的「警察夫人日記」連載。由於文筆流暢、活潑、有趣，又口語化，雖然是個純屬虛構的故事（也沒人想到），透過一位生有鬍鬚的「夫人」的生花妙筆，生動地，寫活了一個警員太太對其身為基層警員的丈夫平日生活、勤務中的酸甜苦辣，無怨無悔，鼓勵有加。在以後的一段很長時間的連載裡，可說轟動警界，風靡一時，是個最受歡迎的專欄。

有眼不識「魯陽」。在經過一段很長時間後，才知道他就是「某一日」遞給我「創刊號」的那個人，也就是近在眼前，領導我們的隊長X世浚先生。

另一記憶猶新的專欄該是「創刊號」裡的「你怎麼辦？」有獎徵答單元。那是把警員平日執勤時極有可能發生的一些情況，先擬定一個通俗的故事（之後的題材，多為員警所提供之實例），廣求眾同仁，就其個人的閱歷、經驗、智慧，詳述理由，提出兼顧情、理、法的處理辦法；集思廣義，截長補短，由編輯歸納，編為範例，作為日後員警執勤時有可能遇到的類似情況之借鏡。

「創刊號」裡，所刊第一次有獎徵答的題目是「雞販淚」，至於故事的詳細內容早已不復記憶啦！好像是個販賣雞隻為生的歐巴桑，因不知情，收買的雞隻竟為贓物，而被失主發現，硬要無償取回；老太太自認受到委曲，搶天呼地，淚流如雨，為巡邏的X警員遇到（大意如此）……。在故事的最後再來問一句：「假如你是某警員，請問：『你怎麼辦？』」

我怎麼辦？假如我是X警員，我會如何、如何地、詳詳細細地、密密麻麻地、洋洋灑灑地，寫了五張十行紙，寄去應徵。

民國五十四年六月十六日出版的第三期《警光》，隊長又送我一本，並附上一句：「你等著領獎吧。」

想到這裡，報紙一丟，忙去反箱倒櫃，費事八里地把33年前那段簡短的剪報找了出來，在那泛黃的剪報中，編輯先生是這樣說的：

「本刊第一次有獎徵答『雞販淚』，承各地警察同仁踴躍提供高見，收到應徵函一百二十餘件。這種探討問題的精神，實令人感動。依照徵文辦法，本刊選出四位答案最完全者，各致贈獎金五十元。另有佳作多篇，僅能致贈本刊一份，聊表敬意。獲獎及佳作同仁姓名如下：

台南縣警察局保安隊警員崔建侯、嘉義縣警察局景山派出所汪修烈、苗栗縣警察局尖山派出所警員黃春杉、台北縣警察局柑園派出所丁仕仙，以上各致贈獎全五十元。」（佳作名次就略而不抄啦）

怎知這份每期必從「刊頭」讀到「刊尾」的精神食糧，隨著人的退休而畫上了句點。二十多年來，晨思暮想，自不待言，去年劃撥郵購（一年份），自四九六期起，與久違的《警光雜誌》終於再續「前緣」。所謂「前緣」？是因當年也曾手癢，濫竽充數地為她寫過幾篇不成熟的短文，印象深刻者如刊於第十八期，引起質疑，而勞動檢察官載森雄先生來信解說的〈法曹解惑記〉、十九期的〈你騙得過嗎？〉、一一三期的〈獵虎記〉、期別已忘的〈借車者〉戒等。

由於「郵差總是慢按鈴」，五〇〇期遲至三月十七日才到手，距出刊日期已相隔半月有餘，即與《自由時報》之報導日期也足足晚了一星期，這與當年「今天可以看到明天的創刊號」的情形大有不同。

手捧五〇〇期，憶及「創刊號」，無論內容和質量，自是各有不同。這份精神食糧，猶似一條綿延不息的長河，源自「創刊號」，流向五〇〇期，一路走來，何其艱辛。隔著遼闊的時空，屈指算算，三十三年，回首憶往事，往事已蒼茫！唯「創刊號」記憶猶新，唯「雞販淚」不曾忘懷，唯「歐巴桑」那唏哩嘩啦的哭泣聲，依稀可聞。

八十七年六月號《警光雜誌》第五〇三期

佳餚頌——隱喻警聲月刊內容

譬之為「滿漢全席」並不誇張。
比之為「青菜」的路邊小攤，也還恰當。
月復月，準時奉上。
保健常識，最當行。
名人與典故、歷史故事，可鑑往。
詩詞與俚語、幽默小品，任君嘗。
這一席「料理」，為您端上。
少一點挑剔，多一點褒揚。
老闆、廚師，兼跑堂。
經濟、實惠、可口，「尚蓋」了當。

八十七年十一月《警聲月刊》一一八期

我愛警聲

我愛《警聲》，不是一見鍾情式的，是漸進式的，當然不是始自「創刊號」，始自何時？已無從查考，但可以確定的是：我對早期的《警聲》未曾加以珍惜則是事實，就如視同一般廣告紙張者然，看過之後隨即丟棄，從也沒有想到過應該保存下來的問題。及至覺悟到我是正在暴殄天物時，為時已晚，大錯已然鑄成。回過頭來，想再找尋散失的《警聲》從頭整理時，已不齊全，卅九期之前者已無影無蹤，徒留追悔在心頭！

為此，我也曾想到該如何補救，如計畫向老同事蒐羅索取等是，幾經分析、考慮，認為不妥，如被索取者也是個粗心大意的人，和我一樣的隨看隨丟，不加珍惜，想必也是早就連個影子都沒了，還能冀望求到什麼？假如被索取的對象是個每期都能完整地保存者，那就證明你愛，人家更愛，人家豈肯割愛？我有時也曾大發奇想，想厚著臉皮向編輯部商請索取或價購，這可需要一點勇氣的，剛好我沒有。

我未能從「創刊號」起，期期保存下來，引以為憾，甚且自責（自八十一年四月號即四十期之後即甚完整）！往者已矣，亡羊補牢，雖有點晚，總比不「補」好吧！

值茲《警聲》創刊十週年，忝為《警聲》的忠實讀者，卻又拙於用華麗的辭句以表賀忱，有的只是一點自我期許，期許在往後的歲月裡，仍如往日一樣的，每當每月接到《警聲》之時，急切地拆開，一字不漏地從刊頭讀到刊尾，更重要的是：讀過之後必將妥為珍藏，每至年底，再將全年十二期的《警聲》，完完整整，附以封面，註明期別，合訂成冊；並按各期內容另再設冊，依序抄寫目錄及作者姓名，便於日後查考。此一「工程」將永遠持續，有生之年，絕不中輟，庶也不負編者、作者，還有印刷者的辛勞。

八十八年一月一日《警聲月刊》一二一期

老照片說故事

違警車、違規人

早就忘記這台三輪車違的是什麼「警」了，它被同事留置在派出所門前左側空地上，以待處理。兩個二十剛出頭的「囝仔」警員，一個跳上去坐，另個作勢要拉，背景是日前再次遭火燒，歷史悠久，遠近馳名的「圓環」小吃攤。

這照照片拍攝於四十九年前，北市南京西路一二五號、當時還只是七個人的派出所門前，是冒著被「毒蛇」（督察的台語發音）抓到記過的危險，留下了這幀「不顧形象」的照片。

當年的「囝仔」警員早已退休其間的變化，宛若滄海桑田，「坐車」的小王早已搬去了台北縣，「拉車」的小崔家住在台南，想要再聚首，還真有點難。

八十八年三月二十九日《聯合報》〈鄉情〉版

附記：

再看老照片時，拉車的「違規人」竟然老淚縱橫，無法自持。因為坐在違警車上的「違規人」已於本（103）年四月二十八日離我而去！不久前還通過電話，曾幾何時？才在台北五人的餐敘中已先後走了三位，先是王元富教授，再是煥旭、守誠（坐車者）；僅存者是常在「警聲月刊」寫文章的金韻和處在風燭殘年，隨時走人的我了。京劇裡有句戲詞：「嘆人生如花草，春夏茂盛，秋風起，即漸枯萎，凋零！」這就是人生。

「其他現金給與」給歟？不給歟？

——一場行政訴訟，言詞辯論，旁聽記

三月十四日，陳山嶽、周耀明、郭福全及筆者，合將起來，接近三百歲的四個「老番癲」，起個早五更，各自從各自的鄉間住處，聚合於台南火車站，搭乘七時五十九分的自強號北上列車，十二時零八分抵達台北。出了車站，但覺眼花瞭亂。為了節省掏自自身荷包裡的幾張有限的鈔票，四個「歐吉桑」，嘀咕老半天，最後決定，安步以當車。於是，問問停停，磕磕絆絆，「摸」進了忠孝西路一段的「警察招待所」。

三月十五日，八時不到，來自各縣市的旁聽者陸續抵達行政法院。九時，進入原訂九時三十分開庭的第四法庭。幾分鐘後，旁聽者爆增，無法容納；庭丁請示過後，於九時二十分宣布，臨時改至寬敞的第一法庭。

九時二十八分，受命推事蒞庭（審判長請假，改由推事審理）。二十九分辯論開始；首由我們委任的訴訟代理人王化榛先生起立陳述告訴要旨：（從略），

但見他，不卑不亢，儀態謙恭，口若懸河，據理力爭，說理暢達，滔滔不絕達三十分鐘；說到精彩處，庭上頷首含笑；說到激昂時，氣吞河嶽。庭上不時附和：「我的立場和你們是一樣的。」，套句俗語：「絕無冷場」，可謂辯才無礙，雖經驗老到的掛牌律師，亦遜

色三分。

訴訟代理人陳述完畢，庭上問：「還有人提補充意見嗎？」旁聽席上第一個舉手發言者為「全國退休聯盟」召集人張X飛（略）。接著，是來自台南縣的原告代表陳X嶽：「我謹代表台南縣一百二十六名退休警察人員的心聲說幾句話……」在徵得可以台語陳述後，就以台語侃侃而談（略）。

再來，是司法院參事任內退休的「聯盟」秘書長孟X潔的發言：「這一百二十六名原告的呼聲，正代表了全國退休公教人員的心聲，他們不辭艱辛，能勇敢地站出來，為維護退休人員的合法權益而奮戰，令人敬佩，盼庭上發揮道德勇氣，本乎正義、公理，依法行政，依法行事，依法判決，一百二十六名原告幸甚，全國退休公教人員幸甚。（獲得旁聽席上的如雷掌聲）」。

最後，是金吾協會常務理事楊X輝及桃園縣退協代表陳先生陳述過後（略），推事看看手錶說：「我會把你們的陳述提供審判長參考。」隨即宣布退庭，在掌聲中結束了一小時二十分鐘的「言詞辯論」。

我們摒棄不理性的抗爭活動，我們不玩街頭請願遊戲，我們是守法的一群，我們豈好訟哉？我們不得已也。

八十八年五月一日《警聲》一二五期

附記

編輯部敬啟：

我等為台南縣一二六人（部份退警人員）所推舉，雖百般堅辭，而不得對接下了這場勝算掛在雲端的遊戲。一年多來，揮汗、熬夜、撰狀、打字、造冊、投郵，均依法按法定程序，從陳情、訴願、再訴願，一路走來，備極艱辛（所有費用皆由我等幾人自掏腰包）。至今天的最後「行政訴訟」止，總算完成了一個「階段性的任務」；至於最終結局，或可預知勝算幾等於零，但美好的仗已打過，總算無負所託，也就無怨無悔了。

「其」文為我等出庭三月十五日行政訴訟言詞辯論時之實況，爰為之記，旨在告知我退休警察人員，還有部份「憨人」（藉我妻對我等之評語），出錢出力做憨事。

茲附回郵信封一個，若礙於立場不便採用時，請將『其』文原件擲還是幸。

恭祝

編祺

讀者崔建侯謹啟

三月二十日

爭取「其他現金給與」尚未成功

——退休公教仍得繼續努力

宋人蘇軾說：「夫天地之間，物各有主，苟非吾之所有，雖一毫而莫取。」誠然，做人如果踰越此一原則，就易被人譏為「貪夫」了。同樣道理，如果把此一古訓作個對等的引伸、推演，應該是：「夫天地之間，物各有主，苟屬吾之所有，雖一毫而應爭取。」誰曰不宜？

我退休警察人員何其有幸？有「金吾協會」幾位有血有肉，又有道德勇氣的退休長官、先進的鼓舞、輔導下，已喚起了各縣市、各單位退休警察人員之覺醒，不再「沈睡於自己的權利之上」，知道該如何為維護自身權益，或個人，或集體，前仆後繼，循法律途徑，一步步走向行政法院，訴求行政救濟，而被違法苛扣「屬吾人之所有」的「其他現金給與」，豈是一絲一毫者之可比？

雖然，法院每以「鋸箭式的療法」，輕率駁回了事；但我人確信，後之繼起者必將仍有人在，蓋真理只有一個，愈辯、愈炒，愈明也。

前省政府警政廳警察電訊所技士吳永春君，為爭取「其他現金給予」，單打獨鬥，鍥而不捨，其艱辛可知，其勇氣可敬。後來，行政法院終於（88.05.28）作出「原告之訴為有理由」、並指示銓敘部「就此重要事項未予詳究即駁回原告之再訴願，自有未合」的判決，值得喝采。遺憾的是，既認定被告銓敘部駁回再訴願為「未合」，就該本於職權，發揮道德勇氣，依法逕為原告勝訴之判決，使原告可得據以求償。然而，僅為「再訴願決定撤銷」之判決（見判決主文），踢回銓敘部，如此推諉，有欠擔當。不過，較之以往動輒把原告之訴草率駁回的情形已「大有進步」。此已足以予我人以極大的信心與鼓舞了。

我等前曾代表南縣一二六名退警同仁提起行政訴訟，原寄望能得到與吳君同等勝訴之判決，不料遇此巨大地震，「震」得法院不得不因「茲事體大」而失去立場，於八十八年十一月十九日，以四兩撥千斤之手法，輕率駁回了事。

以此例比較，案例相同，訴求相同，卻作了震前、震後截然不同之判決；但我們並未氣餒。記得有位「金吾協會」的領導人曾對筆者發下誓言：「不達目的，決不甘休。」換言之，這場遊戲，還要「玩」下去。

我對「金吾協會」的領導能力及勝算機率深具信心，其不辭艱辛，甘為維護退休警察人員權益奉獻心力、奮戰不懈的精神尤為敬佩。我想應該有人，譬如高階退休警察官長，站了出來，振臂高呼，籲請凡我退休警察同仁，亟應團結一致，群起響應；齊一步調，莫存觀望；出錢出力，鼎力支持，以最多、最大的掌聲繼續予以鼓勵。

註：《警聲》第一二九期潘啟瑋先生的大作〈何謂『其他現金給與』〉？文中對屬吾人之所有的「其他現金給與」已作了極為精闢詳盡的闡明。

一語成讖悼王兒

你遇害於八十五年九月七日，時間沒有使人淡忘你那悲慘的結局，縱然兩年多的日子匆匆過去。

那是個沉鬱的下午，我和小組長郭先生相約，各開著一部車子，超載了十多位你生前在職時共同打拼的夥伴，來到台南市善德寺參加你的告別式。看著擺滿了的花籃、花圈，隨風搖曳著的輓聯，還有靈堂正中央你那胖嘟嘟，滿含笑意的遺容，不由得教人悲憤交集，無語問蒼天！

王兒兄，想必你出世之時，就是個白白胖胖的大小子，很能獲得家人關愛的眼神，所以，為你取了個怪異的好名字——王兒，讓人一看就知道：你們許家是多麼地寶貝著你啊！有人說：「人生如夢。」有人說：「人生如戲。」我說：「人生如謎。」在謎底沒有揭開之前，誰又怎能猜得到最後結局是什麼？

人生自古誰無死？「死」！對我們這等「老大不小」的夥伴們，已不再是什麼新鮮事啦！然而，你的死卻衝擊著我們，留給我們的是無法抑制的悲痛。只因為你死得太特別！太悲慘！太難以令人置信了！這個「戲劇」性的悲劇發生在兩年多前的一個早晨，你蹲在自家後門洗刷拖鞋；一個曾因闖入民宅，無緣無故，把一個午睡中的老婦人砍死在床上，而被處以「保安處分」，剛結束「監護處分」回來的精神病患者，從前門悄悄溜了進來；未發一語，就在你的背後，用一把肉販用來剁骨頭的那種刀，對著你的頸部猛砍一刀；登時血濺餘丈，你本能地起而抵抗；終因刀中要害，已是有氣無力了。接著，又被猛砍兩刀；可憐的你，遂即倒斃於血泊之中，就這樣不明不白地結束了你那寶貴的生命，連一句遺言都沒來得及留下來。

王兒兄，你還記得嗎？在你遇害之前，也就是在我們那幾個退休人員的小組聚會上，坐在我身旁的老唐，問起坐在對面的你：「老許呀！你退休下來之後，都在家裡幹什麼？」在那個鬧哄哄的聚會上，幾個靠近你坐著的老夥伴們，都清清楚楚地聽到你那簡潔、明快的回答：「在家裡等！」四個字。那個退休後一直遊走於歸仁、鳳山、台北之間的老唐卻沒有意會過來，接著問下去：「等什麼？」這次你的回答就更簡明到只有兩個字——「等死！」。

這話倒是句實話，只是這樣地說出口也未免太刺耳了吧！使問話的老唐只能尷尬地坐在那裡苦笑。為了緩和一下氣氛，我替你修正為：「等『那邊』的人事命令。」因之，遂又恢復了嘻笑之聲。但不管「等」什麼，即使是等「人事命令」，按當時的含意，也都不是一句吉祥話。因為，我人等都已退休了，又哪來的什麼「人事命令」好等？更何況還挑明了是「那邊的」！所以，我一直為我的失言後悔不已；尤其，當你剛剛遇害的那幾天。王兒兄，你雖已逾青壯之年，但還擁有粗勇之身；退休之後，本就該過著也無風無雨也無雲的日子；

若非上天好妒，你盡可在家多「等」幾年。招誰惹誰？為何竟然禍從天降，而使你飲恨黃泉？距那次的小組聚會也僅半月餘耳，誰能料到你當時的一句無心戲謔之言，竟也成了日後應驗的讖語！而留給我們這些曾經和你一起打拼過的老夥伴們的卻是無盡的悲慟！

九十年二月號《警光雜誌》第五三五期

我看「誰是兇手？」

在一本頗負盛名的雜誌上讀到一則〈誰是兇手〉的短文。之所以引人入勝者，在於內容的曲折離奇又有趣。該文內容大意是說：「甲乙丙（原文是ABC）等三人相遇於沙漠之中。丙和甲、乙有仇，甲偷偷在丙的水壺中下了劇毒；不知情的乙也想害丙，因此在丙的壺底偷偷鑽個洞，把壺中的水漏光了。結果丙因缺水而渴死。請問：甲、乙應負何種刑責？」

茲就該文涵義試解如下，正確與否？誠如該文所說：「看問題的角度不同，得出的結論就不同。」丙和他的仇人甲、乙相遇於沙漠之中，早就注定了「必死」的命運——非死在壺中的劇毒，也難逃因缺水而渴死在沙漠之中的結果。丙果因缺水而死，這固然沒有違背乙的本意，但丙缺的是解渴的「白開水」，而非劇毒水，乙的行為是不能發生死亡結果的；例如舉槍殺人，槍裡根本沒有子彈，刑法上是找不到處罰「不能犯」條文的；且因劇毒水漏光了，而反而延緩了丙的死亡時間與痛苦（雖然渴死也不好受）。至於甲以殺人之意思，在壺中放有劇毒，欲置丙於死地，且已著手實行了，犯意明確，雖然丙非死於壺中之劇毒，那是因乙之介入，陰錯陽差，使甲之殺人故意與丙之死亡原因，「因果關係」中斷了，但甲難脫「殺人未遂」之刑責。

由「誰是兇手」一文的內容看，丙的死，夠冤枉；因為陷害他的甲、乙，一個僅負「殺人未遂」刑責，一個又找不到處罰的條文。這樣的「以法論法」，可以預料地是：被害人丙的家屬一定無法接受而「上訴到底」。是非曲直，就只有留待法院做最後的判決了。

戀戀台北圓環邊的人和事

在基隆寄居親戚家，翌年五月考取警察學校「臨訓班」。這項考試是在招收過去曾當過警察的人；我沒有這種經歷，也去報考，也被錄取了。經短期講習後，就被派到台北市南京西路與寧夏路口的轉角處——統稱之為「圓環」派出所——服務。其真正的名稱是「台北市警察局第三分局南路西路派出所」。

自三十八年五月至四十三年五月，我在「圓環」住了整整四年。四年的時間，我踏遍了建成區「星明」、「星輝」兩個警勤區大街小巷的每一個角落。管轄區內，每家每戶的口人口數、生活狀況、職業、工作情形等，我都瞭若指掌。不管男女老少，幾乎無人不識我這個「崔仔」的。憶及當年，如果我身穿便服，在轄區內轉上一圈，總有打不完的招呼，歐吉桑、歐巴桑個個真誠而不虛偽。

當年，查戶口時，總會遇到一些至今難以忘懷的溫情。有的歐巴桑或阿婆，會端出最好吃的東西要我吃；常常，我想客氣地「意思一下」，都不行；必須把滿滿的一碗如當歸鴨等什麼的，硬著頭皮吃個精光，老人家這才會滿意開心。有次，有位阿婆把我的手拉過去拍打著，口裡念念有詞，身旁有位小姐就幫她翻譯成：「這是誰家這樣可愛的孩子？父母怎麼捨得讓他一個人漂洋過海，來到這麼遠的地方！」我聽了，便想起遠在家鄉的父母；一時激動，竟然悲從中來，抽抽噎噎，久久不能平息。惹得幾位歐吉桑、歐巴桑圍攏上來，說了太多我聽不太懂的安慰話。

我那不顧形象的一幕，至今每每想起，仍存留著那股又羞愧，又尷尬，又溫馨，又感動的複雜心態，永生難忘。

附記：臺灣人早就沒有相互仇視了

二〇一二年間，口才便捷的中華民國總統候選人蔡英文被美國人問到「台灣人為什麼仇視彼此？」而卡住，無言以對的問題。身為中華民國的總統候選人，盡可理直氣壯地回答他：「這是選舉期間的常態、是必然現象，任何民主國家的選舉都是如此，美國總統大選時，難道民主、共和兩黨還要相互擁抱嗎？還不是彼此攻訐得厲害，如果也有人解讀為『美國人為什麼仇視彼此？』這和被問到我的這個問題同樣地愚蠢，同樣地不合邏輯。」二〇一一年九月二十四日中國時報的一篇社論題目——〈附記：臺灣人早就沒有相互仇視了〉。誠然，這是針對不知就裡的美國人戈迪溫教授的發問作了極為精闢的答覆。如戈氏仍有疑惑，何妨借讀該文？包你茅塞頓開，再也不會有這種既無常識，又欠禮儀的發問了。

就如我早年服務於台北的體驗，誠如中國時報社論所說：「臺灣人早就沒有相互仇視了。」

憶台北圓環邊的巍巍「大中華」

半個世紀前，也就是民國三十八年至四十二年間，我住在台北市南京西路與寧夏路口的轉角處，那也是我服務的處所。此處與那個歷史悠久，遠近馳名，後來曾遭遇兩次火燒依然屹立的圓環小吃攤，隔條馬路，日月晨昏，面面相對達四年之久。畢竟時隔太多年了，對當年圓環附近的人和事，或許有些已模糊，有些卻仍是記憶猶新。當時，在我們的左手邊不遠處，有個響叮噹名字的小電影院──《大中華戲院》，我們叫它「大中華」。這個專映二或三輪中西影片的「大中華」，為圓環附近的人們提供了價廉物美的育樂享受。因為與我們近在呎尺的好厝邊，所以我們看戲都是免費的。但是，如果解讀成是在看「霸王戲」，那就太沉重了！只因：我們對喜歡找碴滋事的附近小混混具有「辟邪」的功能，應該才是被「歡迎光臨」的原因吧！在那個沒有電視的年代，工作之餘，跑去「大中華」紓解一下，是個不錯的享受。當然，「大中華」的幾個水噹噹的收票員，還有販賣部老闆娘的漂亮女兒闞桃小姐，都是吸引我們常跑「大中華」的原因。如果勤務忙，隔個一或兩天沒人去，老闆林金先生（後來林老闆曾經當選過台北市市議員）就會派出那位又瘦又小的經理小李來「催駕」了。

「大中華」放映的影片，除了台語片外，無論國語片、西洋片，都由一位不會說國語，當然也不會說英語的歐吉桑，在戲院左上角一塊圍著布幔的方寸之地，用他那低沉、不疾不徐的音調，模仿著影片中男女演員喜怒哀樂的語氣，恰如其分地口譯成台語播放出來。這不但幫助了那個時候多數還聽不太懂國語的觀眾對劇情的更深了解，對我這個急於想學會台語的「外省仔」，助益也大。日久之後，我和他混熟了；我說國語他聽得懂，他說台語我也了解個三、四成。就這樣，各說各的「話」，竟也成了很「談」得來的好朋友。我離開台北時，還被邀至其家，叨擾一餐，說是為我餞行。如今，因年歲已久，再也想不起他的名字來了。

隨著歲月的流逝，我人年近八旬，有事沒事就想起那個當年「談」得來的歐吉桑；他若還健在，該是百來歲的人瑞了。還有他那依附為生的巍巍「大中華」，在電影走入沒落的今天，還否依舊幕起幕落，為圓環附近的人們提供著宛若人間悲觀離合的舞台？

九十四年八月號《警友之聲》一六九期

說宿舍話滄桑

二進關

沈君山先生以「二進宮」為題，描述他二度中風住進醫院的文章，獲選為該年度散文獎。我不避「東施效顰」之譏，大膽地用了「二進關」為本文的第一個子題。從警二十五年，一半以上的時間是「關」在拘留所裡度過的；其中，以在嘉義水上分局的拘留所「關」的最為徹底。當時，雖規定為二人看管，因一人被抽調承辦其他業務，看拘留所的任務就由我一人包辦了，先後達四年之久。第一次「關」了兩年，調到一個人人艷羨的「好」派出所；五個月後，我就請調至布袋分局轄區，且指名請調到數海浬外的一個荒島之上的「壽島檢查哨」。那是個沒有人家居住、令人畏懼的荒島；我不顧朋友的勸阻，三番兩次地往上報告，指名請調此島，最終如願以償。當我第一步踏上該島，面對浩瀚大海，頓覺塵囂遠離，得其所哉。島上有一名上尉軍官、一名士兵及我三人，相處融洽，工作安逸，大有「塵外孤標」的快慰。不料不到一年，因「歸建問題」，我就回到了保安隊，刑事科要我留在總局看拘留所，我也同意了。聽歸仁的老同事說，分局長到處探聽，得知我轉了一圈回到了保安隊，立刻跑到人事室把即將發佈調總局拘留所的人事命令硬是改調水上分局，到了水上分局，我就「二進關」了。

又是兩年。結婚後總不能一年到頭，一天二十四小時「關」在拘留所裡吧，於是請調台中市；此時，才發覺我已經不適應都市生活了。等滿一年，即與人對調至南縣保安隊。我知道那是個短暫時間就要外放各分局或派出所的工作；因此，我事先有個卑微的要求：一要看拘留所、二要有宿舍。在兩項如願的條件下，我來到了歸仁分局拘留所，一「關」就是十年。若不是最後被調整為「暫代」承辦違警裁決業務，可能時間要更久。這一「暫代」就是一年，而且是個沒有期限的「暫代」，否則我想我會「關」到屆齡退休為止。幾次要求「進關」不成，想要擺脫「暫代」，唯有申請退休，時年四十八歲。

住進了「臨時避難」的「問題宿舍」

我第一天報到，七十多歲的老工友——老羅伯伯——帶著我去看分配到的宿舍。他對那棟宿舍給我作了個詳盡的「簡報」；他說：「這是『警民協會』所建的最後的一棟，因建商發生了『財務危機』，但在契約的約束下又不得不履行。是我親眼看到這棟宿舍是在極度嚴重『偷工減料』的情形下完成的，這也是大家都知道的事情。」隨後，他安慰我說：「暫時先來住，等到有人調走後，再有宿舍空出來時，馬上就會搬過去的。」

我聽了之後，心裡想：這原來是個供「臨時避難」用的「問題宿舍」；但我沒有選擇，只有先搬來住著，再等機會了。誠如老羅伯伯所說「嚴重偷工減料！」客廳的地不是平的，從中間凹陷下去了，宛如一隻「碗公」型。妻有潔癖，平時即有洗地的習慣，等她洗完了的水很自然地就流到了「碗底」。妻隨便用個罐頭空殼就可以把污水一下又一下掏進桶裡，她自嘲地說：「這比以往必須用破布擦拭『省事』多了。」之後，我有幾次可以更換宿舍的機會，我都不作考慮；生死有命，就安心住下去了。

宿舍邊的「違建」出了問題

鄉間的宿舍周邊都有空地，孩子大了，大家都利用宿舍的後面或旁邊搭蓋個簡陋的房子，供孩子讀書或居住。大家都是如此，十多年來相安無事。後來，誰也沒有料到，有位因案處在停職狀態的同仁閒來無事，就在他的宿舍前面蓋起有模有樣的房子來了。那是一條供人（包括百姓等）通行的道路；他的宿舍又在整排宿舍的中央，極為突出、刺眼！分局勸阻不聽，蓋到一半就被強制拆除了。他不甘心，遷怒他人，用手比劃著整個宿舍：「你們給我等著看！」

果不其然，不久就「等到了」警局根據他的一通檢舉信來到宿舍調查。調查的結果，無論退休或在職人員的宿舍後面或旁邊都有「違建」問題。不過，既不妨害交通，又無有礙觀瞻，都是可以申請而未申請的所謂「程序違建」。類此情形的警察宿舍可謂多之又多，縣府持有檢舉人的具名信函，不辦也不行，就發公文給警局要我們限期補辦個手續，對檢舉人有個交代，而對我們這些「違建戶」也可說是個寬容的解決辦法。哪知，那位剛從歸仁分局調去行政科的承辦人像是對歸仁過去的同仁具有深仇大恨似的，硬是把公文壓著不發，等到快要接近期限時才把公文發到歸仁鄉公所。他還不放心，再打電話通知鄉長，要他一定要等到期限到了的最後一天發下去，鄉長把實情告訴了我們，大家群情激憤，但又奈何？

幾天後就接到警局公文，大意是說給你們有個補辦手續的機會，你們卻不理不睬；再限XX日之前自行拆除，否則警局要代為強制執行！天天電話查問有無自動拆除？天天電話催促何以還不拆除？有天，拆除大隊真的帶著工人把車開來，作勢動工，看似有點不知先從哪間開始的猶豫，我們就要求具結自行來拆，減少損失；結是具了，但誰也捨不得自己動手拆自己辛苦搭蓋的「違建」。無論退休或在職人員，尤其那些太太們，更是愁雲慘霧，一籌莫展。

一封求救信函擺平了

有人建議：推舉並鼓勵我起草寫封信，他們拿去台南打字機行打字後，寄給蔣經國，看能否得救？在沒有辦法的情形下只有走這步「險棋」了！

我就把經過的前因後果以及警局如何把可以補辦手續的公文故意壓著不發的情形，非常詳細地寫了個明白。我最後是這樣寫的：「我們抗戰時不死於日寇，勘亂時未死於共匪，想不到追隨政府來到台灣而死於政府的顢頇官員之手。我們不怕死，但必須報告院長使您得知下面的實情，我們方可死得瞑目……」

信寄出後，我們也曾討論過，經過層層管制，恐怕這封信根本到不了院長的手裡。但誰也沒有想到，這封陳情信函以限時寄出的第三天，全省各大報紙刊登出經國先生發表的長篇談話（當時沒有留下這篇具歷史意義占有兩面報紙版面的長篇文告至感惋惜）。其中，有段令人無法忘懷的內容；大意說：「…部分官員拿著雞毛當令箭，不但不為百姓解決問題，反而製造問題，為難百姓，這樣他就可以高高在上，顯示他的官威，而撈好處…」把那些存心不良的狗官罵了個痛快。

說也奇怪從那篇談話見報後，再也沒有任何官員來電催促「限期自動拆除」了，也沒有「拆除大隊將於某日來拆」的威脅了，就像什麼事情都沒發生過似的風平浪靜了。大家都說應該「感謝」我。不，我說：我們應該感謝的是「偉人蔣經國」。他在日理萬機之餘，不忘「關心民瘼」，對小民的疾苦反應，且能快速地伸張正義、解民倒懸。他的偉大無人能比，他的美譽足可萬古長青。

更大的問題臨到我頭上了

當年「警民協會」在建警察宿舍時，是在一片雜草叢生的荒地上，卻又極為複雜；有縣有地、有鄉有地，還摻雜了私人土地的一點點邊緣。當時分局承辦人去找擁有那塊土地的所有人某甲商談，要「借用」他土地邊緣伸出來的一點點蓋兩間宿舍，地主某甲滿口答應：「沒有問題，要蓋多少都可以。」」當時的情形是如此。幾年後，甲把他擁有的其他土地賣於乙；乙蓋了房子後，再把剩餘的部分賣於丙；丙的兒女親家是地政事務所的主任，就告訴丙：「你有『好康』了，你買的土地還可以延伸到分局的兩棟宿舍內」丙本來就是個歸仁一帶惡名昭彰的人物，於是就向縣府、警局提出歸還土地的要求；縣府當然不肯，丙就提出告訴；第一審就勝訴了。縣府不服而上訴，第二審縣府勝訴了，理由是：「原告向乙所付的錢僅限於原告現在建好房子的土地，並未包括警分局的兩棟宿舍在內，警分局的兩棟宿舍其所占用的土地係來自原地主甲的『無償贈與』，當然合法。」因此，原告之主張，顯然無理由而敗訴。

原告之子時任台南高分院書記官，自忖這官司打下去已無勝算把握，就約同一位縣議員去警局面見局長，意欲要求一點補償和平解決。不料局長一聽是為崔建侯占用的宿舍而來，就勃然大怒：「你們不是會告嗎？再去告呀！」根本不容他兩人有說話的機會就被轟了出去。我推算那時應該就是本刊編輯委員林昭標先生局長任內發生的事。

再告；第三審縣府徹底敗訴，被判「拆屋還地」而定讞。理由是：「被告辯稱其土地之取得既為某甲的『無償贈與』，當時為何不辦理『贈與』的過戶手續？現在經過測量，其所占土地為原告現有士地不可分割的部分則屬事實……」

原告勝訴後隨即申請法院「強制執行」。傳我到庭，我說了兩句話：「我只知道我當時住的是我服務的機關配屬給我的宿舍，不知其他。」據此，法院認定被告（我）是為「善意的第三者」，不能作為「強制執行」的對象而駁回原告之申請。我當然知道，事情不可能如此善了，這個駁回大有暗示原告必須以現住人為被告提起訴訟之意。果不其然，原告改變戰略，以現住人為被告而提起告訴，並致我一份副本，大意是：「被告當時進住時確為不知情的第三者，但現在已知其所住者為侵占他人之物，理應自動遷出。」我看過副本之後再也不想跑法院了，於是我決定搬離住了十多年的「問題宿舍」。

原歸仁分局改為「歸仁美學館」

原歸仁警分局，業經改建為「歸仁美學館」。

世事多變化，老人「走了」，子女多在外發展，宿舍皆已成為空屋。鄉公所收回後，一律拆除剷平，加以整理後，連同歸仁分局改為鄉民休閒的「歸仁美學館」。

有趣的是，我住的「問題宿舍」雖然早就「拆屋還地」剷平了，因地屬私人所有，又因摻雜在機關用地之間，不能蓋房子，林某就地搭蓋個鐵皮棚子租予他人，晚間賣起當歸羊肉來啦！看起來極不協調。我夫妻也曾以「醉翁之意」光顧過一次。吃完了，妻拉著我的手圍著棚子繞了一圈，妻無限感慨地邊走邊用手指著：「這裡是『我們的廚房』，這裡是我們的『碗公客廳』，這裡是⋯」不忘憑弔一番。

勸世人莫做違背良心的事

不知是巧合？還是冥冥之中確有神明的存在？事證如下：（一）、當年故意把公文壓下，意欲把分局所有「違建」一律拆除的承辦人，他的大半以上的家屬在那次桃園華航機失事中全部殞命。（二）、林某力爭本不屬於他的土地成功之後，不久就死了；死人是常有的事，不足為奇。他在農會上班的兒媳也相繼死亡，哪個地方不死人？也不為奇。那個原在台南高分院任職書記官者，在臨近退休之年，竟因「司法黃牛」案，被判六年有期徒刑之重刑，出獄後生活潦倒，成為靠著出租羊肉攤的些微租金過活的獨居老人。

台灣有句俗諺：「舉頭三尺有神明，人有做，天在看。」信而有徵。

一〇〇年二月號二三五期《警友之聲》雜誌
「警察宿舍歲月」徵文

問題宿舍經拆除，地主搭蓋臨時鐵皮屋，出租賣起當歸羊肉來啦。

我所知道的楊傳廣

我在台北市南京西路派出所服務期間，所內有位台東籍原任民柳盛東同事，他有位在聯勤工作的同鄉，三天兩頭，就來派出所找他，兩人講的是我們聽不懂的原住民話，有時也摻雜著日語。要是柳員出勤在外，如戶口查察、巡邏等勤務不在所內時，他的朋友就躲在守望台後的那方大玻璃屏風後面等候；不管等待的時間有多麼久，他都靜靜地悶聲不響，從未和所內的其他同仁交談過。我們背後就給他起了個極為不雅的諢名「傻 ㄊㄧㄠ」。他的名字叫楊傳廣。沒有錯，就是後來名振一時的「亞洲鐵人」—楊傳廣。

他初來派出所時，是個沉默寡言的「傻 ㄊㄧㄠ」。當時，於馬尼拉亞的亞運會上也只是個代表台灣來的一名選手而已，沒有人知道他的實力，也沒有吸引到媒體的關注。誰知，在比賽中，他脫穎而出，在各個進行的比賽項目中，一一超前，於是震驚了全場。比賽結果，他擊敗了前來衛冕的日本選手西村文內，且領先多分，更是跌破了世人的眼鏡，他為中華民國在亞運會中摘下了第一面十項全能金牌。他的「亞洲鐵人」名號，即始於此。報載：菲律賓很多有錢的華僑小姐為之傾倒。

當時，他在派出所裡進進出出時，也沒有一點傲氣，沒有一點架子，不苟言笑的他，仍如以往一樣「傻乎乎」的。所內同仁對他的認知也還不是太多，只有去年（一〇三年）去世的同仁郭X旭先生，對之備極崇拜，總是告訴我們他的點點滴滴，並留心注意有關他的新聞報導後，大肆渲染，就這樣也引起所內其他同仁的注意。我當然也受其影響，對這位身高一八六公分以上的「傻大個」，由於經常見面，與所內同仁有了點頭之交，就把不中聽的「傻 ㄊㄧㄠ」，先是改成「傻大個」，後又一律尊稱為「傻大哥」了。

我們所內同仁柳X東辭職回到台東競選議員，不久，傳來的卻是他病故的訊息。從此，就再也沒有看到過這位派出所的常客了。有關他以後的點點滴滴，多是從一些報紙的報導，當然不可能概括全部，只是東鱗西爪，零零碎碎，雜湊起來；果與事實稍有出入，那也是當時的報導有誤，本文只是依據當時報紙所載，憑著一點模糊的記憶，具實寫出而已。他以後的發展、崛起，隕落，有如小說般的傳奇，更引起我的「關心」、好奇。也就更加注意報紙有關他的報導了。他有機會能為國爭光，還是他有幸遇到了識千里馬的關頌聲，關某人認定他是顆具有潛力的「明日之星」，除個人提供獎學金外更建議政府重視，加以栽培，不然將是塊丟棄的瑰寶，太可惜！政府在經濟不是太充裕的年代，毅然把他送去美國加州大學深造。他也不負眾望，在多少個比賽、多少個競爭者的高手群中，出人頭地，不是金牌，就是銀牌，震驚海內外，讓人刮目相看，曾蒙老總統蔣公接見過七次，享有無人企及的殊榮。

民國五十三年，他以三十二歲的高齡參加東京世運，仍被看好他是那次世運十項全能的金牌得主。但，比賽結果，卻「意外」的只得到第五名。比賽完了，他坐在運動場邊的草地上，傷心流淚，和他一直都是君子之爭的同門師弟—也是那次金牌得主的美國選手強生，立即跑到他的身邊予以安慰，他告訴強生，當然用的是英語，報紙翻譯成中文是這樣寫的：「昨天晚上，我喝了一杯果汁，就覺得不對勁兒啦，今天出場，更是覺得全身疲軟無力，我認為是感冒了，再怎麼奮力，咬牙衝刺，最後只勉強得到了第五名，現在想起來我懷疑那杯果汁有問題。」這段談話見報後，立即引起我情治人員的關注，開始著手調查，這時，代表我國參加射擊選手、也是請他喝果汁的馬晴山、以及奧運考查團團員陳覺，二人聞風，立即跑去中共駐東京辦事處請求政治庇護，並立即被送去大陸大連，這個得不到確切證據的調查，只留給關心此事的國人無限想像空間。我那時在想，若果真是因果汁裡下了藥而使楊傳廣沒有得到金牌，這種害人不利己的惡行，爾後必將受到他自己的良心譴責，「抱憾終生」，這愧疚直到死也無法消除。

楊傳廣後來的行徑越來越「走樣」，讓當初「崇拜無條件」的我們，一路下滑，終至「大失所望」。比如：東京世運期間他的父母從台灣去看他，他拒絕見面，使他的父母流著眼淚回到台東，當時的報紙就有「他不孝」的負面報導了，令人對他的崇拜大打折扣。

他的運動生涯結束後，國民黨沒有虧待他，提名拱他競選立法委員，當了四年的立委後，又要爭取競選台東縣長提名，縣長是個獨當一面的地方行政首長，不同於立委的單純，不是僅憑「四肢發達」就能勝任的，未獲提名。他千不該，萬不該，不該退黨，更不該代表見縫插針的另一政黨與一手捧他上了天的國民黨對打，當時就有「他不忠」的報導。落選後，他代表的政黨見他無利用價值，一腳踢開。後來，生活頓陷困境，又身染罕見的皮膚怪病。這又使我想起他當年身體處於顛峰狀態時，報紙報導，他為了保持體力，都以牛奶代替茶水。牛奶是公認的營養補品，無可厚非，但怪病出在他的身上，就不能不有他當年「以奶代茶」的聯想。

最近有人在電視上說：「喝牛奶的人會早死。」過沒幾天又有人在電視上說：「不吃牛奶的人會早死。」這兩種極端的說法，都有偏差，不足取信於人，不過像楊傳廣那樣超過程度吃法的人未曾聽說過。今天有了「喝牛奶的人會早死」的說法，再由楊傳廣身上的怪病驗證，過猶不及的「補」法「會早死」，信而有徵。

再回頭看看那位「傻大哥」，他貧病交加，終於步上因躲債「走路」，進了廟宇，當了乩童的某藝人的後路；卻沒有和那位藝人一樣能東山再起—靠著「插科打諢，耍嘴皮子」，又再大紅大紫於螢幕的「才調」。當楊傳廣接到美國寄來的邀請函，邀他赴美參加歷年各國十項全能運動員的聯誼會時，他當然想去。坦白說沒有路費難成行，後來如何解決的，不得而知。到了美國不久就病死，他的「太太」周黛西(記得好像早已離婚了)在報上盡量美化楊傳廣如何的好，要求進入忠烈祠，未能如願，要求棺木覆蓋國旗，有否如願？不得而知。她把這樣完美的丈夫丟在台灣受苦受難，自己卻擁著他們的兩個兒子楊世運、楊小廣在美國過著舒適的生活。如果沒有離婚的話，這是一種什麼樣的婚姻模式？教人費猜疑？

這顆當年掛在天際，璀璨、閃閃發光的體育明星，晚年生活如此坎坷，無聲無息地隕落在美國加州，怎不讓人對這位田徑場上意氣風發的「傻大哥」，扼腕嘆息？

「保母」生涯原是夢

俗話說得好：「幹一行，怨一行。」在這個「保母」行業裡打滾二十六年，扣除再回警察學校受訓八個月，補足一年的警員養成教育，實際從事「保母」工作二十五年，在職其間的南北調動，從繁華熱鬧的都市，調至「人跡罕至」的海邊，無論對調或請調，都是出於自願，因為我所要求調往的地方，都是一般人所厭棄、厭惡不願去的所在，如海上的檢查哨，如聽了有點毛毛的分局拘留所，人人避之唯恐不及，視為畏途，我卻甘之如飴。其中，也包括年齡未到退休之年，也自願請求提早退休在內，從沒有過在不知不覺就被調動的紀錄。這也是從事這一「調動頻繁」行業中的少數。

及至老年，驀然回首，才發覺我這大半生走的不是康莊大道，而是舉步維艱的狹窄巷弄；但心安理得，無怨無悔，冷眼旁觀，從事我們這一「保母」行業的朋友，最終結局，簡略言之，不外三種：

一、幸運者：或許是祖上有德，脫穎而出，平步青雲，步步登天，無風無雨，達到頂尖，這就是所謂的「一官、二命、三風水」，也是典型的「有同行無同利」的佼佼者。

二、安於現實者：不求聞達，安於現實，不奉承，不諂媚，不鑽營，不忮不求，退下陣來，雖然落得「上無片瓦遮雨，下無立錐之地」，求仁得仁，無怨無悔，靠著些微月俸度餘年，吃不飽，也還餓不死。

三、不幸者：「路走歪了」，「弄了進去」，是最為值得同情的少數不幸者，尤以臨近退休之年，因而拿不到養家活口的退休俸。遭此不幸的朋友，最是令人為之同情、惋惜。

七十歲學吹鼓手

做夢都沒想到，到我這把年紀，也趕時髦，玩起電腦來了。

話得先從我家那部已被家人列為古董級的十六位元「小神童」說起。它閒置在家，蓋有年矣。遙想當年，用三萬五掛零搬回家的那台「小神童」，可不是像現在搬個一萬五有找的「國民電腦」那麼輕鬆；然而，貨棄於地，未能盡其用，眼睜睜看著它，由「小」而「老」，一直躲在屋之一角，孤芳自賞。

一日，在一個老人聚會上，聆聽一位七十六歲的高齡玩家，描述其學習電腦有成的心路歷程。聽後，不僅怦然心動，手也跟著癢癢起來；袖子一挽，俺也要「打」。當天，就在晚飯桌上，鄭重向家人宣布：「我要學電腦！」話剛落口，舉桌錯愕；兒子、媳婦，面面相覷；讀小班的孫子，拍著小手：「爺爺！我也要」。妻倒沒有說什麼，只是把含在口裡的飯粒差點噴了出來，隨後迸出句：「人都七十啦！才學吹鼓手！？」

妻的那盆冷水沒有澆醒我。第二天起，我就「動手動腳找東西」。面對孩子讀過的那幾個書櫃裡有關電腦類的專用書籍，無論中文的，英文的，還是中英文混雜的，哇！厚厚地一本挨著一本，列隊恭候，任我取閱。待我粗略地翻過幾本之後，方知那些中外學者、專家們，嘔心瀝血的皇皇巨著，對初學電腦的我，無啥路用，看嘸啦！

一個生不逢辰的古稀老人，汲深綆短，將永遠無法窺其堂奧於萬一。然而，弱水三千，但取一瓢飲，學個「中文輸入」什麼的，閒來無事，敲敲打打，說是培養興趣也好，說是宣洩情緒也罷，套句流行語：「只要我喜歡，有什麼不可以？」

兒子弄來一本電腦初學用書——《倚天中文系統》，附言道：「等爸看了，有個概念，再來教您開機試打。」

好個開機大典，費時良多，反反覆覆無數遍。兒子一邊示範，一邊念著：「爸！記住了沒？」我這廂，總是似懂不懂，除了頻拭冷汗，只能哼哼哈哈。

練過幾天之後，選了過「黃道吉日」，找了本帶有注音的三字經，就在有欠熟諳的鍵盤之上，忽左忽右，移動著有欠靈敏的手指頭，忽上忽下，遊目於鍵盤、螢幕之間，尋尋覓覓，摸摸索索，終於看到有個「人」跌跌撞撞上了螢幕。把那個「人」安排妥當，回過頭來再找、再尋、再摸索；把「人、之、初」好不容易湊合在一起，信心隨之大增；接下來，一字比一字順手，一句比一句流暢，自生澀的「人之初」，到漸入佳境的「為學者，必有初」，一部童蒙期背誦過的三字經，已然完成三分之一弱。

正當逸興遄飛，沾沾自喜時，忽聞身後有個聲音傳來：「喲！繡花呀？」問妻何時至此？答以「觀君繡花多時矣！」

的玫瑰花。」只是，人若黃昏後，又有多少時日好揮灑？或許是信心不足，話到唇邊，未敢出口。

「繡花?!」她可真會這一比。很想回她一句：「假以時日，我會繡出一朵美麗、芬芳

八十五年十一月一日《警聲月刊》第九十五期。

無心插柳柳成蔭

興致來了，塗塗寫寫，稿成，面對歪歪斜斜的「藝術」字，總是猶豫老半天，才紅著臉拿去投郵。夢想有一天，學會電腦「中文輸入」，以後稿件用電腦打字，整齊美觀，編輯先生看了賞心悅目；一高興，退稿率或許將因之急劇下降也說不定。

學！跟誰學？身居鄉間，又不比電腦教學處處林立的都市。怎辦？唯有自行摸索之一途了。於是，一本《倚天中文系統》，外加幾本「初學」、「入門」、「速成」等有的、沒的，一大堆，閉門謝客，猛K一番。

屈指算算，可也「摸索」經年啦。所謂的「中文輸入」，可也算得「運用自如」啦。繪圖、製表、上網查資料，都能湊合。至於那個退稿率嘛？依然「居高不下」。

八月間，得知資策會資訊科學展示中心將舉辦「資訊爺爺、奶奶選拔活動」，其對象為：凡對電腦有興趣、奮發自學，或參加電腦訓練課程之銀髮族。我仔細看過其簡章所列各項辦法後，決定索取報名表報名一試。

不久，傳真過來的簡章及其附件報名表，紙質軟滑、捲曲，填寫不易，靈機一動，何不照著原件的規格，用電腦「依樣畫葫蘆」一番。幾經修修改改，直到規格、尺寸、字型、字距，完全一樣後，又一想，乾脆將應填資料及指定的「三百字自傳」，一併輸入存檔於原稿內，再一一列印出來，不也算作「電腦作品」之一嗎（指定須繳交一或二件電腦作品）？

另一件作品則是剛於數日前在「新副」發表的拙作「我與電腦」短文一則，照原文再以電腦打字呈現，並附上端坐電腦桌前，雙手置於鍵盤之上，打得「震天價響」的生活照乙幀寄出。

說真的，當時的想法是：得獎與否，尚在其次，主要是想找個地方檢驗一下這一年來有沒有摸索點「玩藝兒」出來？

兩個月後，接到資訊科學展示中心許雅芳小姐「恭喜伯伯入選啦」的電話，要我去台北受獎並接受訪問。知道入選，就是肯定，獎與不獎已不是那麼重要了。

在我完全忘記了這件事的兩個月之後的「資訊月」，接到「資策會」寄來的獎狀乙紙，附有包括實用電

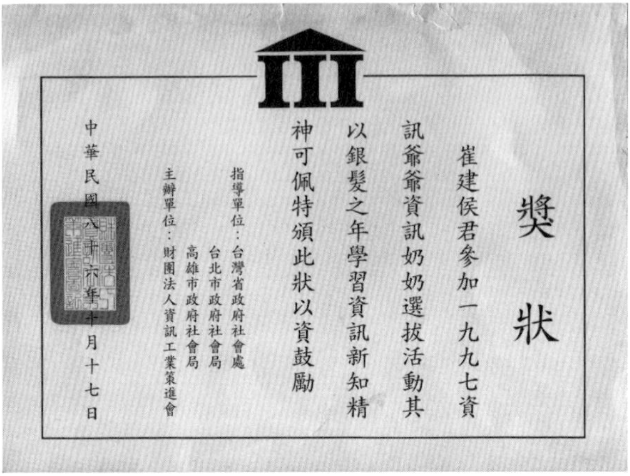
獎狀

崔建侯君參加一九九七資訊爺爺資訊奶奶選拔活動其以銀髮之年學習資訊新知精神可佩特頒此狀以資鼓勵

指導單位：台灣省政府社會處
台北市政府社會局
高雄市政府社會局
主辦單位：財團法人資訊工業策進會

中華民國八十六年十月十七日

獎狀：資訊爺爺資訊奶奶選拔活動

腦軟體、滑鼠、電子玩物等獎品一大堆，這可是莫大的鼓舞啊！

當唸到獎狀中的那句：「以銀髮之年學習資訊新知，精神可佩！」時，能不使人飄飄然嗎？

八十七年三月號《警聲月刊》三期

經驗分享

如果你認為學電腦是件難事，那麼，等你看過本文後，也許你會改變原有的看法。噢！是不為也，非不能也。

其實，我也很笨，但我「好學」。這話只說對了一半，也就是前半句是真實的，那後半句，是自我「膨風」的啦！不過，只要迷上一件事，我會不分晝夜，不計成敗，全心全意地投入，倒也不是騙人。

八十五年，我以七十差一點點的「妙齡」，迷上了電腦。既沒有「拜師學藝」，也沒有進過一天補習班，全憑「土法煉鋼」，自己摸索，居然也被我「摸」了個「大獎」回來。所謂「大獎」，當然指的是參加一九九七年資策會舉辦的第一屆資訊爺爺、奶奶選拔活動，在眾多爺爺、奶奶的競爭中，我入選了，資策會頒發給我一方傲人的獎狀。有了這個獎狀之後，我對經常給我當頭澆冷水的老婆，講話的分貝立即調高八度。

回想起上個月初，在接到資策會寄來的報名簡章及資料表時，費時近月的修改、增減，緊鑼密鼓地把資料整理完畢，趕著在報名截止前寄去，和那些爺爺奶奶們拼個輸贏。

現在學電腦的管道很多，如在都市，可以事半功倍地進補習班；如在鄉間，就要收看「衛普電視台」的電腦教學節目，買套教學錄影帶反覆觀摩，訂份口碑不錯的「衛普電腦國」雜誌，留意報紙資訊版等等，把握任何時間機會，吸取行家的專業經驗。

經驗告訴我，玩電腦切忌「戒忍用急」，允宜依序漸進，點滴累積，水到渠自成，那指上功夫，全在一個「熟」字。熟能生巧，靠的是個「勤」字，勤的泉源來自樂趣。

銀髮朋友們，莫看回頭，忘卻人間不平事，努力培養一份能為自己晚年帶來的一絲絲樂趣以自娛吧。如果你還沒有「玩」過，我鼓勵你：莫遲疑，只要開始「玩」，永遠都不遲，如果你已「玩」得「嚇嚇叫了」，我就要恭喜你了，想必你也和我一樣，「玩」得樂以忘憂，不知老之已至矣。

八十七年十二月一日《警聲月刊》一二〇期

客乎？賊乎？必也正名乎？

CIH——陳盈豪。這個以自己的姓和名縮寫而命名的「車諾比」電腦病毒，果真如陳盈豪他事前之警告，準時地於車諾比核電廠爆炸紀念日——四月二十六日發作了；也果真如他之所料，使全球千千萬萬台的電腦癱瘓了！

我一直在納悶，這個正在服役的年輕人，他為什麼甘冒大不諱，作出這等大損於人卻又無益於己的惡行呢？果真如某媒體所報導：「他只是單純的惡作劇，好玩而已，並無惡意」嗎？

這種輕描淡寫，似是而非的不負責任報導，難道就不怕因而鼓勵了日後會有更多的「陳盈豪」起而效尤嗎？反正大家「好玩」嘛！這對那些成千上萬無端端的受害者公平嗎？

在我這個不諳法律的外行人看來，這分明就是個犯罪的行為嘛！這由「病毒」發作後檢警迅即採取行動偵辦也可證明。既是犯罪行為，必有其犯罪動機和誘因。我想，其動機無疑是在炫耀自己的電腦技能超人一等，至於誘因，必然是為「顯名」而為，為嚮往擁有個美麗動聽的「駭客」的雅名而為。

如果上述的猜測沒有錯，日後類似「陳盈豪」者之流必將層出不窮，對電腦族言，將永無寧日矣！為了減少日後會有更多人對「駭客」雅號的嚮往、效尤，我呼籲把那些一向譽為

「駭客」劣行的人，允宜正名為「駭賊」、「駭匪」…或其他教人聽了足生鄙視、厭惡、不雅等感覺的醜名以代之。不如此不足以阻斷、打消、或改正急思一顯身手者的邪念。當然，能進而將其聰明才智導於正途，說不定有那麼一天，這等也能和朱立人小弟弟般地「通過爪哇程式設計認證」之類的出人頭地，揚名國際呢！

八九年九月號《警聲月刊》第一二九期

走出「石器時代」

「都什麼年代了，還在用手稿喔？」這是本刊第五三八期、《警光園地》一篇「作者投稿」的示範呼籲中開頭第一句話。說的極是，它喚醒了夢中的我，現在已是「二〇〇一」年代啦，凡事不能故步自封，必須力爭上游，迎頭趕上，才不會淹沒在時代的洪流之中。

瞧！人家早就叮叮咚咚，把個鍵盤敲得震天價響，接著e來e去，不亦樂乎了，難道我還抱殘守缺，在那裡一格一字慢慢「爬」嗎？我人手癢，興致來了，塗塗寫寫以自娛。猶記得初次投稿時，每當寫完一篇稿子後，面對滿紙歪歪扭扭，龍飛鳳舞的「藝術」字，橫看看，豎看看，不管怎麼看，越看越礙眼；於是，唰地一聲把它撕掉，重新再抄；幾個回合下來，稿紙用了一大堆。作個比較吧！挑選一下吧！對不起，該歪的照歪，該扭的照扭，該飛該舞的也都照飛照舞，合像一個模子「爬」出來的一摸一樣，竟然沒有一份是順眼的。只因我那一手登峰造極的「藝術」字，業已定型難更改，跺跺腳，認啦！

然後，忙著寫信封、忙著貼郵票；然後，跑去一公里外的郵局；然後，站在郵筒之前徘徊、猶豫不決；然後，一聲嘆息：「醜媳婦總得要見嚴婆婆！」咬著牙，紅著臉，投了進去；再然後，才掏出手帕，拭去額頭滲出的大汗。這一連串的心路歷程，猶似完成一件浩大工程般地繁複艱辛，那不就是《警光園地》中所言：「……活在石器時代」的寫照嗎？

幾年前，我就想一步步走出「石器時代」。首先，我開始試著接近電腦，不避艱辛，自行摸索。其始也，嚐盡了酸甜苦辣；曾經五度更易輸入法：依次是不花錢的注音、倉頡；接著手寫、語音，我都買來試過、練過，比較過。最後落實在「嘸蝦米」上。

我對「中文輸入」是下過工夫的。當最後決定了採用「嘸蝦米」後，更是廢寢忘食，沒暝沒日，從發明人劉重次編著「嘸蝦米輸入法」5.3版，到修正後的5.5版，我都把書一本本買來，翻了再翻，讀了再讀，幾卷教學錄影帶，一看再看，照著步驟，勤練不輟，即使睡夢中也都依然拂不去那叮叮咚咚的鍵盤敲擊聲。常被家人譏之為走火入魔，良有久也。

於今，每當我雙手十指忘情地馳騁，飛舞於鍵盤之上，打得「嚇嚇叫」的時候，已是寵辱皆忘，渾然不知老之已至。這些雕蟲小技，落在年輕朋友們的身上，原是小事一樁，不足為道，但對一個行年七十有五，退休多年的LKK者而言，「歐吉桑」我，還是覺得蠻「傲人」地哩！

學會了「中文輸入」後，初次看到列印出來刪改不留痕跡的稿子，整齊美觀，清爽明朗，哇！大有「我見猶憐」的感覺！一抹手寫稿那種塗改後遺留下瘢痕斑斑的缺失。至此，我已踏出了「石器時代」的第一步。

此後，一段很長時間的稿件投寄，都是用電腦打字，列印出來，裝入信封，再以傳統的郵遞方式投寄。心想，這又算什麼？也不過只是一份教人看了「賞心悅目」的電腦打字稿而已，其他如付郵、投郵等過程以及傳達時間的牛步化，一如以往，並無差異。

後來，家中添置了傳真機，就試著以傳真機傳送。起初，幾次傳送出去的稿件宛若石沉大海般的沒有動靜。為此，我對傳真機的功效起了懷疑，到底對方接收到了沒？我可是「真…傳」啦！為了測試傳真機的功能，特意與資訊科系高考及格的媳婦約定時間，把稿件傳輸過去；不出一分鐘媳婦隨在電話中把稿子內容讀給我聽，驗證了傳真機的功能沒有問題；另一個證明傳真機功能的是：某次傳給《台灣新聞報》的「輿情廣場」的經驗（民營後已改為「台灣廣場」）。頭一天的晚上八點傳出，第二天的早上就見了報，快速得令人不敢置信！由此兩件事，足可證明傳真機的功效是可以信賴的，也印證了以前那些石沉大海的稿子，問題不在傳真機，在於自己的文章水平猶待磨練也。此後，足不出戶，就可利用這個方便、快速、無遠弗屆的小玩藝傳遞稿件，既省事又省時，自是沾沾自喜，樂不可支。這是我踏出「石器時代」的第二步。

生也有涯，學也無涯。退休之後，我常這樣想：人老儘管老，縱然不能走在時代的尖端，也要抓住時代的尾巴；把有限的餘年，作有效的揮灑；藉餘勇，奮老力，緊隨在後，追、追、追、追。

本文，初次試著使用電子郵件…E…mail（此間有人譯為「伊媚兒」，較為俏麗；我則叫它「一妙兒」，更為貼切）傳送，如果照著本刊五三八期《警光園地》「作者投書」所設定的範例提示傳送，較之E—mail猶為簡便了，只要先把稿子打成電腦檔，再以純文字檔複製至該頁面貼上，透過網路連線，然後按下「送出」鈕。照此步驟，人也不必離開電腦桌，只消在鍵盤之上屈指輕敲幾個鍵，就能立即且廉價地完成了傳輸任務，省去了稿件列印後再拿至傳真機上傳真的程序。看來時代的腳步，正如高山滾石，越來越快了。

今後稿件之傳輸，有賴於更簡便、更敏捷、更上一層樓的電子郵件（E—mail）之助者大矣。我心戚戚然者，乃是將把我那台慣常用了多年的「傳真機」置於何地耶？唉！少不得慨嘆一聲！也只得讓它跟著時針的移動，默默地、一步一步走進了歷史。「傳真機」兮「傳真機」！終將有一天也會成為一個「古早」的歷史名詞矣！

當然，本文只是初次摸索著嚐試，可謂新手上路，信心猶嫌不足，只要能把拙作成功地「e」了過去，就算我「贏」；縱使不被採用，在下也敢大聲高喊：「我已完全走出了「『石器時代』」。

九十年九月號《警光雜誌》五四二期

我與「中文輸入」

「中文輸入」是學習電腦的入門課程，軟體之多，不勝枚舉；但不管哪一種，都是讓使用者透過英式鍵盤進行，以致初學者眼花撩亂，陷於不知如何選擇的情形是必然的。十年前，我把初學電腦的心路歷程，以「七十歲學吹鼓手」為題投稿《警聲》。彈指間，敲敲打打十年過去了，其間五度更易輸入法，可謂備嘗艱辛，但我無悔，很為自己能在晚年培養一份興趣，為自己的生命注入一點活力而自得。現在就把歷年來學習過的五種「輸入法」的優點、缺點，依次陳述，俾供初學者參考，或許可免蹈我費時費錢、事倍功半的覆轍。

（一）「注音輸入法」。一則不須花錢購買軟體，再則記憶裡的童年，好像有學過注音符號，又好像沒有；不過，經年累月翻閱字典，逼著接觸使用，雖不精確，耳濡目染，自認還可應付，這是我經始之初決定學習「注音輸入」的原因。學著學著，覺得問題多多。舉《警友之聲》的「警」字為例，它正確的注音應是「ㄐㄧㄥˇ」，因為我弄不懂「平上去入」聲，也分不清「一、二、三、四」聲，只能在鍵盤上亂摸一通，運氣好了，一下子碰到了，不然就得從一、二、三、四聲中，一個個地摸，即使摸到了，還得從一大串的同音字中選取你所要的字，速度始終無法提昇。隨即放棄，改習「倉頡」。

（二）「倉頡輸入法」。背口訣，學拆字，熟記每個字根在鍵盤上的位置，用毛筆書寫字根，張貼床頭，晚睡前唸幾遍，早起時唸幾遍。如此晨昏勤習不輟，一段時日後的體驗，竟是：難懂易忘。這邊學，那邊忘，今天會了，明天忘了，甚且忘的速度遠比學的速度為快。隨後又知難而退了。

（三）「手寫輸入法」。一個名叫「書寫王」的軟體，是看了「衛普電腦台」（已停播）「大競技場」的宣傳，用6.000元買了組「蒙恬筆式環境」的「書寫王」及手寫板。心想有了這個「拿起來就寫」（引用海報用語）的新玩藝兒，對一心想學好「中文輸入」的我，必能滿足慾望了吧。但之後的試用結果，發現辨識率並不如宣傳中說的那樣準確，即使準確到百分之百，同樣是用手寫，速度上既不如在慣用的傳統稿紙上「振筆疾書」來得快，感覺上更像少了雙手馳騁，飛舞於鍵盤之上，那份敲敲打打、叮叮咚咚的韻味，那又何必「麻煩」電腦呢？

（四）「語音輸入法」。正當我對「書寫王」不感興趣之際，又接到生產「書寫王」的「蒙恬科技股份有限公司」寄來的宣傳海報，為其新產品語音輸入法「聽寫王」作宣傳。衝著「每分鐘可以輸入100個字以上」的誘人速度（人家海報上是這麼說的嘛），心動不如行動，馬上以3.990元劃撥郵購回來，急著安裝好了。於是頭戴耳機，從「麥克風設定」、「口音適應」、「語音屬性」、「口音訓練」等等，完全照著手冊的步驟進行。費時曠日，幾次試著擬以一篇短文唸著輸入，竟是「驢唇不對馬嘴」，滿紙的「胡言亂語」，直教人啼笑皆非。心想，或許是「聽寫王」聽不懂「俺」那濃濃的山東腔所致。既有無法改變「先天缺陷」的事實，唯有立刻卸下，束之高閣。

（五）「嘸蝦米輸入法」。看過買的錄影帶，覺得易懂易學。只要認得二十六個英文字母的人，就能運作，剛好適合我的英文程度；幾天下來，還算「順手」，至於心得，說來話長，限於篇幅，暫不贅述。

九十五年八月《警友之聲》第一一八期

速度始終無法提昇的「注音輸入法」

辨識率不佳的「手寫輸入法」

「驢唇不對馬嘴」逗得孫子哈哈笑的「語音輸入法」

年八十進「社大」

知道我玩電腦的老朋友，相遇時總不免揶揄幾句：「怎麼！電腦學的差不多了吧！這麼多年下來，也應該都學會了吧？」我會巧妙地回答我的這些說「外行」話的老朋友：「就我學的那點『鼻屎』大的玩藝，是差不多了；至於其他，還差十萬八千里哩！」

這個時代的產物「電腦」，可不比《古文觀止》上的一篇文章，只要背熟了，可以一字不改地傳頌千古；它可是「苟日新，日日新，又日新」的唷！今天和明天不一樣，你學得了嗎？學得完嗎？教育電台一位講授電腦課程的空大教授說的好：「『電腦呀！我都會了！』就是沒有人敢這麼說，包括我這個專攻資訊工程數十年的博士在內。」我想這話不會是他的謙遜之詞，應該是他的經驗之談吧。

電腦科技，包羅萬象，教者授其所專，受者擇其所需，這是我進「社大」的目的。

我接近電腦是六、七年前的事，越來越癡迷，卻也越來越覺得所知極為有限。因此，就有關電腦資訊類的報導，特別留意，譬如新出版的教學錄影帶，又如看到報紙上整版廣告的「電腦超簡單」之類的書籍、之類的CVD，總會搶先買來自行摸索，自行演練。

我對隨著夾帶在報紙裡送來的各類廣告宣傳單，一向瞥過一眼，隨即送入「資源回收筒」。有一天，我把某日的一份廣告單鄭重其事地保存了下來。那是「南關社區大學邀請您：嘸分職業甲年歲，您我逗陣來讀冊」的招生廣告，我仔細地看過內容。哇！課程五花八門，共有七十幾項之多。誠如廣告上說的：「想選什麼課，想讀什麼冊，『南關社區大學』通通有。」當然也包括了電腦之類的課程。看過之後，不禁怦然心動。在這個人稱的e世代裡，縱然生不逢時，年紀一大把了，仍有不服輸的傻勁。心想：「現在有這個機會，離家又近，我怎能錯過？」主意既定，晚餐桌上，我鄭重宣佈：「我要上大學了。」整桌的家人可都嚇了一大跳，讀國中的孫子先就開口了：「阿公又在『講笑』啦！」

不管家人怎麼說，怎麼笑，我仍不放棄決定。於是，我就選了個時髦的「電腦」類的課程。後來，進一步了解之後結果發現：這一課程分為「電腦入門」、「電腦入門銀髮族」、「網路資源任我遊」、「電腦excel試算表」等四大類。前兩項的入門課程，我幾年前就「入門」了，所以不予考慮；至於「excel試算表」對我沒有需要，也放棄了；剩下的，只有「網路資訊任我遊」可以考慮了。其實，這個耳熟能詳的「網際網路」早已成為現代人日常生活中的一個重要部份了，我也經常上網「遨遊」一番。因為是自己摸索，難免有時會遇到瓶頸，無法超越而「迷了航」。但是，如果僅只為了暢遊網路，就跑去「社大」找個領航者「導遊」，似乎又無此必要。因此，一直猶豫不定。後來，經查詢，才知上網僅是該項課目的部份而已；上課時還會教你學會更多的技能，譬如申請電子信箱、收發電子郵件、設定自己的網頁、設定入口網站、搜集不錯的網站、下載等等…保證讓你滿載而歸。經此誘人的解說後，堅定了我進社大的意念。於是，我就成了「南關社區大學『網路資源任我遊』」班上的學員了。當時，我也可是全「社大」裡，年歲最長的一名老學員喔！

修改自九十五年八月號《警友之聲》一六六期

老人與電腦

老人、電腦，能扯在一起談嗎？能劃上等號嗎？這問題一直縈繞腦際。我想著我那一代，或是與我年歲相仿的人，可謂「生不逢辰」。年輕時，電腦尚未發明；電腦問世時，人已不再年輕。退休了，同伴們各有各的生涯規劃。生活方式不同，興趣不同，想法自然不同。有人具懷舊情結，排斥新的事物；有人擇善固執，抱著「放慢腳步活得更好」的恬適情懷，閒雲野鶴，悠然自在，令人稱羨；有人懼怕電腦，對資訊科技的門檻存有高不可攀的疑慮，見到冷冰冰的主機與閃閃發光的螢幕，已是畏懼三分，認定那是年輕人的「玩藝兒」。而我自己嘛，年華已去！只能躲在一邊感嘆：「日月逝矣，歲不我與！」

人活多少算是老？我認為是隨個人的感覺而定。有人暮氣沉沉，未老先衰；有人朝氣勃勃，老當益壯。你覺得自己有多老，你就有多老；你覺得自己還不老，你就「還不老」。

時至今日，電腦高高在上的時代已然過去，它正以人性化的操作姿態，進入尋常百姓家。因而激勵了不少老人築起資訊之夢，融合時代新意，在夕陽無限好的餘暉中，從方寸螢光幕中，找尋樂趣。所謂樂趣，當然不是迷戀在電腦桌前打打殺殺的電腦遊戲，它必須是切合「老人需要」的實用性，譬如喜歡寫作的銀髮朋友，學個電腦打字，對其寫作就有幫助。畢竟時代的步子是向前走的，電腦對寫作雖然沒有必然的必要，可是一旦踏入電腦領域，你會覺得它對寫作確有助益，縱然不是必要的。

我，「七十歲才學吹鼓手」，（我永遠記得當時妻的那句譏笑話）如今年近八旬「十年一覺揚州夢」，我學到了什麼?當初是抱著「弱水三千但取一瓢飲」的心思，學個「中文輸入」，閒來無事，敲敲打打，如此而已。猶記得某年，在台北警察招待所遇到一位老長官問我：「你一分鐘能打幾個字?」，「三十。」我豪不猶豫地報上這個數字。回家測試過後，才知距這個「虛報」的數字還差一截，不禁赧赧然。其實，又何必過於強調速度呢?再不濟也比手寫快上好幾倍吧。不僅此也，它的優點在於列印出來刪改不留痕跡的文件，整整齊齊，清清爽爽的。那份「我見猶憐」的愉悅感湧上心頭時，便知：一切辛苦都值得了!

有的報章雜誌徵文指明稿件需要電腦打字，因此，想要擴展投稿領域，學個「中文輸入」就有必要。初學者每每惑於眾多「輸入法」而不知如何選擇的困擾，我歷經「注音」、「倉頡」、「手寫」、「語音」等輸入法，最後落實在「嘸蝦米」上。「嘸蝦米」者何?換成國語就是「沒什麼」啦。我知道坊間還有個叫做「涼麵A」的輸入法，換成國語就是「馬上會」。這些專家學者費盡心思為其研發的「輸入法」取個怪理怪氣的名字，無非在鼓勵初學者不要怕，「沒什麼」啦，「馬上會」啦。

銀髮朋友，要有接受挑戰的勇氣，繼續往前走，才不會被摒棄在資訊時代的大門之外。

九十五年八月《警友之聲》

「活到老還在學電腦」讀後

在二〇〇五年四月份的《pc home電腦家庭》雜誌上，讀到一篇五十一歲的陳正益先生的大作「活到老還在學電腦」，有感而發，隨即寫了一篇「讀者迴響」。文中，我非常同意陳先生文中說的「活到老，不停學電腦」的人生觀。他在文章裡說：「我不知道現今pc home的讀者平均年齡幾何？是不是有和我差不多年紀的人？但願有，…」我可以告訴陳先生：「有的。」而且年齡比五十一歲的陳先生高出多多。

其實早在十幾年前，「芳齡」六十有八的我，才開始接觸、摸索，這個二十世紀的時代產物。我是第一期「南關社區大學」的學員，當時學員人數逾千人，課程五花八門，我選了電腦類中級班的「網路資源任我遊」課程。最後，結業測試時，七十幾個科別項目中，千餘人裡，有三人成績優異獲獎；我是其中之一，獲得的獎品是一隻手拉式旅行箱。心想：此次能獲獎，一則有賴於教電腦的蔡老師的用心指導；再則或許是我在「社大」的年齡最大，特別要做「敬老尊賢」的宣傳吧！

該「迴響」文刊於二〇〇五年五月份《pc home電腦家庭》雜誌305頁上，並得到一件已忘記名字的禮物。此禮物可以插在電腦的主機上，隨時叫出一篇妳喜歡的文章來聽讀的。但是，如果它能像新聞主播小姐那樣鶯聲燕語、清晰流暢，那該多好；只可惜，它卻是像小學生讀課本般一字一字地慢慢唸出來，聽起來怎能習慣？因此，現在，此禮物早已不知丟到哪裡去了！

從「不用電腦，苦啊！」說起

每逢我看到期刊中，凡是有關討論「電腦」兩個字的文章，眼睛就會為之一亮，必定從頭到尾先讀為快。不知何故？本刊作家春風綠先生的大作「不用電腦，苦啊！」卻被忽略漏讀了。還好，我有將本刊每期的「本期目錄」影印下來的習慣，每集至四、五期必做這項工作；每到年底共有薄薄的十二期，即付以封面裝訂成冊，註明《警友之聲》某某年度元月至十二月以及期別、目錄。影印後又有重看目錄的習慣，就這樣「不用電腦，苦啊！」文才被發現了，就從222期找出來讀了一遍。

八十有三的我，也是從「七十歲才學吹鼓手」（時年六十八歲，題目是藉妻深不以為然的譏笑語。見85年11月份第95期警聲月刊）。猶記得當年我在晚飯餐桌上宣佈「我要學電腦」時，家人驚奇的情形，歷歷在目。妻把含在口裡的飯粒差點噴了出來，隨後說了句：「人快七十了才學吹鼓手。」幾年之後，我就把學習電腦的心路歷程、有關電腦類的文章以「山佳仔」、「念莒」、「莒人」等筆名發表過的多篇文章。

我在2005年04月份的《pchome電腦家庭》雜誌上讀到一篇陳正益先生寫的「活到老還在學電腦」的文章。他在文章裡說：「我不知道現今pc home的讀者平均年齡幾何？是不是有和我差不多年紀的人？但願有…」我隨即寫了一篇千多字的「讀者回響」告訴陳先生：

「有。」而且年齡比五十一歲的陳先生多出很多…文刊於2005.05《pc home電腦雜誌》035頁。

經常在本刊發表文章的文友吳國文先生，有次在旅遊中相遇，我問他寄發文章的方式？他的回答使我感到奇特。他說：「他先以稿紙寫好，再交給孩子用電腦打字，然後以E-mail發出。」我力勸他學電腦，而且他還年輕，家裡又有懂電腦的人。這點最重要，如遇到小問題就能立刻幫你排除；否則，如按錯了一個鍵或滑鼠點錯了地方，還要拖去修理，那簡直不可想像。此外，電腦技術夠用就好，我們經常投稿的人，學個電腦打字、收發電子郵件、上網查資料，也蠻有趣的。至於其他點點滴滴，多在無意中就學到了，如本刊235期的「問題宿舍話滄桑」一文寄出後，接到總編輯許先生的電話：要我附上原歸仁分局改為歸仁美術館以及問題宿舍拆除後的羊肉攤的照片。我直接且坦率的告訴他：「我不會啊！」他就在電話中教我「如何、如何做。」我本此指示把照片E-mail過去，刊出來的照片清晰可見，為「問題宿舍」一文增色不少。

我對七九高齡的作者有意學電腦卻因某種原因的干擾無法如願，至今以多個筆名發表鴻文的湯先生，仍是用稿紙「一字一字地填寫」，誠如他的題目然：「苦啊！」至感遺憾、惋惜！但願湯先生能把干擾他學習電腦的原因早日排除，使之如願以償地奔向學習電腦之路，俗話說得好：「學無晚時，只要有心開始學，永遠都不遲。」

一〇〇年二月號《警聲月刊》二四〇期

數字遊戲

一年一度的資訊月在人聲嘈雜中結束了。這使我想起八十六年的資訊月，我隨著參觀的人潮，參觀了在南部仁德鄉「貝汝」舉辦資訊展的情形。當我走至一個雜誌攤位站定瀏覽時，服務小姐隨送上一本創刊號的「衛普電腦國」雜誌給我，我粗略地翻閱了一下，覺得對初學電腦的我，或許有些助益，於是就在小姐的鼓舌如簧下，趕在優惠期限內，以1350元的優惠特價，訂閱了為期一年（87年1月---12月）的「衛普電腦國」雜誌。

於是，自八十七年元月份起，每月一號之前都能準時地收到該雜誌，八個月來從未脫期。不料到了第九個月，逾時沒有收到九月份的雜誌。正在納悶呢，幾天之後，我收到一份該雜誌編輯部的一封措詞委婉，頗具謙意的信函云：「…我們在雜誌的內容、編排及其他配合上遇到了無法克服的瓶頸，不得不忍痛暫停這份雜誌…」另附乙紙「國民」補償專案（分A、B兩案）、及各種教學錄影帶價目表。

「…各位『國民』（這是雜誌社一向對訂戶的稱呼）：A案：可照須求選購餘額乘「三倍」以內的衛普教學錄影帶產品，若各項產品不適合，可選B案退還餘額。補償辦法的計算公式如下」：

「訂閱金額 ÷ 訂閱總期數 X 剩餘期數 ＝ 餘額。

選購餘額= 餘額X 3，若選購之金額超過額度，差額部份可以劃撥或以信用卡支付」。

我看了以上講了大半天的「補償辦法的計算公式」，似懂非懂，我選擇了A案，且選了一套2,200元的WORD97技巧篇」。依上開所列公式計算，我的餘額、選購、差額及計算方式如下：

1530元÷12X4=510元（餘額）

510元X3=1530元（選購額）

演算了大半天，一看結果，怎麼?我的選購額竟然是1,530元這不正與當時我訂閱該雜誌時所付一年期的價款相同嗎?換個簡單地說法，這不是不用付分文白白看了八個月的免費雜誌嗎?我再算下去。2,200元減1530元=670元。換言之，我再劃撥670元過去，不就可擁有一套價值2,200元的教學錄影帶了嗎?

我對數字的概念一向不太靈光，橫算算，豎算算，加減乘除都用上了，就是無法推算出具有八個月「衛普電腦國國民」身分的我，究竟佔了「衛國」多少的便宜?還是「衛國」對生產過剩的存貨所運用的一種行銷術?一時不能得到正確答案，無以名之，就暫且視之為「電腦國」和他的「子民」們大玩一場「數子遊戲」吧!

亡「國」恨——記「衛普電腦國」的建國與亡國

「建立一個『國家』極其不易，建設成一個『理想的國家』更是難上加難。」

以上是「電腦國」開國之初，告「國民」同胞書中開宗明義的兩句話。

一部包括電腦等相關最新資訊產品之介紹，電腦教學，學習心得，經驗交流等多元化資訊雜誌，它的總名稱就叫「衛普電腦國」。

我「入籍」該國成為正式「國民」，始自本（八十七）年元月，距八十六年十月一日開國日（創刊號）已晚了兩個月。在約期間，我所享有的「國民權利」是每月一號之前，一部厚厚地，印刷精美，較普通報紙更大兩號的鉛字排版雜誌，準時地送到家中。為了配合「衛普電腦台」每月的教學科目，每期附有教學光碟片一張。

於是，翻翻雜誌，看看電視電腦教學，依照教學光碟片反覆練習，一個月的時間就這樣充實而緊湊地過去了。我對這份雜誌的滿意度是滿分的。我還發現這份以營利為目的雜誌有個違背了「經濟原則」的大特點：一、廣告少。二、大塊文章占了大半篇幅。這是我在圖書館裡與其他電腦雜誌所做的比較，這對身為「國民」的消費者言，當然是個利多。然則，廣告少，收入就少，這是個鐵的事實，而大塊文章要付大把的稿費，也是不爭的事實，且每期均附有教學光碟片一張，若非盜版（當然不會），每張總在兩百到四百元之譜，一本零售訂價149元（常期訂戶還少於此價）的雜誌，外行人也看得出是不敷成本的，除非經營者另有不為人知的經營秘訣，否則，僅憑幾個年青人的所謂抱負、理想、衝勁，哪能實現耶！

每當我悠遊於「電腦國」之時，就有「她能支撐多久」的「隱憂」浮上心頭。果然不出我所料，「電腦國」自「開國」至「亡國」只維持了短短十一個月的壽命，就因「遇到了無法克服的瓶頸」，宣佈停刊了。對尚未到期的長期訂戶也做了合理的補償。

附帶一提的是，我於「電腦國」三月號、第六期1996---1999頁有個千把字的短篇（文題：「不知亦能行」），稿費1,983元，除了代扣所得稅198元，實得1,785元，這也是我習作投稿以來一個「最可愛」的數目字了。

嘆只嘆「國」運不昌，短命而亡，我的另篇2,733個字的短篇，隨著「國亡」而胎死腹中，吾悲吾「國」！亦傷吾「文」啊！

「嘸蝦米」你是我的巧克力，棒！棒！棒！

我曾很認真的學習過多種輸入法，包括「注音」、「倉頡」、「書寫」、語音」等。每種輸入法的學習過程，我都全力以赴。（見我與中文輸入篇）

嘗試各種輸入法的結果，都落得半途而廢，最後才落實在「嘸蝦米」上。「嘸蝦米」者，沒什麼啦！我看過兒子從其岳父家帶來的「無蝦米輸入法」錄影帶，覺得易懂易學。只要認得26個字母的人，就能運作。幾年下來，頗為順手。連兒子、媳婦都感訝異。「嘸蝦米」究竟是個「啥米碗糕」？怎麼？！其笨如「爸」，也能打得嚇嚇叫？於是，他們也想改弦易轍，學學看。非常遺憾，也許先入為主的用法「中毒」太深，太難更改了。不得不承認失敗。

我從「嘸蝦米」3.0版到5.5版，隨著版本的修正，緊隨其後。至於如何學？有書、光碟、錄影帶，闡述甚詳，不在本文討論之列。我無意為「嘸蝦米」作義務宣傳，它確有其「易學、易懂、易記」的優點，但也有些為學習者垢病的缺失。我只想把我的學習過程、感受、趣事，持平提出，為有意學習「中文輸入」的銀髮朋友們作參考。

「嘸蝦米」強調的是「易學易記」、「輸入快速」兩大特點。像我只認得26個英文字母程度的人，也能輕敲鍵盤，把五千多個中國字變化出來，且習之有年，自然有些心得。

記得，數年前，使用「嘸蝦米」5.5版時，說也奇怪，竟然打不出王建煊的「煊」字來。這個字的正確字根應該是「FNEE」四碼字，但卻打不出來，是我使用「嘸蝦米」以來，唯一無法輸入的一個字。遍查發明人劉重次所著一九九三年十月出版的《嘸蝦米輸入法》第三版全書，也找不到個「煊」字，我在該書的「注音順序索引」（第216頁），「ㄒㄩㄢ」的注音篇，記著：「何以沒有王建煊的『煊』字?」

當時，因草擬一篇文章，急需要那個「煊」字。但是，沒有就是沒有，真是急煞人了！不得已，只好切換成注音輸入法，慢慢地「摸」了。現在好像已到5.7版了，想不到草擬此文時，再試著輸入，居然「有」了。而且，字的選擇也增加了，如「時間」的「時」字，在「時」的下面多了個簡體的「时」；又如「聲音」的「聲」字，在聲的下面多了個簡體的「声」字。諸如此類，以前舊的版本是沒有的，到了5.7版才有的。而我使用的舊版本也無須再多花錢，會在不知不覺中跟著被修正了。這是「嘸蝦米」的售後服務佳，也是電腦的神奇處。

這樣是不是違背了「嘸蝦米」強調「選字少」的原則呢?應該不會，因為後面的字多是備而少用的字。還有一個令人稱道的是：當你為文時，誤用了不適當的字或不適當的句子時，該字或該句的底部馬上會有一條藍色的曲線出現，告訴你還有更恰當的字或句子可以代替。如果，在底部拉出的是一條紅色曲線時，那是警告你所用之字或句子根本不通，必須更改。我在「老人與電腦」一文中曾有「日月逝矣，歲不我與！」的句子，我原本用的可是「年華已逝，時不我予！」馬上就在「不」和「予」兩個字的底部以紅色曲線伺候！於是，辭海辭源查透透，確實沒有這樣的句字，再上網查詢，發現已有人先我一步在網上查詢：「究竟是『時不我予？』還是『時不我與？』」網上的簡單答覆是「『日月逝矣，歲不我與。』見論語陽貨篇。」有了網上的「引經據典」，我必須立即更換成既有所本的句子方覺妥當。這讓人有「嘸蝦米」不啻是位學識淵博，隨身在側的指導老師，任你一瀉千里，盡情發揮，有錯誤立即給予指正的感覺。不由得令人高喊：「『嘸蝦米』你是我的巧克力，棒！棒！棒！」

「嘸蝦米」除了強調「易學易記」外，再來就是「快速輸入」了，更要強調「盲打」，每分鐘可達100…150…這點我就自嘆弗如了。畢竟那是年輕「職業打手」努力的目標，與我這等年紀的銀髮朋友何干？我們沒有「拼命」的本錢啦！

兩隻老花眼緊緊盯著鍵盤尚且不時按錯鍵，遑論「盲打」？一分鐘能夠打出二十、三十個字來，就已夠陶醉大半天了。

誇讚了「嘸蝦米」的優點一大堆之後，難道「嘸蝦米」就無缺失嗎？至少在一個年已八旬的老人的感受中，當然有。正確與否，不予保證。留待發明人劉重次先生解說吧。

「嘸蝦米」的修改頻率過高，很容易造成學習者使用上的混淆，儘管有一些修改的理由：「在3.0版以前，有些一個字佔用兩個位置，太可惜；也有些較罕用的字，為了取首尾而用兩碼字，在5.0版修改了這些可用的空間。」（見兩碼字修改說明）我認為這些理由並不完全符合必須修改的理由，舉幾個例子：

先看一碼字：修改前的「A=額、U=預、X＝隨」，修改後變成「A= 對、U=以、X=有」。「對、以、有」確實比「額、預、隨」使用率為高，且修改的字數較少，只有三個，硬記嘛也易把它記下來。但兩碼字的修改就大有問題，我作個統計，共有五十一個之多，修改幅度之大，教人搖頭。把原來用之有年且已熟稔的五十一個字，一下子換成必須要從頭學起的五十一個字（對初次學習的人沒有影響），這比初次從頭學起更為困難，因為人有「先入為主」的習性，極易混淆，那要比初學者要花更長時間的適應期才成。且有的字也違背了「使用率高」的修改原則，如「修改前的KW=球、MD=務、SU＝絕」，修改後變成「KW=廷、MD=盼、SU＝淑」，我看「球、務、絕」遠比修改後的「廷、盼、淑」的使用率高。所幸，在「兩碼字修改說明」文中的最後附有一句：「將來再也沒有修改的機會了。」但願如此。

「嘸蝦米」大部份的字根可分為形、義、音三大類。就以在下的姓氏「崔」字為例，她的字根是「山、佳、一，」山的側寫「E」像極了英文的E（形），佳是V（義），這須要加點解釋，「佳的含義是很好，很好的英文是Very Good，所以要取第一個英文字母V」，最後的一碼是一，一的一（音），按下EVE三個鍵，再按空白鍵，只有四個輕敲鍵盤的動作就把十一筆劃的「崔」給打出來啦！

這使我想到數年前的一次燈會中，有引用《紅樓夢》裡的一則燈謎「無邊落木蕭蕭下」，謎底射一「日」字；當時，無人猜對。後來，謎底解說是：「從南北朝的宋、齊、梁、陳，聯想到齊的開國君主蕭道成，梁是蕭衍，『蕭蕭』」之下是陳霸先，陳字去邊是個『東』，東再去木，就只剩下『日』了。」什麼跟什麼？，這般令人噴飯的解說，叫人看了如入五里霧中，也就無怪有人就教於胡適先生，先生搖搖頭說：「作謎者的腳趾頭在動，只有他自己知道。」這謎底與「佳」之為「V」，想像力之豐富，頗與「腳趾頭在動，只有他自己知道」有異曲同工之妙呢！

	原字	新字	原由
A	額	對	「額」改用NT，以代「對」字，頻率非常高。
U	預	以	「以」的使用頻率很高，「預」=UB「賀」不常用，取消兩碼。
X	隨	有	「有」使用率非常非常高，將「隨」改XW。
AC	鐲	鏡	「鏡」常用「鐲」不常用。
AK	鐵	駐	「鐵」不是很常用，尚可以用ASN，「駐」比較常用。
BC	陣	凍	「陣」不常用，「凍」原要選字。
BY	塑	墜	「塑」本來不可改，為配合簡體字，忍痛改之。
CG	要	履	「要」已經有「V」補上「覆」（沒什麼理由）只是常要用到。
CT	彙	禍	「彙」很用，「禍」常用。
CV	轟	覆	「履」=CPV或CVV。
EO	酉	司	「司」已列入簡速字根，詞=IEO 伺=PEO 飼=XEO，「酉」轉=EOV
EV	雞	峻	「峻」較常用又選字「雞」不常用。
FG	妄	旗	「旗」常用四碼（FVKB）「妄」本身是三碼。
GB	輿	幾	「輿」不常用，「幾」很常用，雖有三碼，但鮮為人知。
GF	妨	艦	「艦」要選字 ZP 已被「艦」佔用又與簡體字通用。
GG	甜	己	「己」要選字F1 已被用「艦」，用GG好記。
HV	懼	擁	「惟」為HV可與簡碼字配合，則「懼」=QV。
IL	記	該	「該」雖是三碼，但不好打（人體工學）「記」用IFL已經不錯。
IQ	謙	讚	「謙」字很少用，改為讚。（IQ讚！）
JL	直	擒	「直」有兩個兩碼字，保留JE「擒」用JB1時要選字，四碼不易打。
XR	饒	薄	「饒」=XYR可以三碼又不常用，以常用的「薄」取代。
XW	磁	隨	「隨」本來是X現被有取代，「磁」較少用。
YS	疏	末	「末」要選字，「疏」較少用。

我的「頭腦運動」

「學無止境，學如登山」。也不知是誰人「研究」出來的一句「人生七十才開始。」是否切合實情，暫且不談，但流傳至今，且影響深遠則是事實。多少銀髮朋友奉為圭臬，也是事實。我七十歲才開始學電腦，是受到這句「正面性」的名言鼓舞，也是事實。悠悠歲月，學著學著，人逾八旬，電腦桌前敲敲打打，已過十年，猶記當年開始學習時，晨昏顛倒，抱著鍵盤，上上下下地左右摸索，是為備嘗艱辛的「學習期」。及至跌跌撞撞學到了一點皮毛，才敢沾沾自喜地視為「成果坐收年」。

我很慶幸能為自己的晚年培養出了這份樂趣，把它視為「頭腦運動」或更恰當。這些年來，藉此電腦、頭腦，相互激盪，使我不會隨著年歲的增長而變痴呆，永保清醒，這就是「頭腦運動」所帶來的附加效益。

我每天清晨五點起床，忙著打開電腦上網，看完動要新聞後，接著一個網站跳過一個網站，忘情地悠悠於網海之中，多采多姿的網路資訊任我瀏覽，當此時也，寵辱皆忘，不知老之已至。老伴見我欲罷不能，總是來個「道德勸」：

「身體要顧，別正經事兒不做，一天到晚，滴滴答答，打到何年？何日？才肯罷休？」

「沒有時間表。」我說。

天下沒有不散的宴會，等到我的「頭腦運動」劃下句點時，擾人清夢、滴滴答答的敲打嘎然而停，我會道聲：「電腦吾愛，拜拜啦！」英前首相「老邱」不是說過：「酒店打烊，我就走！」嗎？名人名言，可為參考。

鄉土卡拉OK

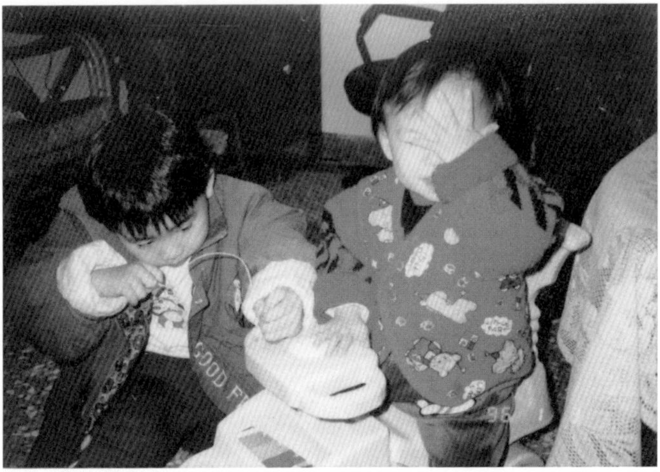

小哥修車　小妹怕怕

圖與文／崔建侯

妹妹的坐車失靈啦！求助哥哥檢修，再三叮囑：小心點呀，我會怕怕！

哥哥接下這項艱巨的工作，二話不說，就全神貫注地做起來，對妹妹的叮嚀顯然未加理會。

妹妹無奈，只好來個眼不見為「安」了

八十五年十月二十五日《聯合報》鄉情版

「廣場」上 菜色已全

「自由廣場」我是每天必「逛」的。因為我嗜食「辛辣大餐」嘛！但逛來逛去，如果每天吃的都是「統一味道」的菜色，吃久了，吃多了，也會叫人倒胃口。六月二十三日，陳國斌先生端出的「回應『為什麼要做中國人？』」這道辛辣相同，味道有異的小菜，令人頗覺「廣場」之上，菜色漸全，有讓食客羼著吃，以便換換口味的考量了。

八十六年六月二十四日刊於「自由廣場」

寧為玉碎

戰爭是可怕的，不論是勝還是敗，到頭來都是不幸的。換言之，戰爭沒有勝利者。挑起戰端的侵略者，其不幸固為咎由自取，而被侵略者，除非滿足侵略者的予取予求，否則，即是走上戰爭也是不得已也。

傳說，抗戰勝利之初，在遣返成群的日俘堆中，就有不少「鬼子兵」發出「二十年後我們會再來」的狂語。當其時也，有人譏之為癡人說夢，嗤之以鼻；但也不無有識之士，引為國人亟須警惕之者。

時隔半個世紀了，早年發此「豪語」者，想必不是成了枯骨一堆，必也老朽凋謝，恨不能及時踐行矣。但這個侵略成性的「大和民族」，確是一脈相承，能孕育出巧取豪奪、如假包換的下一代，我們怎能安枕？怎能等閒視之？

綜觀近日釣魚台事件之演變，一如當年抗戰之前夕，我政府委曲求全，忍辱、忍讓，而日人在其政府授意下的所謂「右翼團體」，張牙舞爪，擺明了要蠻幹下去，像煞了當年他們的「少壯派」那股狂妄，步步進逼的嘴臉。

要來的終會要來，我們寧願再打一場「第二次」抗日戰爭，也不願再失守寸土。

八十五年九月一日《台灣新聞報》「輿情廣場」

血案迷思

桃園劉宅八死一重傷的大血案，在台灣治安史上可謂空前，但沒有人敢打賭說這樣的血案會是絕後的。

下面是血案發生迄今，我人冷眼傍觀之所得：

一、議員、立委作秀的機會來啦！看他們那付氣呼呼的樣子，手指首長腦袋，還真有點像：「你就是殺死我爸的兇手，今天總算落在咱家手裡啦，看『本席』怎麼修理你，不把你一口吞下去才怪，要不我的選票哪裡來？」的氣勢。

二、媒體、記者有了作文題材。各家無不使出混身解數，各秉生花妙筆，大作遊戲文章；隨著辦案人員的眼神、動作，來個捕風捉影。於是題目自定，今天是：「有了重大突破」、「案情急轉直下」、「兇手呼之欲出」，「開始收網了」。明天的題目是：「案情陷於膠著」、「沒有重大發展」、「寄望奇跡出現」啦！

三、醫治鄧文昌的大夫們，三不五時發表個「傷情報告」，由「仍處危險期」、「仍在觀察中」，進步到「病情已趨隱定」、「開始有了反應」、「有了……。」我人在讚嘆其醫術高明之餘，也不禁要為鄧文昌的安危揑把冷汗！這個寄望於破案的唯一活口，其安全一旦出了差錯，即使搬來再多的外來和尚，這個「經」也不一定會唸得好。負責治安的首長們，可曾想到這一點？

八十五年十二月十日《台灣新聞報》「輿情廣場」

與「聖人」談誠信

小馬哥委婉的表達了兩百多次「不予考慮」出來競選台北市市長後，遽然出人意表地「竄」了出來，著實嚇人一大跳；既憤慨又「賭爛」者，莫過於謙和、誠實的「聖人」您了。您勸進小馬哥「兩百次」無效後，他卻在「兩百零一次」時，跳了出來。您的「一朝之忿」——「小弟不計成敗，競選到底。」，國人可以理解；然則，心平氣和的切入分析，或許應該誠於您之所言：「忍辱負重，決不動氣！」了。

小馬哥修正他「不予考慮」的標準答案，該不是「臨時起意」的，想必是個「天人交戰」之後不得不爾的「痛苦」決定，其所負期許與壓力想必也大。他當然知道，如果再不出馬，今後他還是個人人誇讚的小馬哥嗎？他如果還在那裡「不予考慮」，必被視為矯情自飾，到頭來怕不落得個「牽著不走，打著倒退」，人人厭棄的「老馬」才怪。

「馬」之出馬，身不由己，這感受，唯經營「飛碟」有成，一心想著淡出政壇而不得的趙少康先生，和有意「落跑」而不能的聖人您最為深切。

您口口聲聲標榜的所謂「誠信」，也有商榷之餘地。請問：當您勸進小馬哥時，可曾附上份「哀的美敦書」？限令從一數到兩百，若不在兩百之前點頭，「小弟競選到底」，將無人敢予論評；否則，小馬哥在「兩百零一次」、「三百零一次、」，管他多少次，「只要最後一次」點了頭，您的退出就是仁盡義至，就是一個偉大的「誠信」維護者。王作榮先生說的好：「出自真心就是誠。」誠者成也，成其大是，明其大非，方謂之誠。不誠無物，「誠信」云乎哉？聖人之異於常人者，在於不固執、不拘泥、不鑽牛犄角，審時度勢，靈活委婉。

君不聞，有人邊鼓敲得咚咚響，更有人高喊什麼「抑馬揚王」；說穿了，「揚王」者，唯恐「小弟」不能堅持「誠信」而退選；「抑馬」者，怕的是「馬」到成功也。明乎此，還抱著「小鼻子小眼睛」的「誠信」競選到底，可知躲在背後竊笑者誰？德智兼俱、無私無我、謙和清廉的王聖人，也該思過半矣。

附註：文中「聖人」者，乃指當時的監察院長王建煊先生。

脫韁之馬與孫悟空

所謂的幽默，本就有些譏諷意味在，雖意有所指，然語存含蓄，既不傷人筋，又不動人骨，適時適地為之，使被影射者無由發火，最多搖個頭，自認被幽了一默，亦即無傷大雅，才是上乘。如連副總統卸任兼行政院長、於惜別會上接收政務委員郭婉容致贈的「水晶馬」時，贈品差點滑落地上，連、郭二人忙手接住的驚險鏡頭，連副總統驚魂甫定，脫口說出：「差點成了脫韁之馬！」妙在似有所指，又無所指，引起在場觀禮者的會心微笑。「時然後言，人不厭其言。」充分表現了他的急智、幽默，可謂高桿。

若興之所至，口無遮攔，指名道姓，還沾沾自喜，認是幽默，殊不知被指名者固然怒在心頭，火冒三丈，「頭家」們聽了亦頗訝異！直覺出言不遜，輕佻、刻薄，有失身分。

孔聖人語：「君子不重，則不威。」尚祈居上位者深察：「為君難，為臣不易」之道理。大家互相尊重，今後出言，允宜戒急用忍，「思」，然後言，人方不厭其言。

八十六年九月十八日《中國時報》「時論廣場」

淡淡的三月天

草擬此文時還正是冬天。這裡的冬天，當然不能與冰雪紛飛、天寒地凍的北國那種足以摧敗萬物的肅殺嚴寒可比。在台灣，即使冬天吧，那綠葉紅花也不曾間斷，鮮少見到枯枝殘葉；除高山外，更不曾有過「凝雪結冰」的景象出現。然則，每當冬季來臨時，我們還是有機會聽到或看到電視台上的氣象預報員的警句：「來自大陸的強大冷氣團，正吹向我們台灣！」，此即所謂「寒流來襲」是也！的確，每當「寒流來襲」，總會有流浪漢凍斃街頭的新聞見報。

今夜，又是「寒流來襲」，窗外風聲蕭蕭，雨絲陣陣，寒氣逼人。這漫漫長夜，不知還有多少流浪漢瑟縮街頭角落，難以成眠！想著想著，猛然起身，披衣下床，在黯淡的燈光下，雙手合十，為那一萬五千名（報紙的統計報導）在寒風中掙扎的弱勢族群，默默祈禱，願今夜都能找到供他們棲身的避風之港，願他們都能平平安安地度過這個寒冬。

是誰說過：「冬天來了，春天還會遠嗎？」是的，我們住在四季如春的寶島台灣，若沒有「寒流來襲」，又怎能感受到對初春的嚮往與喜悅呢？若沒有「寒流來襲」，又怎能意會到那高音的女歌手高亢地唱出：「淡淡的三月天，杜鵑花開在山坡上，杜鵑花開在……」的意境呢？

冬天過去後是春天。我在期盼，期盼這「淡淡的三月天」；我要禮讚，禮讚這「淡淡的三月天」；讓我們一起來歌頌，歌頌：

淡淡的三月天
桃花李花齊吐豔
杜鵑花怒放惹人憐
淡淡的三月天
鳥兒築新巢　枝頭歌唱：春天春天
淡淡的三月天
仰望長空　青天白日
俯視大地　紅紫萬千
那總是淡淡的三月天

八十七年五月一日《警聲月刊》一一三期

事急矣！市長候選人宜早敲定

我雖不是高雄市民，但我和高雄市的市民一樣關心高雄市的市政。眼看著高雄的市長選期逼近了，國民黨嚷嚷了大半天，至今還在「作業階段」、還在「協調溝通中」。說白了，就是推不出「合適的」人選來。俗話說得好：「好的開始是成功的一半。」，如果把話反過來說，其結果是什麼？那就不必說明啦！事急矣！難怪擔心高雄市會被「邊緣化」的有識之士，再也沉不住氣，勇敢的跳出來，明確地表示：他看不慣吳敦義的「忸怩作態」，決定跳出來參加國民黨的黨內初選，角逐高雄市長的提名，並聲明即使吳敦義再表明要選，他也不會像四年前一樣地「讓賢」了。快人快語，令人激賞。

這位表態的人士，就是早年主政台南市，政績斐然，有口皆碑，被市民暱稱為「大頭」的蘇南成先生。比之忸怩作態，趁機提出讓中央難以接受的苛刻條件的高傲人士更有擔當了。此一高傲人士擺明了：如不接受，我就繼續和你玩「猶抱琵琶半遮面」的遊戲；把一個滿頭包的秘書長玩弄於股掌之上，是可忍，孰不可忍？奉勸一籌莫展的秘書長：雖是塊「玉」，但舉不起來時，你就放下吧！驢不喝水能強按頭嗎？有個勇於戰鬥的「大頭」，難道就差於忸怩作態的「平頭」嗎？

八十七年五月十六日《台灣新聞報》「輿情廣場」

加護病房裡的老「古水」

一路鳴笛的救護車把我載到台南市內某「大」醫院，拒收，連忙轉往某「美」醫院。

「這是什麼地方？」也不知過了多少時辰，我睜開眼問。

「醒過來啦！」但聽身邊的人一陣驚呼。

於是，妻就在病榻前斷斷續續地告訴了我這段難挨的漫長過程：

「你從前天晚上吃了九九重陽節敬老晚餐油飯裡發了黑的蟹黃後，第二天早上就起不來啦；又再拖過了一天一夜，眼看著就不行了，才打電話把住在他處的媳婦找來商量，最後的處理方法就是：快送醫院。」

「當時，小黃運將上樓一看，說了句：『我無法把他搬下樓來！』就作罷離去了。我真的沒了主意！到了這地步，若有個三長兩短？就不能不先打個電話向在美國的兒子『報備』一下。」

「兒子從美國的回話：『快叫救護車送醫院』。」。

「於是，先到了一家醫院的急診室；結果，因為客滿而拒收。待迴轉車時，我聽到後面有人說了句話：『人家醫院收病人不收死人。』」。

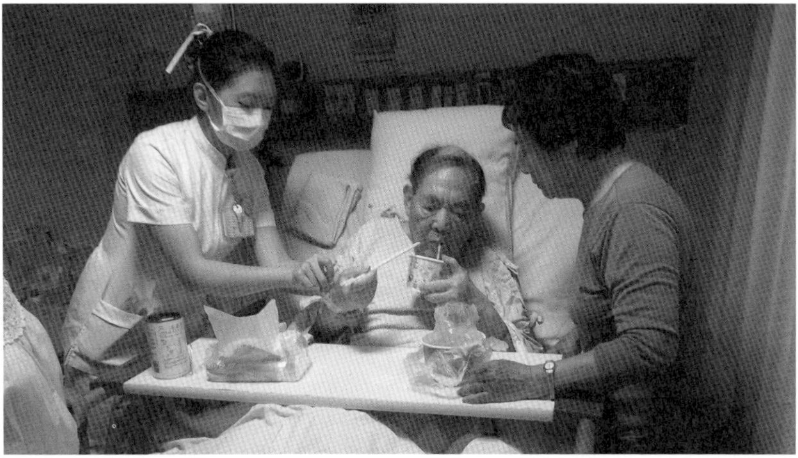

「後來，到另家醫院，診斷結果是：食物感染。醫生說：「來的太遲了，恐怕…！把家屬都找來，簽字，準備「開刀」，但成功機率，五五波。」

「我聽後，做了一個非常果斷的決定：拒絕開刀；理由是：你年紀這麼大了，(八十有六)不要讓你再挨上一刀，何況那是成功、失敗，各一半的一刀，我們賭不起，不如讓你不知不覺，也沒有痛苦的走！『最好』。醫生的職責是救人，一息尚存，就不放棄，決定不開刀了，就來個『死馬當活馬醫』、『插管急救』試試看。謝天謝地，總算在昏迷中把你從死神手裡奪了回來。」

聽完了妻的這席話，再回味我這一生，大小醫院，進進出出，包括「加護病房」，雖然無法計其數，但也從沒有像這回，如此這般地接近「天堂」！

加護病房一住就是十七天。有天，護士小姐揭開被子，給我退去衣褲，裸露著身子換尿布。突然，其他病床的護士圍攏上來，七嘴八舌，嘻嘻哈哈談論著：

「聽說來了個警察，很『古水』，我們來看看。」

「怪不得都搶著要給他洗澡。」

「還不是想趁著機會摸一摸。」…

暴笑之聲，全醫院裡的人都聽得到。超尷尬的我，全身裸露，躺在病床上，氣在心裡，無力抗議，只是想：一群十七、八歲的小姑娘，怎忍心讓一個重病危急的老人，供作取笑、奚落、猛吃豆腐的對象？

移到普通病房第五天，我吵著要出院，醫生在病床前開始「齊步走」，然後停住腳步說：「等到你能夠這樣就讓你出院。」又過了五天，醫生來通知，可以辦出院手續了，並交代：「回家後想吃什麼就吃什麼。」

回家後，我把這話告訴前來探視的朋友，朋友說：「人家畢竟是醫生，說話也會轉彎抹角帶點藝術，那話的意思是『你活不久了』」！

說這話時是在兩年以前，如今人已八十八歲，還不是「敲敲打打蠻好的」。看來醫生的話也會失準頭。所以，醫生的話不必都相信，聽一半就好。

病危通知

半夜裡，一隻左臂，沒來由地抽起筋來。兩個小時過去了，全無一絲好轉跡象，那感受，怎一個「痛」字了得？

「該不會心臟病吧？」我呻吟著。

妻一聽慌了手腳，抓起電話就叫車。

車，在風雨中，急速駛至台南X美醫院急診室門前，嘎地一聲煞住了。

怪哉！半分鐘前還痛得要了我半條命的左臂，竟不藥而癒，好得不得了。

「我想要回家！」我嚷著。

妻堅持「既來之則醫之。」

拉扯間，一個極其年輕的少年家，悠悠蕩蕩晃了過來，要不是看到他穿的那件白色外衣左上角繡著「實習醫師」某某，說什麼我也不想信站在我們面前的少年家，竟然是個如假包換的「華佗再世」，病人賴以「妙手回春」的大夫。

「安怎？」

「心臟病。」妻直指我的胸膛代為回答了。

少年仔二話不說，一個急轉身，向著裡面正在聊天的護士使勁地招手；小姐踩著小花碎步跑了過來。少年仔把嘴湊到兩個年輕護士的耳邊，「輕聲細語」完了，兩女銜著我來，一邊一個，不由分說地把我架到病床上一放，先來了一劑強心針「穩定病情」；接著搬來「道具」一大堆。於是，接上心電圖、扣上氧氣罩、吊上大筒針；抽血、驗尿、量血壓……一樣都不少，想必完全照著少年仔的指示，開始「對症下藥」了。

許久之後，睡夢中覺得床鋪在挪動。睜開眼一看，病床正向著紅光閃閃、崁著「手術房」三個字的門前一步步地在逼近中。

「這一刀下去……」我的天！真不敢想，也沒有時間想，我便一咕嚕爬起，中氣十足地大吼一聲：「我沒有病，我不要開刀！」

「免驚！」小姐一手把我用力按住，杏眼瞪向「手術房」，咬著牙根，一個字一個字地說：「到…隔…壁…X…光…室…照…張…片…子…而…已！」。

我帶著一身的冷汗照完了X光，已是人睏馬乏，難再支撐了。

醒來時，人在加護病房。但見群醫忙進忙出，忙著會診，忙著觀察，忙著……我則暗自忖度，敝人來到「貴寶地」，必有兩個結局中的一個等著在下，且也由不得在下來挑選。其一是宣告不治，回天乏術啦！這也是大限已到，夫復何言？人已活過七十好幾，能落得個「壽終正寢」，不亦樂乎？允宜含笑面對，了無憾恨；其二是病情穩定，被告知轉入普通病房，繼續治療。僥天之幸，我屬後者。於是，等…等，等到五天檢驗報告出來，沒有「安怎」，才被家人簇擁著出了醫院。

晚間，在塞滿了左鄰右舍的「歐吉桑」、「歐巴桑」的客廳裡，我把找錯醫生看錯科，住了五天烏籠醫院的原委「報告」完了。有位「歐巴桑」，巔巔巍巍，走到妻的跟前，拍打著妻的手背：「好家在，政府實施了全民健保，不然……」，

「健保有啥路用？」

妻把話接過去：「妳不說阮倒忘了，那一夜，人家把阮尪牽走，那個囝仔醫生就把阮拉到一個黑暗沒人所在……」

「夭壽囝仔！夭壽囝仔！」也不等妻把話說完，歐巴桑跳著腳罵！

眾人屏息，靜待下文。

妻搖了搖頭，抿了抿嘴：「…偷偷塞了個帳單給阮。」一邊說邊從一個外套口袋裡摸呀摸地摸出過帳單在看；但見她眉頭皺了老半天，就是報不出個數目來。怎麼啦？代誌大條？！天文數字？！大家一起湊過去看，哪！什麼「帳單」嘛？只不過是紙用紅色原子筆寫的歪歪斜斜四個字「病危通知」而已矣。

八十七年六月一日《警聲月刊》第一一四期

說明書說明了什麼？

幾乎所有買回來的東西，無不附一張教你如何吃、如何用、如何玩的說明書。我把無物不說明的說明書分成兩大類：一是不說明我也會的為一類；一是怎麼說明我怎麼也不會的為一類。有趣的是不管那一類，對我都是多此一說明；前者固毋論，後者復如是。

自知有一點點笨，所以我看不懂的東西正多著。如抽象畫、大藏經、綜合所得稅申報書、電話費帳單……林林總總，不勝枚舉，但最傷我自尊者莫過於區區說明書了。我讀書一向仿晉人陶潛模式——不求甚解，唯讀說明書是認真的，每回無不全神貫注，怎奈效果不彰。看不懂說明書倒也罷了，對「耳提面命」當面解說的事或物，我也弄不懂。舉個例來說。開放探親後，有了多次乘坐飛機的經驗；當空中小姐輕鬆又熟練地示範著氧氣罩、救生衣，如何吹氣、如何拉扯、如何穿戴時，我是不太理會的；我既不能要求小姐為我個別指導，又不能實地操練幾遍，僅憑她口沫橫飛地比劃幾下，其笨如我者，一旦「用時」，保證派不上用場；這時的我，只要隨著小姐的動作，一遍又一遍地默默禱告著：「老天爺，多保佑，我們最好不要用著它。」說也奇怪，每次都很「管用」。

做為一個現代阿公，和孫輩們拉近感情的最佳方式，莫過於隔段時日，牽著小手走趟麥當勞了。不過，每次都得接受很大的考驗和挑戰——我總是無法迅速確實地把一具飛天暴龍、太空飛鼠、怪獸、或別的一些叫不出名堂的怪玩意，參照說明書的說明組合起來。當鄰桌的年輕媽媽們，一件件都已完工交給孩子們開心地玩起來了時，身邊的孫子那一對對急切渴望的眼神，瞪著一邊抹冷汗，一邊還在埋頭苦戰的笨爺爺。此地此景，情何以堪？

日前，家裡添了台掃描器，心想還不是和收音機一樣，插上電源就可「掃描」啦。但是，打開包裝，一疊厚厚的說明書涮地滑落地上，才知大事不妙。照著說明書的指示，多方揣摩、推測，就是參不透玄機之所在。電話那頭的服務員答應要來為我安裝後，還很禮貌地補上一句：「要是看著說明書就會安裝，那我們吃什麼？老闆早就叫我們走人了。阿伯，你說對不對？」

對！我怎麼又忘了，那白紙黑字，圖文並茂的說明書，是僅供為我「說明」之用的。

八十七年七月一日《警聲月刊》第一一五期

報紙恐懼症

這「症狀」應該朔自所謂「報禁」解禁之後，各報開始競相增張、增版來「為讀者服務」之時。

自三大張、六大張，一路飆到今天出版的十四、十五大張，似乎意猶未足。為了填滿增張後的版面，各報記者無不使出渾身解數，各秉生花妙筆，大作遊戲文章；明明三、五百字可以了斷的新聞，偏偏拉扯到千把字以上；正聞之外闢專欄，評述完了再分析，透視過後有焦點；內容雷同，反覆炒作。

有天，把我的「症狀」說與朋友聽。朋友的高論是：「生活為現代人，看現代的報紙，講求地是『技巧』，能把標題瀏覽一遍就已不易，還想把內容讀個徹底不成？幹嘛！報費付得不甘心，想『撈本』啊？那會把你給累死的！」除了「救本」的心態被人家猜中之外；然則，報既在手，舉凡政治、經濟、內政、外交，你能不想知道一點嗎？飛安、公安、治安，樣樣都不安的聳人聽聞報導，你能不關心一下嗎？政治人物鬧緋聞、校園情殺毀屍案，中油、軍方採購案，還有「四汴頭、伍澤元、二審改判十五年」，這種用數目字堆砌而成的有趣又順口的標題，你能略過內容不看嗎？「北港香爐」的煙霧剛剛散去，接著是，連日來連篇累牘地報導一個頂著兩個博士光環的名女人的婚變消息登場了，她之所以能夠那麼引人入勝的原因，在於昨天還看著她年近半百、浪漫猶存地被她的新婚夫婿抱在懷裡，高高舉起，大聲昭告天下：「我是全世界最幸福的女人！」。那陽光般的笑靨，艷麗奪人的照片一登，羡煞多少台灣男人和女人？曾幾何時？怎麼？今天，就在同一個版面上，竟然換了幅苦瓜相，手執麥克風：「愛情騙子，我要控訴！」起來啦？這還不打緊，過沒幾天，這位被愛情騙子騙去愛情的愛情專家兼愛情顧問，又投書某報，大罵「台灣男人真的很⋯⋯」（她的投書題目）。

「很」的「啥米碗糕？」。身為台灣男人的你和我，能不一探究竟？等我弄明白，原來：「台灣男人的東西不夠看，美國人的傢伙比較讚」時。夭壽啊！妳這個夜夜需要「七次郎」的浪女人，害人家把寶貴的時間都浪擲在「台灣男人真的很陽痿」上了啦！

諸如此類的花邊、八卦，那件不具「致命的吸引力」，叫人不看也難。一個上午「折騰」下來，能不頭昏腦脹者，未之有也。倒是把該讀的副刊「冷」在一邊，想等頭腦清醒過來，再讀吧；這個想法泰半落了空，待堆積一段時日之後，無不原封不動地、心疼不已地上了「歐巴桑」的「資源回收」車，瀟灑地雲遊四海去了。

友喂！說說看，這樣下去，這「症狀」還望能有「起色」之日嗎？

朋友默然。

八七年八月一日《警聲月刊》一一六期

我「看」武俠小說

這根本就是個有待商榷的題目，因為我對武俠小說從來就興趣缺缺；說得明白一點，就是從不多看一眼；附帶對武俠電影、電視連續劇等凡沾點俠情味的玩意兒，都不沾邊；藏書中也不曾有過一本武俠小說的影子，又何「看」之有？當然，這只能算是個人的好惡問題，並非受到胡適博士「武俠小說是最下流的」話的影響。

閒話表過，言歸正傳，話說號稱武俠泰斗武林盟主的金庸大俠，一陣旋風吹到台灣，一夕之間轟動全台，但見在朝在野的政治人物、各路英雄豪傑、江湖俠客、綠林好漢、武林高手，會跑的、會跳的、會蹦的、會飛的、會……群聚一堂，相互襯托，彼此標榜，等「射鵰宴」擺上，大俠驗證過後，一場「華山論劍」，於焉展開。

八十七年十一月七日聯合報「文化版」報導：「為期三天的『金庸小說國際學術研討會』昨天在熱鬧氣氛中閉幕，文建會主委林澄枝致辭時表示，從這次的『金庸熱』可以看出文學思潮的改變，而學術會議的舉行，則證明武俠小說已自學術的樊籠中解套……」。這使我想起三十多年前，也就是武俠小說還在「樊籬」之中尚未「解套」之時，由於胡適先生的一句：「武俠小說是最下流的」話，引起港、台間武俠迷圍攻的情形；當時，胡先生一直保持沉默，未再見為他的「失言」多作辯解。因為，反對「胡說」者固然振振有辭，擁護者亦大有人在，胡先生倒是氣定神閒，樂得叼根煙斗，「坐山觀虎鬥」了。

茲就手邊資料，淺述當時具代表性的正反兩極者對武俠小說的評斷。有五十年五月十九日，張放先生在「台灣新聞報，西子灣」發表了《為武俠小說多一嘴》的文章，列舉事實作證。意謂：「各大報均有武俠小說之刊載（當時確是如此），多數讀者對武俠小說之著迷」用以說明武俠小說之存在價值。另一個理由是「物價增漲，稿費依舊」。所以他同情那些寫武俠小說的作者，期以避免「喝西北風」。因此認定胡適是在「打官腔」。

就在同年月的二十四日，作家劉星在新副（？）發表了一篇《對武俠小說的商榷》的文章，對「多一嘴」的張放大肆抨擊，他認定「武俠小說的氾濫，無論從文學的或教育的觀點看，都是值得商榷的問題。」，所以他認為「武俠小說是最下流的」那句話，可謂正確。

時至今日，文學思潮隨著時代的演進在改變，武俠小說已從「樊籠」中解套啦！胡適先生若地下有知，不知他是該大笑？還是該大罵？

八十八年一月一日《警聲月刊》一二一期

簡體、繁體，孰得體？

兩岸開放後，我們有了更多與簡體字接觸的機會。記得剛接到家鄉姪輩們的來信時，顫抖的雙手，「捧」著粗糙易破的信紙，邊讀、邊哭、邊猜、邊氣；若不連續讀個三、兩遍，就很難體會個中悲慘內容。當時，我就想到民國四十三年，時任考試院副院長的羅家倫先生，曾公開倡導中國文字簡體化，立刻掀起軒然大波的往事。一百多位立委連署，以「毀滅中國文字及國家命脈」為由，展開強烈的批判；輿論亦大加撻伐，有的硬扣紅帽子，說他和對岸的「共匪」唱和（對岸也正如火如荼地推動中文簡體化），更有自稱是「老兵」的人，投書警告，要他：「懸崖勒馬，停止這種摧殘中國固有文化的行徑，否則，必將以炸彈伺候！」

羅先生立即發表「簡體字之提倡甚有必要」加以反擊。在喧騰過後，終因曲高和寡，反彈的聲浪蓋過了少數附和者。羅先生的改革理念，因得不到多數人的認同，終至偃旗息鼓，無疾而終。然羅先生不避與對岸呼應之嫌，雖千萬人吾往矣的精神、勇氣，可也算得「雖敗猶榮」了。

八十二年，我第二次返鄉，並參加了分別四十八年後的同學會。三天的聚會中，與惜日的死黨又「混」熟了；於是傾筐倒篋，無所不聊，有次聊起中國的文字，簡體、繁體，孰優時，我發現五十三位同學中，只有我這個「山東臺灣人」，是個「繁體」的護衛者。儘管我說的頭頭是道，舉證歷歷，怎奈自說自話，無人附和；我這才明白，不單單是吃共產黨奶水長大的新生代、中生代、連吃共產黨的樹皮維生的老頭子，也都認同「簡體」啦。

最近改習「嘸蝦米」，當遇上筆劃過繁過「怪」的繁體字，不知該從何處「下手」時，如：懺、犧、羅、耀…等，我試著用「那邊」的「簡體」：（忏）（牺）（余）（枼）輸入，所得結果依然是「繁體」，這對採用「嘸蝦米輸入法」的人，又多了個解碼的選擇，以「繁」為本，副之以「簡」，交互運用，自然得心應手；為此我更買了本胡子丹寫的《簡繁字對照表》。當我認真「對照」的同時，我又記起，遠在電腦發明之前，那位有遠見的羅先生早就強調：「簡化中文字體是簡化學習的工具，…」的話。

看來，簡體、繁體，孰得體？原是沒有標準答案的，全憑閣下您的體會了，不同的環境，不同的時代，不同的角度，答案自也不同了。

八十九年二月一日《警聲月刊》第一三四期

阮某是個反對黨

51年5月20日 水上結婚照

一個不小心，攻進「圍城」裡，與「眾裡尋她千百度」的水某，渾渾噩噩，已然「熬」過三十八個年頭。在這鬥陣了不算太短的歲月裡，有沒有「過著幸福快樂的生活」？殊難作答。若問感受？冷暖自知，酸甜苦辣鹹，五味雜陳，差堪比擬。

話說阮尪某的互動關係，自非一成不變，而是隨著歲月的推移在變動。萬變不離其宗，慨乎言之，約可分為下述三個階段：

初婚的十幾年裡，舉凡重大決定，事前總得徵詢她的高見，以示尊重，她會笑盈盈地回應著：「你說行就行。」聽了窩心，是我「隨心所欲，但不踰矩」的黃金時段，允宜譽為「鶼鰈情深」期。

步入中年，阮某漸漸有了她自己的主張，事事躬逢其盛，事事參上一腳，遇上不是她太同意的提議，她會委婉地表示：「行是行，不過……」已然步上「兩性共治」期。

及至晚年，情勢不變，我只要開口，立刻遭到否決；儘管是些無關緊要的芝麻小事，亦難通過阮某這一關；稍有堅持，她會板起面孔大聲吼著：「我說不行就不行！」斬釘截鐵，絕不通融。此時，堂堂邁入一人專政的「白色恐怖」期。

事事掣肘，看她越來越像個稱職的反對黨了。若沒有一套制衡的反制措施，那我以後日子怎麼過？舉個最近的例子，退休之後，成了「閒閒美呆子」，亟思買對鳥兒，怡情養性；區區私念，屢遭封殺，教我這個做尪婿的，情何以堪？好佳哉，後來，她有要事必須去台北小住一個月，我即趁機大興土木，趕在她回家之前，叮叮噹噹，在二樓平台搭成了一個簡易小木棚。隨後，勤跑鳥店，今天白文、明天黑文，管牠八哥、九官，買來再說。於是，吱吱喳喳，鬧熱起來，儼然是座有模有樣的小型鳥園了。長媳看了，讚嘆之餘，不禁擔心地問：「爸！可有經過媽的同意？」

「不，是偷渡！」我說：「造成事實，恭請追認。」

八十九年九月二十日《新生報》「家庭」版

本文為台灣《新生報》「家庭」版「我的另一半」徵文入選作，也是該報「家庭」版最末一期刊出後即照三熄燈號。

漫談稿約、退稿，與一稿兩投

稿約者，約稿也。其實，兩者並不盡同，前者是：你要投稿嗎？照著本約規定來；後者為：請來投稿本刊吧。

眾所皆知，無論報章副刊或各類雜誌等刊物，其有賴作者作品之支撐，該是毋庸置疑的事實吧；但是，在稿件供過於求，投稿人「厚」（台語發音）的今日台灣，若解讀為刊物有求助於作者的捧場，那就言過其實，大錯特錯矣！除非你是學貫中西，名震遐邇，就像「我的朋友胡適之」他們。

閒話表過，且把各類刊物稿約內容中最常見的用語，試說如下：

「切勿一稿兩投」。因為一稿兩投，是為任何刊物之所忌，有此明示者，是對投稿人的提醒，也是警告‧雖然有的刊物並不一定要把這項提示明訂於稿約之中，但切忌「一稿兩投」，是為投稿者人人應守的定律，雖未明訂，理應視為「當然解釋」。

「本刊有修改權，不願修改者請註明」。一般稿約無不白紙黑字明訂於稿約之中。傳說有個作者去信責問編者：「我可是費了一個上午的工夫才把那個逗點放上去的，您怎麼可以隨隨便便就把它給拿掉呢？」編者的回信說：「沒有隨隨便便啦！我是花了一個下午的時間才把這個逗點刪掉的。」誠然，作者、編者，部是認真者，只是仁智之見各有不同。編輯者有權，也有責任把一篇文章修飾得美美的，呈現於讀者面前；若發現其篩選的文稿中尚有些許瑕疵，如標點不當、手誤、錯白字，以及文句欠妥、欠順等，酌予潤飾，使成完璧。投稿人對此「點睛」之功，感激之不暇，又何怨之有？怕的是編輯者的大刀一揮，左砍右剁，致上文不接下意，甚或來個改面易容的大手術，使之脫胎換骨後，再以另個面貌呈現。凡此，多為投稿人所極不樂於見到的。還好，類此情形，近年來似不多見，從各大報副刊、雜誌的取稿趨勢觀之，要嘛不採用，請進垃圾桶，要嘛就原汁原味地登出來。事實也當如此，那些編者先生，每日閱稿無數，哪有閒工夫為你一詞之立，竟日踟躕？

「附郵可退稿」或「除附郵外概不退稿」。我想，凡是把稿子附上回郵信封寄出的作者，倒不一定是為了「癩痢頭兒子是自己的好」，更不會在乎自己的作品能值多少銀子，只是想早一點測知作品有否被採用罷了。

「五日未見報可自行投遞他處」。多在輿情反應或具時間性的時事評論版見之，如ＸＸ廣場、ＸＸ論壇是也。類此稿約，看似宅心仁厚，實則如同具文，蓋五日一過，已是明日黃花了，還有人家要嗎？

「獲選稿件由編輯室通知」。多在限期、限字、限題意的徵文中見之，如聯副九十年四月間「我的——」限五百字內、十月間「海洋快樂行」限三百字內等徵文是也。在你E-mail過去的應徵稿件若被採用了，不出三天，當你接到報社小姐：「你的XX徵文投稿入選啦！」的簡單電話通知時，等於是先餵你一顆「快樂丸」；當你手舞足蹈、快樂地不得了之餘，還想投寄他處，多騙幾文，那就其心可誅，該打屁股了。

「恕不退稿」或「概不退稿」。在百業蕭條，景氣不佳的今天，唯投稿者人氣興旺，因之，帶動了稿件欣欣向榮，一枝獨秀。面對四面八方湧至的稿件，編輯者，哪有那麼多美國時間同你玩退稿遊戲？於是，有的刊物，懶得囉嗦，乾脆來個一勞永逸的「無論附郵與否概不退稿」的聲明以絕後患。看到這種硬邦邦的稿約，投稿人固然「額手稱慶」；而今而後，附回郵信封的郵票可以省了下來，只是你的稿子用與不用間，教人難捉摸。你怕被扣上「一稿兩投」的帽子嗎？那簡單，你就「癡癡地等」吧！

相較之下，「三個月未刊出且未接獲採用通知者可改投他刊物」。人家把個稿件處理原則，清清楚楚公之於眾，教投稿人心裡先有個底，依約辦事，準沒錯，再也不會有稿子早已進了人家的垃圾桶，你人還在那裡，早也盼，晚也盼，左等右等「望春風」。

說到「退稿」，無可否認，當接到退稿的投稿人，一時之間「鬱鬱寡歡」也是有的，畢竟退稿是件教人高興不起來的事！然而，「有那麼嚴重嗎？」（引借阿扁的慣常用語）其實，看開了也沒什麼嘛，又有誰人天生是個「百投百中」者？還不都是從「投投、退退」中走過來的。作家鍾肇政就自嘲為「退稿專家」（意為常被退稿）；筆名「鋤月」的空大教授，在一篇《閒聊寫作與投稿》的散文中說：「我的稿子寄出後百分之八十彷如燕子般的飛去

又飛回」（八八年七月二日新生副刊）；身跨散文、小說創作、副刊編輯，及出版經營者的

蔡文圃先生不也是從「屢投屢退」到「刊一半退一半」，到最後才進入「被名家（夏濟安）賞識」的境界的嗎（見九十年十月二日聯副蔡文甫寫的「文學一片天」）？這些成名的作家尚且如此，我何人哉？所以，當找接到退稿時，總是以平常之心，淡然視之，既不惱怒也不沮喪，當然也就不會感到「意外」了。

最後，再回到「一稿兩投」的議題。作為報刊、雜誌的編輯者，經他精心篩選的文章在其主編的刊物上刊出後，卻察覺這文章已在他人的刊物上早一步和讀者見過面了，亦即所謂「一稿兩投」的問題發生了，編輯者自然大有被騙、被愚弄的鬱卒感；因此，編輯者對「一稿兩投」，無不深惡痛絕，是可以理解的。

要探討為何會有「一稿兩投」的情事發生？是投稿人為了騙取稿費甘冒不韙？是投稿人的一時大意疏忽？還是編輯者的稿件處理原則教人難以捉摸……等等，在在需要探討。換言之，同是「一稿兩投」，但「兩投」的情形各有不同，有的令人不齒，有的情有可恕，概略言之，不外下列三種型態：

一、投機型的：作者為了獲取較高的刊出機率，不惜分投幾家，抱著甲家不用冀望乙家，即使各家都採用刊出了，也不違背其本意的投機心理。這種純為「兩投」而兩投的投機心態，不獨矇騙了編輯者、犯了編輯者的大忌，也浪費了廣大讀者的時間，是為人所唾棄

者。

二、過失型的：作者夙夜匪懈，嘔心瀝血，完成一件作品寄出後，沒有在其預期的時間內刊出，作者誤為他的作品又進了垃圾桶；於是找出底稿，重抄一遍，改投他處，結果發生了所謂的「一稿兩投」問題。類此情形，所在常有，也只能怪罪作者的耐心不足，或是時間上又沒有拿捏得好，在沒有確知其作品不被採用之前，還是耐著性子多等些時日的好；若貿然躁進，被扣上個「一稿兩投」的帽子，縱使跳進了「淡水河」（較近），你也洗不清。

三、認可型的。作品飛去又飛回，確定不被採用了，修改後再投他處。唯這第三種的兩投情形，是被允許的，投稿人可以安心地，理直氣壯地改投他處，將無人再以「一稿兩投」而責之矣。一投不中，再投又何妨？

陰錯陽差樂透啦！

您投注了沒？您中獎了沒？您樂透了沒？

從樂透彩開辦以來，由於媒體的渲染、操弄，以及巨額獎金「等你拿」的誘惑，致使投注樂透彩，想「樂透」者，自是大有人在，撇開達官巨富不論，說它幾已成為升斗小民間的全民運動也不為過。

在下俗人也，自也不落人後。打從第一期開始，總是理智地，投個一至兩注「捧捧場」。說是做做公益也好，說是碰碰運氣也好，說是以小搏大，買個希望也好；率真言之，就是想中個大獎、想發個大財、想一夕致富，「樂透」一下，如此而已。

俗話說得好，運氣來了擋都擋不住，在我屢屢「槓龜」之後的第十九期，終於時來運轉，中了四顆星，彩金五千一百十三元。扣除百分之二十的稅金、十元印花稅，及請由投注站代領（付）獎金的車馬費一百元，實得三千九百八十元。

我「敢」把這個「樂則樂矣」，尚不足以言「透」的彩金數字，一五一十的公之於眾，只因得獎過程曲折，陰錯陽差有夠離奇；再則自忖獎額區區，應無「後遺症」之虞（還是有接過一通陌生人的「祝福」電話）；還有一個更重要的原因，那就是枯坐電腦桌前，閒極無聊，敲敲打打，騙點稿費，向著機率只有五百二十四萬分之一的首獎之途「憨憨邁進」。下面就是這個充滿戲劇性的得獎過程：

就在十九期樂透彩最後一晚——投注時間即將結束前的半個小時，妻匆匆遞過乙紙寫著六個數目字的紙條：「快！照著這組數字給我簽下去。」

我怎敢怠慢？忙拿出空白簽注紙，照著她的紙條，匆匆點選，匆匆跑去排隊投注。

內行的老闆接過一看，皺皺眉頭：「少了一個數字怎麼投？」我搶過來一數，真的只有五個耶！明明「明牌」是有六個數目字的嘛！一定是我在匆忙中漏點了一個。到底漏點了哪一個？我是一點印象也沒有，點過之後的紙條也已隨手丟進家中的紙簍裡了。盡管「明牌」深深印在妻的惱海中，可是時間不允許我返回頭，甚至連打個電話的時間都沒有了，這可是個有關巨額獎金的「大條代誌」！時間分秒不停地跑，距截止投注的時間越來越逼近了。當下，和我一樣手中握著「明牌」，唯恐錯失良機，急著投注的人，擠來擠去那麼多，只是我比他們更多了一層「誤了大事」的沉重心情！老闆看出我的焦躁、不安：「來！青菜點一下吧。」瞧人家說得多麼輕鬆。可是……我……唉！眼看著連猶豫一下的時間都不夠了，連忙把投注紙遞了過去，但見他沒有一絲考慮，順手一點，投下去了。卡擦！「時間已到，謝謝惠顧，下期請早。」我「有幸」吊上車尾。慶幸之餘，回頭一看，在我身後錯失良機的「不幸」者，還有好長一串呢。

我漏點了哪裡？老闆補點了哪裡？回到家從紙簍裡撿起紙條，躲起來一對，「明牌」上原有個「30」漏掉了，被老闆「青菜」補了個「18」。

「18?!」老闆！你嘛幫幫忙，那麼多的空位你不補，偏偏點在上市來不曾露過面的「冷門」上！再仔細一對，更糟！「明牌」上的「03」被我錯點到「05」上了，這該教我從何解釋起?只有六個數目字，我竟粗心地漏掉了一個！錯點了一個！涼啦！完啦！萬一……正懊惱著，這時聽到一直盯著螢幕看的妻在怨嘆著：「沒彩！只對了25.26兩號。」這時我可「樂透」啦！只要妳的「明牌」沒有簽中，我就放心了。這時我才想到，拿著手上的彩券，照著電視上開出的號碼來對。哈！我錯點的「黑牌05」有耶！老闆「青菜」點的「冷門18」也初次露面了。

一個「黑牌05」，一個「冷門18」，加上妻的「明牌25.26」，黑白配著，一字排開，一個可愛的數字組合—「05.18.25.26」呈現眼前，我頓時興起，不禁忘形地大喊：「黑馬！冷門！四顆星！」中啦！

待家人圍攏過來，我才「敢」把陰錯陽差的烏龍過程說了出來。家人一陣歡呼！聲達戶外，隔壁的林太太聞聲而至，用揶揄的口吻：「幹嘛呀?大呼小叫的，中獎啦?」

「答對了。」妻不掩愉悅地回答。於是，兩個太太，一來一往，嘻嘻哈哈對上了：

「我猜一定也不是什麼大獎。」

「又猜對了，不到一億哪！幾千萬而已。」

「少來騙我！中大獎的人是沒有聲音的，只能偷偷樂。」

「那可不一定，基隆就有個中頭獎者，逢人便嚷嚷，獨樂樂不如眾樂樂嘛。」

「所以，他的家人必須立即出面加以否認，因他違背了原則，已經受到道上弟兄們的『關照』了！」

從兩個女人相互調侃的對話中，我倒領教了一條守則，那就是：中大獎者是不能有聲音的。

說不定有那麼一天，讀者又能在繽紛版上讀到有人中了首獎的文章，而那個寫文章的人又不敢用他的真名實姓，只用了個連編輯也不要讓他知道的筆名時，嘿！嘿！嘿！那一定就是我啦。

九十一年八月十日《聯合報》繽紛版

樂透解憂　平民樂

打個比方，在這之前，遇到任何或大或小的不如意事，或有形無形的外來壓力，我都束手無策，一籌莫展。因為沒有可供宣洩的管道，只能默默地逆來順受；日久天長，人就變得憂鬱起來了。這真是個值得重視的問題，可不是我在危言聳聽喲！君不見，媒體不也三不五時就報導件因「憂鬱症」而自殺的新聞嗎？

還好，我這「症狀」，自樂透彩開辦以來，已經有了「顯著改善」。話說樂透彩這「玩藝兒」，儘管人人皆知：想要中個大獎的美夢，何其難也！然而，除了達官巨富，不屑一顧外，身為升斗小民的你和我，哪個不是摩拳擦掌，趨之若鶩？雖未至「社會土石流」地步，但由於媒體的渲染有力，承辦者的操弄有方，妙點子推陳出新，一個接著一個，什麼「吉時樂」、什麼「括括樂」、什麼什麼「樂」，花樣百出，已成「全民運動」啦！

在下只玩一種——「樂透彩」。每期破費個五十、一百，買個一至兩張，攢在懷裡。這樣，五百二十四萬分之一機率的夢幻，就會縈迴腦際，「樂不可支」，其他雜七雜八之「樂」，就免啦。

當此時也，任何不如意事，只要想到懷中還有兩張「那個」，再過幾個小時，等電視台把號碼開將出來一對，說不定……嘿、嘿、嘿。再大的不如意事或壓力，隨著這麼一想，早就煙消雲散，化為無形啦。

九十二年一月十二日《聯合報》健康版「解壓寶典」徵文入選作品

總有一天你會愛上我

若非SARS這廝貿然地出來攪和，無分族群層級，不管男女老幼，弄得人人「嚇死」！真還不知道：我要在倉庫的黑角落蹲到幾時？

我者誰？口罩是也。其貌不揚，身價不高，對人的貢獻也不顯著，不被重視，自是當然。總是捂在人家的嘴巴上，還會造成人家或多或少的不便、不爽！寄望能在眾人眼中獲得幾許青睞，談何容易？

然而，身為「口罩」，無怨無悔，本有「用之則行，捨之則隱」的胸襟，即使常被封存，亦不自怨自艾。常思「天生我罩必有用」，「總有一天等到你」，更有一顆「總有一天你會愛上我」的信心。

風水總會輪流轉，不信你就看嘛！拜連個預警都沒有的來了個不速之客SARS之賜，使我罩類一夜之間身價百倍，不獨專供防疫第一線醫護人員的我族菁英N95一罩難求，即使防疫效果尚待檢驗的泛泛之輩，也都鹹魚翻身，供不應求。我輩正思略盡棉薄，助人一臂之力，阻絕SARS，抑制感染，可謂任重而道遠；偏偏就有一些不義奸商，趁機囤積，哄抬物價，大發災難之財，全然不顧人類的死活，迫使我罩救難功能大打折扣，誠為人類之羞。

我罩正警告殺千刀的SARS：「肆虐人類，所為何來？限在極短時間內，率爾醜類，遠離人間，消弭於無形，方為明智。不然，本罩擬與萬能的人兒密切配合，一旦疫苗研發出爐，必盡「殺而死」，其勿悔！」

九十二年六月四日《聯合報》「健康版」「口罩狂想曲」徵文入選作品

附記：抗煞銘

菌不在大，有煞則凶，病不在重，奪命則恐！斯時SARS，唯吾得警。台北傳首例，快速擴散中。朋友別握手，拱個拳就行。隔離避感染，切要聽。避土方之亂治，勿奔波之勞形，居家勤洗手，出門戴口罩，專家云：「何懼之有」？

醫療過失何其多？

醫生有兩種　天使與魔鬼

拜現代醫學昌明之賜，人的壽命得以延長，誠為人類之福。不過，有了進步的醫藥，還得配合「術德兼備」的良醫方能濟世。如果病人不幸，就會遇上個別有意圖，故意延誤病情的庸醫；或因經驗不足，誤判了病情；或因用藥不當，致人「藥到命除」者……等等，時有所聞。因此，有人把醫生分為「天使」與「魔鬼」兩種類型：凡是學有專精，醫術高明，秉持仁愛之心，視病人猶親者，稱之為「天使」。我人寧可相信所有的醫生都是以救活人命為己任的「天使」，但誰能否認沒有少數的害群之馬，趁患者家屬心急如焚，擺出一付高傲、貪婪的嘴臉，乘人之危，暗示什麼，如不能如願，「你就慢慢等吧，後果自負」的冷漠態勢，類此置自身職責、道德、良心於不顧者，與「魔鬼」何異？

據某電台的某主持人在一個《如何活著離開醫院》的節目中說：「國內因醫療過失而死亡的病人，每年有一萬人之多……。」，這個讓人聽了不寒而慄的數據來源我已不復記得，但可以確信的是：主持人必是有所本而發。如果她所本的這個數據是正確的，我今天還能握筆（敲鍵）為文，沒有躋身那個駭人聽聞的數目字之內，算我好運，因為我也有過差點不能活著離開醫院的親身體驗。

小病變大病　庸醫惹的禍

緣於今民九十三年五月八日，清晨起床，就覺全身痠痛乏力。心想又感冒了，類此症狀往日有過。上次，跑去當地一家熟識的私人診所，打一針，包點藥，次日即可痊癒。不巧的是八日適逢禮拜六，這家診所有兩天（禮拜六與禮拜天）的休診期；因此，拖至九日（禮拜日），只好改去另一家私人診所。同樣是打針吃藥，病情沒有減輕。又拖到星期一，再去往日去過的診所。結果這次不靈了，打針吃藥，不見好轉，且發高燒，咳個不停。十一日晚間，即被家人送至台南某署立醫院急診室；經x光檢查為肺部感染。病狀雖已確定，但住院兩天之後，病情不但沒有好轉，且發現大便是黑的。請護士告知醫生，卻不見處理。十三日下午六時許，肚子一陣翻騰，想吐，被內人扶至浴室，即噴出大量鮮血。護士驚呼：「怎麼會這樣！」急把值日醫生找來，這位醫生竟慢條斯理地說：「現在聯絡不到主治醫生，等明天上班時我來聯絡。」天哪！這期間，又吐過一次在垃圾桶裡。求助值日醫生既不可能，內人手足無措，急忙通知兒子、女兒趕來，兄妹倆商量後，決定不要等到明天，立即辦理轉院手續。那位值日醫生知道了跑來說：「不要轉院，我馬上處理。」竟欲阻止轉院。這時轉院手續已辦好，救護車司機已趕到病房，七手八腳把我「搬」上了救護車。多話的司機一路上追問為什麼要轉院？當內人告知轉院原因後，司機竟脫口說出：「用藥不當，多種藥物混合使用，胃膜磨破了。」至於那位值日醫生何以見死不救？司機的解釋是：「他在等一樣東西。」內人立即明白：「我們真的不懂這個禮數，他應該明講嘛。」司機：「這種事只能做，不能說。」我們才恍然大悟。記得初入院的頭一天，除了吊掛點滴，幾乎少有藥物；到了第二天，告知：大便是黑的，藥物種類急遽增加，造成了大量吐血，驗証了司機的說法。我們不解的是：一個醫生的專業知識，難不成不如一位因常與病患接觸的救護車司機耳濡目染得來的常識嗎？

轉到成大醫院急診室已是十三日的深夜了。急診室裡一排排的病床上躺滿了待救的病人，若以「門庭若市」來形容，那麼某S立醫院偌大的急診室裡只我一人在「捧場」，應該說是「門可羅雀」了。

重照X光，確定肺部感染；再照胃鏡，確定是胃潰瘍。

一個小小的感冒，因一再地醫療不當，竟而轉變成住了十二天醫院的重病。除了感到無奈，又能說什麼？住院期間，感謝成大醫院的主治醫生王景民先生及多位醫師八天來的細心診治，總算把我從死神手中奪了回來；也感謝成大醫院及先前的某S立醫院的護士小姐們親切、勤快的照顧；她們都是克盡職責，值得稱頌的「天使」；更感謝家人決定轉院的明快果斷，總算讓我活著離開了醫院，至於某S立醫院的那位見死不救，要「等到明天再聯絡主治醫生」的慢郎中，我就不想再說什麼了。

允宜強行介入　減少枉死魂

醫療過失何其多！依個人這次的看病體驗，加上最近見報的三個抬棺抗議的案例，以及某電台所說的駭人聽聞的數據看來，問題不可謂不嚴重。筆者本諸個人良知，甘冒不諱，籲請醫政單位如衛生署、健保局等加以重視，且莫置若罔聞而等閒視之，把這個關係著你我生命安全的問題，允宜強行介入，積極監督、研究、改善，期能向下修正某電台播報的每年如此多枉死冤魂的數據，則國人幸甚。

九十四年二月號《警友之聲》第一六三期

我曾經「伍佰」

早些時候，每隔個一兩年，總會因感冒、食物過敏，或不明原因等，引發一次來勢洶洶、醫生在病歷表上填寫的「蜂窩性組織炎」。症狀是：雙腳紅腫，不能下垂，不能著地，疼痛難忍，且高燒不退。

記得七、八年前，又因病發，第五度住進大醫院；醫生援例為我打針、敷藥、抽血、驗尿。第二天，護士小姐拿著檢驗報告來到病床前，柔聲地說：阿伯，「你五百耶。」「是個歌手的藝名。」見我漫不經心的應著。她改以嚴肅、且帶點責怪的口吻：「你難道不知道自己有糖尿病嗎？血糖飆到五百啦！」見我還是無動於衷。她臉色一沉：「白目！為了保住你的性命，搞不好，這次醫生要給你截肢！」「有那麼嚴重嗎？」我帶著一身冷汗猛地坐起來問，這是知道自己有糖尿病的經過。一位當地私人診所的醫生給我一些寶貴的建議，如長期服藥，定期驗血、追蹤血脂變化，節制飲食、控制體重，當然，「有恆的運動」也很重要。除了體重很難下降外，我都一一遵守。從此，傍晚時分，必到附近國校兩百公尺的跑道上疾走十五圈，也就是三千公尺，用時四十五分。七、八年來，風雨無阻，困擾我多年，那個叫做什麼…「…組織炎」的腳腫宿疾未曾再發。最近又拜「三聚氰氨」之賜，日必三包、飲之有年的三合一咖啡，斷然斷掉。

藥物加運動，使我一頭黑髮雖然不再茂密，剩下屈指可數的幾根白髮點綴兩鬢。「怎麼看也不像年逾八旬、身負甜蜜（血糖）指數超高的歐吉桑。」信不信由你，的確有人「似真還假」地當面對我這般讚賞過。

九十八年四月一日《警友之聲》

「典故」錯用的聯想——廉頗老矣

無辜的第三者

我是個很少，也不善於使用典故的人，偶而無心地用過一次就出了問題。

本文初擬的題目是「典故錯用外一章」。寫著寫著，節外生枝，就不只「一章」了。如果改以「典故錯用的聯想」，如此，就可以天馬行空，不著邊際地聯想到與「典故」不相干的往事。恰當與否，就有勞編輯先生的潤飾了。這就聯想到本刊編輯群中有兩位我早年的老長官，一位是當年在南京西路派出所晨夕相處的巡官—別後再也無緣謀面的張照白先生；另外是當年第三分局我們的司法局員林昭標先生。每月從本刊編輯群中總可看到既熟悉又親切的兩位老長官大名。後者出任台南縣警察局長時，我這個勤務二十五年，時年四十八歲的老警員，已早早地從台南縣警局退休了。我住了多年的公家宿舍竟被查出是建築在私人的土地上，幾番官司打下來，警局敗訴，被判「拆屋還地」，倒楣的是我這個無辜的第三者。

人生走到低潮時

這是三十年前的往事。我退休後，在一家南部頗具規模的藤製業工廠當守衛長，下有四位守衛員。期間，老長官有事去工廠，我們就在守衛室相遇，他知道我住的房子出了問題，他說：「不要管他，你繼續住下去。」至今，我始終記得老長官那句體恤舊屬的話。

我當然也知道，他一旦離開台南縣後，我將無法「繼續住下去了。」幾年後，他離開南縣，有次代表總會來指導退協會議，我趨前問候，他第一句話就問我：「你還住在那裡嗎？」我一時反應不過來回答「是。」我的意思是「還住在歸仁。」他問的可能是他當年要我「繼續住下去」的那間公家宿舍；其實那間宿舍早已「拆屋還地」了。這已是三十多年前的往事了。我三十年的退休生涯，變化也大。在這之前，當了二十五年的警員，退休下來，竟是一貧如洗，所配的「問題宿舍」，官司連連，一旦「拆屋還地」，我將上無片瓦遮雨，下無立錐之地；走到了人生的最低潮。

無限感慨話轉機

有句安慰、鼓勵人的話：「危機即轉機。」我有幸娶到一位沒有讀過什麼書、但智慧超人的女人為妻；她美麗、堅強、勤勞，果斷，且有一雙無人可及的巧手。那時期，正是所謂「經濟起飛」的年代；台南縣以關廟為重鎮，藤製品工廠林立，大大小小，不下五百餘家，家家生意興隆，財源滾滾；有所謂走「日本線」的，有走「歐美線」的。不管走什麼線，訂單來了，成千上萬，數目龐大，即使設址於關廟、歸仁間，號稱東南亞最具規模的「藝芳藤業股份有限公司」──擁有訓練有素的五百餘名專業工人的龍頭老大，亦難應付如潮水般湧進的訂單。於是，有了所謂的「代工」這一行業。工廠把自身消化不了的訂單（多為藤心編製的輕巧藝術品），分由「代工」者先教會一般的家庭主婦，也就是當時的省主席謝東閔先生所倡導的「客廳即工廠」來完成。就這樣，魚幫水、水幫魚，解決了工廠工人不足的窘困，更改善了不少人的家庭生活。我躬逢其盛，處此環境下；樂觀、進取的內人豈甘蟄伏，也投入了「代工」行業。因肯吃苦、負責，無論品質管制及時間控制均優於他人，很快就建立起良好的聲譽，為各個工廠所極力爭取者，有永遠做不完的貨源，從不像其他代工者有貨源時斷時續的困擾。她預估時間，當一批貨接近完工時，她能自創品牌，製成樣本，估價後交由工廠轉寄日本，很快就會接到工廠老闆電話：「崔太太，妳要有所準備喲！妳的樣本將有大批訂單要下來。」這幾乎成了她的專利，是為其他「代工」者所無法辦到的。有次，從日本寄一張報紙到工廠，上面有張黑白模糊的樣本圖案，只標明：「高X分、腰圍、底部及口邊X公分」，要求工廠：依樣畫葫蘆製成樣本，並估價後急速寄回日本。這問題竟難倒了工廠所謂訓練有素的師傅。於是，工廠把報紙拿來同我內

人研究，她拿起報紙端詳一番，很自信地說：「我可以試試看。」第二天在沒有模子的情況下，她竟做出與報紙上黑白模糊的圖案，尺寸分毫不差的兩個樣本來，維妙維肖，此舉令工廠上下敬佩不已。我常笑她「外行領導內行」，因為她只是個從小在嘉義農村田地裡長大的女孩子而已。

我當時的退休薪俸，平均每月不過三千餘元，而代工後，每月結算常超過三萬，即薪俸的十倍之多。我除了還清負債（多數加倍），也有能力訂購「預售屋」——本以為這輩子無法實現的夢想，想不到幾年後我也擁有了自己的新房子。我必須承認我一直是個接受愛妻的規劃及指使的配角。

經濟起飛時投資房地產

當盛極一時的籐製工業陸續轉移到東南亞各國，如泰國、越南、印尼、菲律賓以及大陸，在台灣眼見即將淪為「夕陽工業」時，內人不聲不響與另位何姓太太合夥作起房地產買賣生意了。當兩人第一次訂購了一棟房子，過戶手續尚在趕辦中，就有別人看上了她們訂購的房子，願意多出七位數字請求讓度。這等好康的事，兩人當然樂不可支。此後的買進賣出，也都在很短的時間內即可完成。期間，獲利少則幾十萬，多則總在七位數字以上。又一個十年過去了，我除了原住的房子外，又有了兩棟價值不斐的四層樓透天厝出租於人。

我常這樣想：如果當年我住的不是「有問題」的宿舍，我必將安於現實，渾渾噩噩度此一生。而今，情況如何？回頭看看我的老同事，思過半矣。有人猜說我中了特獎？我是有做過那樣的夢，卻不曾有過那樣的幸運。有人說：我夫妻倆「有夠打拼！」比別人流了更多的汗水！此說幾近乎實情。當時剛好又趕上「歸仁起飛」——藉用一位老鄉長經常掛在嘴邊上的四個字。後來，也是更重要的是：當房地產交易活絡的關鍵時刻，遇到了一位好的合夥人。直到現在，還在兩人的名下共同擁有一間出租於人的公寓——這是最後唯一的一間賠了兩百多萬元的房子。但我們已不在意，我們要把它留作當時的「合作無間」以及以後「友情永在」的象徵紀念。

我的三名子女，讀書也有傲人成績。尤其是女兒，她在國中三年讀書期間，無論大、小月考、期考、模擬考，一直保持同年級的第一名。當時，在三年級的模擬考中，若有一次考不到第一名，就會無法把獎座抱回家。結果女兒竟然創紀錄得了三個第一名的銅像獎座。後來，學校各以五百元買了兩個回去，說是要她保有一座作為紀念就好。現在，女兒在某國中任教，她所編著的國中講義，廣為各校學生所用，也因此為出版商賺進了大把鈔票。再值得一提的是，擔任督學的兒媳婦，她是家人中唯一的一位具有博士學位的成員，身為公公的我，感到與有榮焉。

回歸本題

「很少看到你的文章了，在忙什麼？」有天接到一位久未謀面的老朋友的電話。

「哪有什麼忙？」

這樣地回答也就過去了，怕的是無話可說冷了場。

「廉頗老矣！」慨嘆一聲！補上一句。

問題就出在這個「廉頗老矣」的典故上。電話那頭毫不留情地糾正道：

「什麼！？『典故』可是不能亂用喔！」

我立刻警覺到事情的不妙！因為我這位朋友，滿腹經綸，他是我們在嘉義交通隊共事時，同事眼中的活字典，有事請教他就沒錯，尤其在談論歷史人物時。因此，忙著解釋道：

「我是把這話用來當作老而無用的負面解讀。」他說：「人家可不作這樣看，如果由我來說，好久讀不到你的文章了，看來『廉頗老矣！』行。你自稱『廉頗老矣』可就有點…廉頗何人也？你也比得？字典要常常查喔！」

查字典，那簡單，我就有個重重地、厚厚地，分上、中、下三冊，當年花了我半個月的薪水購買的——台灣中華書局於中華民國六十九年三月發行的「最新增訂本」、定價新台幣1800元的「辭海」。說到這裡，又使我想起當年預約購買這部「辭海」的一段插曲。當時，為了省幾百元，看報紙廣告，說在出版前可以先把錢寄去預約的。結果，錢寄去了，卻超過了廣告所約定的出版日期很久很久，遲遲不見書寄來。於是，我去信查問，很快就接到主編熊鈍先生親筆寫的何以延遲出書的致歉函。

查「辭海」的結果，我找到的是個年輕力壯、驍勇善戰、尚未老矣的「廉頗」。字典裡，對典故的解說沒有幫助，但卻發現：伴我三十年的「辭海」，缺頁了；且從3817——3824有八頁之多。又再查，3841—3849也有九頁多，還有沒有其他的缺頁呢？我就懶得再查下去了。這個用了三十年的「辭海」，缺頁如此之多，我卻沒有早早發現，可見我用的時候不多，倒是一部中華民國七十九年「輔新書局」出版的迷你型「辭源」被我翻弄得連封面都殘破不堪了。我現在的心情只有四個字可形容：「哭笑不得。」三十年矣，那位謙卑又負責的主編熊鈍先生您人在哪裡？（在台灣中華書局理事長任內去世了）即使人在，我還能勉強人家承認這個當年因裝訂的疏忽予以補遺嗎？越想越沒有這個必要，電腦時代的來臨，上網查資料，既快捷又詳盡。「辭源」、「辭海」之類，尤其大部頭的，重、繁、慢，是無法與上網來比擬啦！只能放置書櫥裡作個擺設而已，它必將走入歷史；幾十年，幾百年後，想查「辭海」、「辭源」，只有去博物館找尋了。

為了掩飾我把典故的錯誤引用，我主動打電話告訴我的朋友說：

「我看到一個殘酷的事例：離開舞台一段時日的藝人復出後，看他再現螢幕，我就有個看來『廉頗老矣』的感覺。與年輕的藝人有一搭沒一搭地勉強擠出一絲苦笑，已不復當年舉手投足，即能逗人爆笑來的自然了。」

「你的舉例甚為恰當，人家過去畢竟是個小有名氣的藝人。」電話那頭「讚譽」說著。

我又把上網所查有關「廉頗老矣」的故事，在連篇累牘、洋洋灑灑、零亂的網海裡，歸納出「正、負」兩點結論說：

「正面看是『廉頗老矣』，仍能飯斗米，肉十斤，還願意披掛上陣，為趙國效勞，可謂老當益壯。」負面看就是：「他的食量雖仍如昔，但老跑便所，趙王聽了說：『老而無用了！勸他頤養天年吧。』」

電話中回了句：

「你的意思我瞭解，本來還有兩句話相奉告，老朋友了，我就不好再說什麼啦！」

那兩句他雖不明說，我也猜個大概：一句是「自圓其說！」一句是「越描越黑！」只是顧到老友的顏面沒有說出口而已。

九十九年六月號《警友之聲》二三七期

我們都該感謝上帝

幾年前，參加社區「老人會」舉辦的自強活動，遊覽車在一個三面環水的旅遊勝地停了下來，宣佈有二十分鐘的自由活動時間。我下得車來，慢步遊走至高懸一塊破舊木板，歪歪斜斜寫著「活魚現炸現吃」的攤位前。黝黑、粗壯的年輕攤販，見有人經過，就扯開喉嚨吆喝：「來喔！來喔！」，但生意依然清淡。我和其他遊客一樣，只是隨處走走、看看，無意光顧，唯一的顧客是位身材苗條，穿著入時的妙齡「美眉」。她先就站在攤位旁邊，隻手擎著盤子，等待盤中剛出鍋的炸魚降溫；見我經過就說：「阿伯，真的很好吃耶。」。我放緩腳步，禮貌性地點點頭。也不知那位攤販小哥真的會錯意？還是故意裝迷糊？不由分說，就把幾條小魚，噗通地一聲丟進了油鍋，一邊還說著：「這是你乀。」。我…？一怔！根本來不及阻擋嘛！等回過神來，也罷，順水行船，皆大歡喜，默認了事。

只見他一手叉腰，一手撥弄著油鍋裡的魚，開始了我們混合著國、台、日語的對談：

「歐吉桑！何歲ごすか？」哪！偏偏我就聽懂了這句日本話。

「八十。」台語發音。一則順口，再則湊個整數，我虛報了幾歲。

「LP！?」音階突地調高八度！這可是咱們台灣去年「研發」出來的新產品喔，事過經年，真難為他，還能朗朗上口？

「很好用。」逞一時口快，卻忽略了眼前還有個美麗的第三者，話一出口，我就後悔，可是收不回來啦！但見少女前仰後合，笑不可抑，顫顫巍巍，像朵風雨中搖曳的花朵，一不小心，盤中尚未入口的炸魚全都滑落地上了。

「都是你！都是你！」為了掩飾尷尬，我把責任一股腦地推給這個口不擇言的黑小子。「哈、哈，哈！補送一份，免錢、免錢。」讓我終於見識到眼跟前這個粗獷的大男人也有他豪邁、慷慨、「古水」的一面。

這也使我想起前些時日，因為我們的外交部長陳唐山先生的一時「口誤」，引起沸沸揚揚的討論。各方解讀，紛至沓來，繞著話題，說長道短，唯粗俗者多，難登大雅。只有智慧超人的呂副總統在某次出巡時，身後跟隨了大批男女記者，有位追趕著緊跟在後的女性記者，尖著嗓音大聲地問：「請問副總，您對『LP』有什麼看法？」滿面笑容的副總統，邊走邊答：「那是上帝送給人們最好的禮物。」片言解頤。「為政不在多言。」副總得其三味矣，化尷尬為優雅者，憑藉的是率直、風趣，又寫實的一句話，算得是位「思無邪」、不帶「顏色」的高格調的解讀者，令人折服。

我想也是，人們擁有這份上帝所送的「最好的禮物」，無論您是男人？還是女人？都該感謝上帝。

「LP」無端端地被「誠信」二字閹割了——「誒」談一稿兩投

我將《我們都該感謝上帝》一文投寄《聯合報》副刊，十多天來沒有消息，幾可確定不被採用。因為，我有過投稿聯副的經驗，第一篇是應徵聯副「我的…」（起頭必須是「我的」）三百字徵文。當時，自定的題目是《我的寶貝小神通》，於90年5月2日刊出；第二篇是應聯副的「海洋快樂行」徵文，當時，自訂題目是「東邊在哪邊？」90年10月7日刊出。兩篇投稿都是在寄出三天後即接到採用的通知。如今已逾十日，沒有消息了。鑒於前例，不被採用，幾可認定。因此，才決定改投「繽紛版」。結果，第二天即接到「繽紛版」編輯的來信：

親愛的作者：。

一、大作擬留用，但必須向您確認，文章內容為真實故事，且未一稿數投。

二、請參考本刊投稿資訊：

投稿作品經採用，將同時刊登於繽紛版及聯合新聞網（udnnews. com）。

來稿請附真實姓名…俾便刊出後奉上稿酬。

三、當您回覆確定並同意以上事項後，代表文章已經錄取，本版將擇期刊出，敬請留意每日繽紛版，這段期間請勿將稿件移作他用，特此敬告，並歡迎繼續投稿。

即祝

大安

繽紛版上

人家有此疑問，我當然應該據實回信：

一、文章內容真實。

二、我必須坦言，該文曾於93年10月23日e寄「聯副」，依時間推算可能不被採用了。

第二天接繽紛版編輯打來電話，要我必須再向聯副查證確實沒有被採用後再議。

我當然知道，「查證」實是多餘，厚著臉皮去信查問，所得的答覆是：「親愛的作者：您好，非常感謝投稿本刊，很遺憾本刊未能留用您寄來的大作……。」直教人有自取其辱的感覺。但還是將查詢實情轉致繽紛版編輯。之後，即如石沉大海，逾五十餘天沒有消息。心知大事不妙，又很想知道其處理結果，因此去函查詢。回應是：「繽紛版主編休長假，我是來代班的編輯，您說日前曾投稿本刊，不知是哪一日？哪一篇？照說主編用不用一定回覆，可否重寄一次？……」

好吧，寄吧！又過了若干天，回信來了：「崔先生您好：很抱歉，因諸事耽擱，至今才回覆，大作原先因有『一稿兩投』之虞，繽紛版遲遲不敢刊出。如今，『LP』新聞熱已過，我們幾經考慮，決定不再刊出。實在難以表達我們的歉意，敬請見諒。」

這陣子，e來e去，至此塵埃落定了。不「見諒」又如何？一件逸趣橫生的「LP」真實故事，竟被小時候老師教導的「說話要誠實」，編輯先生的「矯枉過正」、「因噎廢食」，硬生生地給「閹割」啦！

如果作者嘔心瀝血完成一件作品寄出後，沒有在其預期的時間內刊出或確定不被採用了，要他束之高閣？棄之如敝屣？幾不可能。曾記得，幾十年前，《中央日報》副刊有篇題為《狼》的連載，傳頌一時，評為佳作。聽說作者朱西寧先生的那篇《狼》文，投投退退，退退投投好多次，最後才為「中副」所留用。因此，一投不中的，再投又何妨？

最可嘆的是，我有理由幾可以確定：從此，我已被所有《聯合報》系的報紙副刊列為「一體周知」、「罪大惡極」的拒絕往來戶了！

修改自94年3月7日《古城陽》

「世界末日」謠言記趣及其他

恐怖啊！這個駭人聽聞的熱門話題：「馬雅預言」——「世界末日」，嚷嚷了一段時日，教人籠罩在恐怖之中，卻不曾讀到或聽到有關此一問題的看法或論述。久不敲打鍵盤的我，很想對此一問題寫點東西出來。猛抬頭，2012年2月21日的「世界末日」快要到了，即使被採用也沒時間刊出了，到了上述時日—「世界末日」的來臨，一切化為烏有了。

然而，21日來臨時，卻是風平浪靜地過去了，什麼事情也沒發生，太陽照樣東邊出，西邊落，熙熙攘攘的人們照樣地忙碌著為生活奔波，使我想寫「世界末日」的念頭也打消了。誰知就在今（2013）年2月12日有顆來自火星的隕石，在俄羅斯中部烏拉爾山區上空劃過、爆炸，據說產生的能量可比一顆原子彈，又據俄羅斯媒體報導：已造成千多人為震破的玻璃割傷，三千多座建築物受損，經濟上的損失更是超過十億盧布。這新聞又引起我重寫「世界末日」的衝動。

猶在「末日」前後，從報章上零零碎碎地讀到了一些有關「世界末日」的趣聞，僅拉拉雜雜試為之記。

所謂「信不信由你」，大陸地廣人眾，口耳相傳，極為迅速，聽說相信者還真不少（約兩億人），弄得人心惶惶！大陸當局一口氣就把這些胡言亂語（雖然有憑有據）的人抓了一千三百多人，先關起來再說，21日時辰到了，教他們一起「死」在大牢裡；四川省有四位老兄：兩個在交通要道，手持擴音器，大聲吆喝著：「世界末日就要到了！吃喝玩樂要及時，不然就來不及啦！」另有兩個在公車上公然散發「世界末日」傳單，當地公安以其「妖言惑眾」，先關他們四人各十天，剛好到21天。如果是日真是「世界末日」的話，那聽信謠言的人，在這十天內，盡情地吃喝玩樂，可真「賺」到了；而這四位老兄卻吃了十天的牢飯，可謂「衰」之也矣。

世人對「世界末日」的看法，應該是相信者少，不相信者多，當然也有半信半疑者，我就只有0.001的相信度，一大半尚在存疑中，但自隕石事故發生後，我這個相信機率必也隨之而做提高的修正。

又據報導，香港有位二十幾歲的青年，確信「馬雅預言」的「世界末日」必至，他根據聖經中記載「世界末日」的預言以及中國《易經》暗示末日將來的訊息，並自各個不同來源的預言，都指向同一天（2012年2月21日），那還假得了嗎？因此，幾天前他就愁雲慘霧，悶悶不樂，心想與其坐以待斃，何不先走一步？他的「走」法也很奇特，竟是脫光了衣服跳樓。這種死法極為罕聞，現在看起來這年輕人豈只「杞人憂天」而已，還加上患了「急驚風」，既確信末日必至，再等待幾日又何妨？和大家一起…，黃泉路上也好做個伴，又何必急於一時？

又據一些所謂的「科學家」、「宗教家」、「預言家」的說法，「末日」前必有徵兆，如最近來自各地所發生的災難，如地震、風暴、海嘯、暴冷、暴熱…等。其實，這些災難，遠自盤古開天闢地以來就有的，甚且甚於今日，只是那時資訊怎能與現代「天涯若比鄰」的網路可比，任何地方發生任何重大災難，手指一按，在第一時間即可得知。至於日本所發生的9.0超級大地震、海嘯等，那也不過是日本前東京都知事石原裕太郎說的：是「天譴」，是給日本人一點小小的教訓而已，與「世界末日」前的徵兆一點也扯不上關係，不過就目前的情形看，教訓的效果顯然不大。俗話說：「好了瘡疤，忘了痛。」這更使我想起大哲學家黑格爾的那句名言：「歷史給人們最大的教訓，就是人類永遠不會從歷史中學到教訓。」

從日本大地震說起——論石原慎太郎的「天譴」說

我先賢孟子說：「無惻隱之心，非人也。」近年各地頻傳的大災難，如某些地區的大地震、五年前的南亞大海嘯，造成人民生命財產的損失無算；而重創日本3.11的9.0超級大地震、大海嘯尤其為甚。從電視裡傳來驚心動魄、悲苦無告災民的畫面，令人無不感同身受，惻隱之心油然而生。

立委黃昭順的助理趙志勳因在日本在大地震後，說了句：「為何要援助日本？」這個很「不得體」的內心話，立刻遭黃委員的免職處分，並「笑容可掬」地立即捐出五萬元，以示歉意。是的，我們怎可當人家處在「水深火熱」之時而幸災樂禍呢？

佛家說：「善有善報，惡有惡報，不是不報，時辰未到。」又說「善惡到頭終有報，只是來早與來遲。」一來的確實有點遲，上一代的日本人種下的罪孽，報復在現代日本人的身上，是有欠公允。不過當時的日本人，也已受到兩顆「現時報」的原子彈的懲罰。但如果這次的超級大地震發生在八十幾年前，那就沒有南京大屠殺三十多萬中國人的冤魂；就沒有兩個日本軍官的殺人比賽——不管是男人、女人、老人、小孩，只要是人，只要是中國人，統統在他們的那把長刀之下成為亡魂，一個殺了105人，一個殺了106人；就沒有死傷無數的，晝夜不停長達五年之久的重慶大轟炸；就沒有死亡慘重大隧道慘案的發生；就沒有「731」魔鬼部隊把戰俘作殘忍恐怖的活體實驗！這些，這些，只是我記憶所及的犖犖大者，至於其他等等…罄竹難書的罪行已非本文所能概括。

俱往矣，我無意對日本這次的大災難幸災樂禍，更無意再掀起歷史的仇恨，只是讓世人，尤其是日本人，要記取歷史教訓，莫再犯爾等先人的錯誤。要知道種下惡因，必得惡果，是強調「善惡到頭終有報」而不爽的天理循環。為善？為惡？上天會一筆筆地記下來，到頭來會和你算總帳的。

規模九級強震和大海嘯重創日本後，東京都知事石原慎太郎說：此番浩劫為「天譴」，並說：海嘯洗滌日本人的「私慾」。善哉斯言也。何謂「天譴」？我查遍字典，得不到確切的答案，只有辭源的第一句：「謂天之怒責也。」最能說明「天譴」之涵意。因下面引經據典的註解太深奧，看不懂，就不多作引用了。我對「天譴」的淺顯看法，說白了就是「報應」，就是多行不義必自斃的報應。石原，原不是被華人所喜愛的右翼人士，虧他在此當口上能從他的口裡說出「天譴」的話，確實是個懂得反省，懂得懺悔，不失為是個可敬的日本人。雖然，石原的「天譴」之說，立即受到排山倒海的撻伐，要求道歉。開始他認為他說的是天理循環之至理，沒有說錯，不肯道歉；終因為了參加下屆的選舉，不得不召開記者會作出心不甘，情不願，違背本意的「道歉」。

隨著時光推移，親歷和目睹侵華戰爭的中國人和日本人尚健在者已經不多了，能見證的人即將與時俱逝，讓還活著，尤其是見證這段慘痛歷史的日本人，還能否認石原的「天譴」論嗎？我確信，也一定會有成千上萬懂得反省，懂得懺悔善良的日本人，在遭此空前的大災難時，內心定會認同石原的「天譴」之說。

上述列舉日本侵華時的種種暴行，盡人皆知，但中國人有「不念舊惡」的古訓，值此日本政府及人民遭逢史無前例的大災難，我們應暫且放下狹隘的國仇家恨，一本中國人的人道精神，響應援助日本震災的義舉。

一〇〇年五月號《警友之聲》二三八期

放下牽掛　樂在當下

我不曾有過「生涯規劃」之類的思慮。人生不過百，何須常懷千歲憂？我有個不同於眾人的信念：「人無遠慮，必『無』近憂。」

人生如寄，人生如朝露，人生如白駒過隙……這等刻畫人生在世的短暫與時空流逝的快速，可謂傳神、貼切。人生來去匆匆如過客，我既無法掌握自己的過去，也不能預知自己的未來，更遑論自己的「生涯規劃」。不是嗎？好像就在昨天耶！還是個爬上爬下，不知天高地厚，享盡父母呵護的「猴囝仔」，曾幾何時，頭髮稀疏了！牙齒動搖了！視也茫茫了！驀然回首，才驚覺展現在眼前的竟然是個既可喜，又可怕的數字——「八十有二」了！一個丟三忘四、顛巍巍、「花口口」的老頭了！雖說往事歷歷，畢竟沒有歲月可以回頭。飛黃騰達也好，窮途潦倒也罷，俱已往矣。是榮？是辱？都已隨著雲煙遠去了。前面的歲月如何又如何？我茫茫然，一點也不知道，也不想知道。家事、國事、天下事，不關我的事。照著詞人李清照所言：「江山留與後人愁」吧！了卻羈絆，放下牽掛，樂在當下吧。

想到讀國中的小孫女有次和他媽媽因一點小事爭執不休，情急之下，竟然搬出：「阿公！您可是一家之主啊！表示一點意見，評個是非嘛？」小小年紀的她，又哪裡知道我這個「名存實亡」的一家之主，「大權旁落」矣！雖然戶口名簿上還掛個戶長的虛名，那也只是個「茶來伸手，飯來張口」，悠然閒散，無所事事的一名「冗員」而已。

雖處「戒之在得」之年，還是把每月從家人手中接下的那麼幾張「薄薄的一片」零用錢，還好「靠得住」；加上絞盡腦汁，挖空心思，還不一定會騙到手的些微稿費，也都大半用在「發財夢」上。靈感來了，簽個大小樂透。中了，是我幸，槓龜也笑笑，大家「樂」嘛！

紅樓夢裡曹雪芹的「好了歌」說：「痴心父母古來多，孝順子孫誰見了？」他所以有此感嘆，想必：「閱人多矣」。其實，所謂「孝道」也者，我看古今都差不多啦！勸世人莫把子孫的「孝道」奢望為「必然」或「當然」，那必將會大失所望而戚戚然！及至悵然！愕然！尤其餘事，只能視作「或然率」，不一定太大的「貿然」、「偶然」，才會釋然，才會心滿意足陶陶然、飄飄然。

我走過戰亂，大江大海，顛沛流離，還能挨到「夕陽無限好」，是多麼地不容易呀！自當慶幸、珍惜當下每一個時日之不暇，何須要為「近黃昏」而惆悵呢？

隨王孫的《竹枝詞》裡有這樣的幾句話：「…情也多，愛不少，指望有幸廝守活到老，老來緣未了，人間第一好。」是他的「指望」嗎？還是他的「寫照」呢？好不羨煞人也。我有幸和少我十歲的「水某」，如影隨形，同出、同遊、同運動。步履蹣跚的我，多靠她無怨無悔，隨侍在側，細心、貼心地扶持，自認幸福滿滿，人生至此，夫復何求？嘗有人意有所指地提個「建設性」忠告：「老骨頭可得省著點用喔！」

「有勞提醒！」我說：「量入為出，絕不透支！」隱喻一段「言不及義」的話題，調和一下沉悶的空氣，引發同夥們的一陣哈哈歡笑聲。如此這般，渾渾噩噩「混過」一天。不是神仙，像神仙。

九十九年三月號《警友之聲》月刊二二四期

預言

最感溫馨洋溢者，莫過於在嘉義交通隊一年多的那段期間裡，頗多值得懷念的人和事。如辭世多年的江隊長名超先生——福建人，是個有著濃郁人情味的長者——至今已有五十幾個年頭了，依然叫人懷念不已。當時的幾位外省籍的同事都還是單身，也大都是從各個勤務繁忙的大都市裡請調來的。一旦投入單純的工作，幾個小時的勤務之後再也沒有什麼負擔，頗覺輕鬆愉快。晚間住在一間大而簡陋的宿舍裡，兩排長長的單人床，一字排開；睡覺時，有的頭頂著頭，有的腳抵著腳，晨夕相聚，說句肉麻的話，總是如兄弟般地有著永遠說不完的知心話。雖然有時因為一個問題的看法、觀念不同，而爭執得面紅耳赤，即所謂「抬槓」是也。即使如此，因為沒有所謂的利害關係，或利益衝突，只是個人對某個問題的看法不同而已，然後再由第三者以客觀公正的立場加以分析解說，當事人也都心服口服樂於接受，從也不曾有所謂的芥蒂或記恨等問題。有事相互關照、扶持，是我從事警察以來最為愉快的一段時日。但好景不常，一年後，由於交通隊的改組，我們一個一個先後被調去別的縣市；遠的如苗栗、台中、高雄，近點的如台南，也有留在嘉義的。等於一個小小溫馨的家庭，四散分離，開始時還有通個電話什麼的，相互關懷，問問近況；後來先後都已成家，各忙各的，慢慢就少有聯絡了。

又過了幾年，也許是有緣吧，當年的好朋友有的從苗栗、台中調到台南縣，有的從高雄調到台南市；時光荏苒，我們都熬到退休了。此時，與原留在嘉義的同事們又接近了，彼此又開始聯絡上了。

有一天，忽然接到從苗栗調到台南善化退休的老趙電話通知，約定時間要到他家去聚一聚。多年不見的老同事、老朋友，能再有這個機會聚在一起，大家當然都很高興，如是從四面八方再聚攏。記得從南市去參加者兩人，加太太共四人，從嘉義來的二人。我夫婦兩人從歸仁趕到，加上主人趙先生夫婦剛好十人，多年不見再相聚，自有談不完的往事和個人近況。我們互相介紹彼此的太太們互相認識，後來她們也都成了好朋友了。大家都覺得好不容易又聚在一起，吃完飯就離開，都有點捨不得。因此，有人提議飯後「摸八圈」，多拖延一點相聚的時間，並在牌桌上又做了一個「每年聚會一次，輪流作東」的提議，當場大家都無異議通過。

而後的幾年裡，凡是輪到作東者，也都援例「飯後摸八圈」，這幾已成了不變的模式。我住得較偏遠，因此就被排在第五年。

時隔五年，終於輪到我做東了。當時，有了一點變化，其中某一對夫婦的先生走了，所以太太就不參加了。因此那一次，只有八人參加，缺席者是從交通隊調去高雄六龜，後來用功苦讀，考取中醫師，再回到台南市，在火車站前最繁華的成功路上掛著一個很大的「王

××中醫診所」招牌的王先生夫婦。猶記得我們第一次在善化聚會時，他遞給我們每個人的名片上印著，除了主治「婦產科」外（他太太是助產士學校畢業）另有多項病症都可治；其中，獨缺一項，就是他本人患有的「糖尿病」，沒有列入其中。曾經，我們看著名片開玩笑地說：「你只顧著給人家治病賺錢，卻忽略了醫治自己的『糖尿病』，這樣不太好吧！」他只是尷尬地笑笑。其實，那時我們就已經看出他的身體大不如前了。幾年不見，滿頭白髮，加上兩道濃眉也是白的，望之道貌岸然，儼然就是一位醫術超高、如假包換的「名中醫」啦。他每週四用六萬元的廣告費，在當時的中華日報黨國元老陳立夫先生題字的「中華醫藥」版上，刊登一篇幾百字的廣告，說明某種病症是如何產生？如何醫治？當然每週病名都要更換，每個月下來廣告費就要二十幾萬元，效果不錯，不在話下。大家都為他的財源滾滾感到欽羨，然而，正要鴻圖大展之際，很不幸，天不假年，早走了一步，教人不勝扼腕！其實，他的年齡比起我們幾個朋友還少好幾歲呢。

這次，因為少了兩人，使我感觸良多；在飯後的牌桌上，我有感而發地對著大家宣布「我做東僅止此一次。」因表達技巧欠佳，就這麼一句簡單的話，引得大家一陣愕然。引來齊聲問：「為什麼？」我既不敢直接說出理由，就故作神秘說：「暫不宣布。」如是，有人猜我可能要搬去台北和小兒子一起住；有人猜我可能要回去大陸定居，更有人猜大概「存了幾文錢」，要移民他國當寓公……。我對這些不著邊際的無稽猜測，概予沉默以對，不做回應。

兩年後，家住嘉義大林，較我們年輕很多、身體一向健壯的小李，退休後曾在台北市開過一年的計程車。每次他總是載著我們當年交通隊的老巡佐（戶籍主任退休）來參加，後來聽說他得了胃癌，這真是個非常壞的消息，一年多前他真的就走了。因為老巡佐（只是習慣的稱呼，其實並不比我們老）自己不會開車，等於又少了兩人，這麼一來，聚會人數愈來愈少。又過一年，住台南市了孔先生發生車禍，右腿受傷嚴重，行動不便，必須依靠拐杖。時間就是這樣地殘酷，不到幾年，走的走了，病的病了，傷的傷了；還沒有再次輪到我做東，就已「潰不成軍」了。當年所達成的「聚會協議」，也就這樣無疾而終了。

當年熱心的發起人趙先生，他在電話中告訴我說，老朋友很想再能見個面，可是他已經下不了樓了。為我還能開著車子「叭叭走」，勉強算得是個「碩果僅存者」。月前和太太驅車去看他，但見他坐在沙發上，兩隻手臂青一塊、紫一塊地幾無完好之處。他說每星期由醫院開車來接去洗腎三次，每次要兩個多少時，苦不堪言。此番話教人聽了很是難過，但又想不出一句如何安慰他的話。於是，就問他還記得那年在我家相聚時，我宣布的「我只能做東一次」的話嗎？他說：「當然記得。」只是不太了解你當時為什麼突然要做那樣的宣布？又不說明原因？令人狐疑至今？我說我當時因為老王的走，覺得我們這夥人的時間都很有限了，隨時不知何人先走，但又不敢直說，怕破壞了牌桌上的和樂氣氛，又想不出一句適當的話，就突然冒出一句有欠技巧的宣布，真的對不起。如果你還想要知道答案，那我現在可以公布了，簡單地兩個字：只是當時的一句「預言」而已。

九十九年十一月《警友之聲》二三三二期

我家的「紅色中華」

「紅色中華」是我家的一部小貨車。「紅色」是它的顏色，「中華」是製造它的工廠名稱。它是一部1986年（民國75年）8月出廠的800CC客貨兩用廂型車。購車當時本有多種顏色可供選擇，妻偏愛紅色的艷麗，就決定買來了，以後我們就習慣性地叫它「紅色中華」。

一般人應該是先會開車，再來買車，譬如我的兒子和女兒都是如此。可是我和妻兩人正好相反，我們先把車買來，再慢慢去學開車。我倆同時報名去學開車，妻學了兩週，考了兩次就拿到駕照。而我？說來慚愧又誇張，學了「兩年！」換了兩個教練場，兩個教練。年尾學著學著過年了，第二年一開張又換了一家教練場。我對那位新教練訴說過去學習的艱困過程，他向我保證：「我如果不把你教會，我就辭職不吃這碗飯了！」「言重了！」我說。隨後問他：「有沒有遇到像我這樣笨的學員？」他說：「還好啦，『運氣好了』也會遇到。」

也許因常考駕照而跑監理站的次數多了，監考官又知道我是「退休老警」，因此，總是客氣三分地笑著說：「又來啦！」其實，所有的應考項目，如「路邊停車」、「倒車入庫」、「加速…」等等，我在教練場的實地操作都能順利過關，唯「S倒退」，沒有信心，每次都是抱著碰運氣的心理報名應考，而每次也總是敗在那個彎彎曲曲的「S」上。到了最後一次也一樣，部分項目都已順利通過，包括「前進S」，當下一步就要考我最弱的一項「S後退」時，我當然要特別小心了。為了穩定情緒，不免猶豫了一下，監考官已看出我的緊張了，就交待教練告訴我：「叫他不要緊張，慢慢來，我要去一下廁所就來。」等教練一看四處無人，趕緊叫我快把車開到S的那頭，並叫我坐在車上不要下來。等到監考官提著褲子從廁所出來問：「怎麼樣？」教練大聲喊著：「好家在，這回總算過關了。」監考官笑著說：「我說我怎麼沒有聽到鈴聲響呢，我想他『一定』過關了。」

我的駕照是如此的得來之不易，但我卻沒有一點僥倖的喜悅，心裡老是有種不踏實的感覺。徒擁一張有欠完美的駕照，一年多來也不敢開車上路，妻也為我抱屈：「僅此缺憾，必須予以補正。」有次我們找了個有空閒的上午，她把車開到台南市的五期重劃區。那裡有新開闢的幾條又寬又直的縱橫道路，人車又少，我們選了個較寬敞的地方，用帶去的幾盒粉筆，比照監理站的路考規格，劃了一個大大的「S」。妻說：「整個上午你就『專攻S』，尤其後退。不成，明天再來。」

於是就在「S」之上，進進退退，也不記得幾個回合了。妻在車子旁邊，跟著車子的轉動而走動。先是大呼小叫地「技術指導」；漸漸地聲音小了，漸漸地聲音沒了，又來回幾圈，才聽到她大喊一聲「停」。她舉起姆指：「讚！尤其最後的幾圈，幾近完美，無懈可擊，已達國際水準了。」結束了，總算彌補了以前不足的缺陷，心理立刻感到踏實多了。

此後，「紅色中華」大半時間供我驅使。在那個藤製工業蓬勃發展的十幾年裡，我們這個外圍的「代工」行業，也得配合著工廠，跟著忙碌起來。不管天冷天熱，無論大風大雨，馬不停蹄，奔馳穿梭，為妻分擔了大部份的辛勞。常聽人說：「他退休後『尪某有夠打拼』。」話沒有說錯。有次我去大陸探親，拖了幾天，沒有照預定的時間返台；妻在家裡接到工廠要出貨的電話，她告訴我說：那時只有她和一個剛滿周歲的孫子在家。她把成品一件件搬進了「紅色中華」，已是汗流浹背，人困馬乏了；卻不事休息，背起孫子，跳上駕駛座，把「紅色中華」一路開進了工廠；竟而引起工廠工人放下手中工作，跑來圍觀。她還認為是延誤了時間？還是做錯了什麼？等班長過來，開著玩笑地解說：「他們看到一個如此『清秀佳人』背著娃娃能做如此粗重的工作，覺得不可思議。」後來董事長也來電話：「崔太太，以後貨品先集放妳家，來個電話，我會派車去接。」

當藤製工業趨向沒落後，孫子次第報到，「紅色中華」又成了我接送孫子就讀幼稚園的工具。等到有的孫子到了國小三、四年級時，竟而提出一個「合理」的要求——不准車子靠近學校，離校越遠越好。原因是：怕同學們看到一個老阿公開著一部老爺車，很丟人，教人家怎麼敢上車嗎？多丟人哪！我能說什麼？由於歲月更替，人老了，是事實，「紅色中華」變成「紅色老中華」，也是事實。「車」增歲月人增壽，也都是個無法改變的事實。我只有「尊重」孩子的要求，把車開到離校遠遠的。

後來，兒子多次建議換新車，都被我否決了。車可以換新的，能喚回我人逝去的歲月嗎？「紅色老中華」只是為我們服務的交通工具，能按時安全地接送孩子上下學就算盡職了，我這個年紀還要跟著趕什麼時尚？它伴我們已經共度了二十四年的漫長歲月，孫子有的已讀大學了，最小的也已進了國中，「紅色老中華」也已卸下接送學生的責任了。現在，每天下午，輕鬆地把我和妻子倆載到約兩公里之遙的學校操場，運動一小時後再載返回家，每天跑不到五公里路，即悠閒地停在那裡；比起當年，可謂「悠哉遊哉」了。

我們把「紅色老中華」重新烤漆，要使它的紅色恢復到1986年出廠時一樣的豔麗，再把車牌卸下交還給有關單位而宣佈停駛；但不會無情地把它賣給廣告到處張貼著「高價回收」的廢車廠。我曾看過多處的廢車場，親眼目睹那些車頭車身扭曲變形、堆積如山的廢車，除了因不幸車禍者外，大多的不都是當年曾為它的主人風馳電掣，風光地服務過嗎？最後落得如此，誠可悲也！想必車的主人目睹他當年的愛車竟是如此下場，必也感觸良多。

我要告訴我的後人：「我家的『紅色中華』由於歲月的累積，已成『紅色老中華』了，它對我們家的經濟生活之提升改善，貢獻良多。若干年後，它就會變成『價值連城』的『紅色骨董中華』了。萬物皆有情，宜善待之。」

九十九年十二月《警友之聲》二三三期

「位高」權不重的「一家之主」

有次去探視一位經年纏綿病榻的舊日同事，一進門，他又「妒」又羨地讚嘆道：「瞧你！壯的像頭老牛，駕著老爺車，四處『趴趴走』，福氣啦！」我不加可否地回應他：「福氣未必，像頭老牛，倒還貼切。」

在下年近九十，還算「勇健」。講輩分，論「年資」，家人把我擺在「家有千般事，主事者一人」的「一家之主」的位子上，戶口名簿上的「家長」名分也還給我保留著，擁有這份「殊榮」，能不沾沾自喜？不過，話又說回來，人要有自知之明，知道「發號施令」的年歲已然過去了。茶來伸手，飯來張口，做個恰如其分的、「家有一老」的那塊「寶」。雖然偶而也可提供一點「經驗之談」，但必須附上「只供參考」四個字，不能堅持己見。畢竟這是個年輕人的舞台，你的「高見」未必合於時令。莫做了「碎碎念，惹人厭」的「活寶」還不知道？若如是，你就是個快樂的老人。

領悟與抉擇

人，偶然地來到這個世界上，歷經數十寒暑，看盡了花花世界，嘗盡了人間酸甜苦辣，也歷練、堆積了許許多多對人生的領悟，最後又必然地回到另一個世界去。來時，身不由己；去時，一般說來應該可由自己作抉擇。為此，我與妻不只一次地商談，等到我們往生後如何預作安排事宜。妻是虔誠的基督徒，依基督宗教儀式辦理沒有問題，那麼我呢？既不是基督徒，也不似佛教徒，又不是無神論者。因為與篤信基督教的妻子同居一個屋簷下，所以從來也沒有拜拜過。「你想用什麼儀式？」妻這樣地問，我應了一聲「青菜！」亦即隨便、簡單之意。

我比妻長十歲，我先走是正常的；我的後事由她來辦理，也是正常的。妻知道我的個性，是個向來不求人的人，也是個不願麻煩別人的人，我的這聲「青菜」，涵意包括不發訃聞、不告知親友，當然更不會在自己門前搭起帳棚，妨害人家的交通，擾亂了四鄰的安寧。一句話：越簡單，越快速，越好。所以我幾經考慮，最後做了重大的抉擇，就把這個重大抉擇告訴了她：「我要把『遺體』捐贈給某大醫院做教學研究，也要把還能用的器官捐贈給需要的人。一切交由院方處理。」妻沉默不語，沒有表示意見。想不到第二天一早起來，她從另一房間起來對我說的第一句話竟是：「我也跟進。」妳在說什麼？可把我給弄糊塗了。

妻說：「我經一夜思考，決定跟你一樣，要把『遺體』捐贈。」我告訴她說：「這對個人來說，是件大事，妳要慎重考慮。」她說：「不後悔、不更改。」於是，我倆的抉擇竟是「有志一同」，就是：往生後，各將「遺體」捐贈。

在做這項重大問題的決定時，家中沒有任何人參與，（這點與我們接到受贈醫院的「作業準則」中的一條「須與家人參商」稍有違背）我們認為這是一件個人的大事，人多，意見多，難做決定。

當我們做了這個決定後，就上網向某大醫院同時提出「遺體捐贈」申請。在一段不算短的時間內沒有回應。我們也不在意，反正人還活得好好的，不必那麼急。

一個月後，接到某大醫學院寄來的「捐獻遺體作業準則」及「審查合格書」，並附有須親自簽名的「遺體捐贈」同意書。其內容頗為詳盡而繁複，不是我們想的那麼簡單——你想捐人家就要；這段期間，人家根據捐贈者的病歷表，做身體狀況：包括有無法定傳染病、近期內有無進行過大手術或有嚴重創傷、過度肥胖及實行病理解剖…等等一系列的檢驗檢查，都在暗中進行著，曠日持久是必然的。

在同意書中，除本人的簽章外，尚有一張須家屬的簽章同意書，這項我倆相互對簽也通過了。一切手續辦妥後，不久，就各接到一張「尊重生命，為愛奉獻」的「遺體捐贈同意卡」，內容寫著：「為醫學教學與研究需要，我同意於生命抵達終點時，無條件將遺體捐贈予國立x大醫學院」並註明外出時，請隨身攜帶此卡。

我們這個重大的抉擇，事前沒有告知家人，事後必須找個適當的時間向家人宣佈。於是，在一個幾乎全家族都聚齊了的父親節時，在歡歡樂樂地聚在一起吃著、說著、笑著的時候，我突然清了清嗓子，表情高興中帶著點嚴肅地說：「我要向你們宣佈一件『重要消息』。」頓時安靜無聲，個個驚訝！聆聽我的宣佈，最小的孫女兒問：「是好消息？還是壞消息？」「當然是好消息了」我說。

雖然是個嚴肅問題，但由於是自己的選擇，當然是好的。這時的我，在想如何以輕鬆愉悅的表情來緩和他們的情緒，讓他們不會受到太大的衝擊。因此，我說：「在宣佈這個重大消息之前，我先講兩段小故事給你們聽。」大家都拍手說好。有人看過書名叫做「飄」的翻譯小說嗎？是美國一名女孩一生中寫的唯一的一部小說，轟動美國文壇；後來改編成電影，中文譯作「亂世佳人」。書，電影我都看過；太多年了，印象模糊；唯對「飄」裡的美蘭小姐在臨終時，安慰圍繞在她病榻前的親人說：「不要哀傷，誰都會有這麼一天的。」然後欣然去了，印象深刻。紅樓夢裡的賈母，臨終時，把家人喚至病床前，從容地和家人一一握手道別，然後帶著滿臉的笑容，去了。

聽完了以上兩個故事後，下面就是我要對你們宣佈的重要內容：「我和阿媽幾經考慮、商討，我倆最後的抉擇是『將遺體捐贈予某大醫院，並把有用的器官捐給需要的人。』」我的態度雖然如此輕鬆，言語盡量顯示愉悅，又有上面兩個故事的緩衝沖淡，雖然沒有人說出反對的話，但還是聽到有人發出「啊！」的一聲！沉默、驚訝數分鐘後，大兒子終於說話了：「我們『只有』尊重爸媽的決定。」雖然語氣帶點勉強，但我還是很高興。於是，由曾是「高級主管企管碩士班」第一名畢業的長子領頭表白，就再也沒人提出反對意見了。至此，又恢復吃飯、說笑的常態，讀外語系的外孫女忽然提出個問題：「外公現在就已經這麼老了，再過幾年，您的器官還有人要嗎？」「這個⋯⋯」半天沒有人說話，我看得出須由我來解說了：「我聽說眼角膜最缺貨，很多人排隊等著要呢！」，「我覺得我的視力還好，相信我的眼角膜一定有人搶著要。」小孫女：「阿公我對您講，您要是想我們的時候，就叫那個人帶著您的眼角膜常來看看我們呀。」在哄堂大笑中，我連聲說：「當然、當然。」媳婦大聲斥責著孩子道：「胡說八道什麼！阿公還要活百二歲呢。」我說：「比較現實一點的說法，老天保佑，再活一、兩年『剛剛好』，我就心滿意足了。時辰一到，我就『揮一揮衣袖，不帶走一片雲彩』，和你們以及這個世界道別，欣然上路。什麼百二歲！哪還像個人樣嗎？那是老妖精啦！我才不要呢。」又是一陣哈哈。妻說：「這個問題談論到此，再來要換個別的話題來講。」本來是個嚴肅的話題，我最擔心的是怕影響了家人的情緒，所以用迂迴的方法，先講了兩段小故事，藉以緩和家人的情緒。還好，總算是在輕鬆、歡樂的氣氛中，把我與妻倆的抉擇告知了家人。

一〇〇年十一月號《警友之聲》第二四四期

文章不厭千遍改

古人有「倚馬成章」、「倚馬千言」、「倚馬可待」等典故，我就在想，那時又沒有鋼筆、原子筆之類拿起來就寫的方便工具，用的只能是蒙恬發明的毛筆，如果沒有個適當的位置坐下來寫，縱然其人「滿腹珠璣」、「滿腹經綸」，倚靠著晃來動去的馬匹背上，怎能寫得出來好文章呢？以上的典故，可能只是對其人文思敏捷的形容詞罷了。

十多年前，在警聲月刊讀到一篇題名「談修改」的文章，作者引用文藝作家趙滋蕃先生的兩句話：「文藝創作的過程，就是不斷的修改，不斷的補充。」道盡了文章的寫作靠修改的必要性。一個大名鼎鼎的文藝工作者，尚且認為文章修改的重要，何況學歷不高，讀書不多，全憑自修，及一股初學、習作熱忱的我，必須遵從前人的說法。事實上，就這幾年習作投稿的經驗上來說也是如此；一篇文章寫成後，接下來就是修改再修改，也有人說：「文章是改出來的。」一點也沒有錯。三字經裡有「玉不琢，不成器」的文句。俗話說得好：「千錘百鍊始成鋼。」文章亦復如是。要有十遍、百遍，甚至更多遍的修改也不厭倦的耐性，所謂「文章不厭千遍改」，才能逐步摸索到一些作文的訣竅，才能不斷提高寫作水準。我的經驗是文章寫好了，讀一遍改一遍，讀十遍、會有十遍的修改；如繼續讀下去，就會繼續改下去。因為我沒有不厭千遍改的耐性，所以當稿子寄出後，再回頭看看原文，發覺尚有很多亟需修改的謬誤之處，但為時已晚。舉例言之，本刊235期37頁，拙作「問題宿舍 話滄桑」第27行第13.14的「水上」兩字實為「歸仁」之誤，兩字之誤，差以千里，文成之後也曾讀過幾遍，改過幾遍，仍未察覺這項重大錯誤，以致使讀者讀之莫名其妙，頗覺赧然，謹借此文予以更正，並致歉意。

說到修改的重要性，我舉個實例，那是九十年由中研院動物所、台北海洋館、企業永續協會、國立海洋生物博物館、聯合報系主辦的第五屆台灣海洋環境大會「海洋快樂行」，定於九十年十月十三—十四日在屏東車城鄉後灣村後灣路二號海洋生物博物館揭幕，事前聯副特為主題「海洋快樂行」而舉辦三百字徵文，並精選五篇，（發表於九十年十月七日聯副）我也幸運被錄取，排名第三，張貼於舉辦的第五屆台灣海洋環境「海洋快樂行」參觀大會上，與讀者分享觀海的經驗、樂趣，呼籲民眾投入海洋資源保育的行列。我當時是以「海上快樂行」為題應徵。三天後接到助理小姐的電話：（我想可能是助理，我記得那時的總編輯好像是男性）「把你的應徵文題目改成『東方在哪邊？』好不好？」人家如此尊重，我當然應聲說好。照文字的內容講，改過的題目確實比我原先的題目生動，人家畢竟是編輯。過了幾天，我把原文拿出來再讀一遍，我發覺：如果把「東方在哪邊？」不如改成「東邊在哪邊？」那就更恰當了，但我沒敢去電麻煩人家。還記得文章的部份內容是：「我們在一隻大而擁擠逃難的船艙裡，晃盪了一夜，天未亮就有部分人跑出船艙外，到甲板上透空氣。有個孩子尖著聲音問：『太陽要從哪邊出來？』…」「東邊在哪邊？」比之「東方在哪邊？」一字之改，更加重了文字的情趣感與幽默性。由此例證，更說明了文章不妨千遍改的重要性，當然也包括「題目」在內。

一〇一年元月《警聲月刊》第二四六期

我也是「電話詐騙集團」的受害者

大家都應該感受得到近幾個月來的「詐騙電話」少了，幾近絕跡了，這與幾個月前幾乎每家每天都會接到這種令人深惡痛絕的電話的情形大不相同了。這當然與電視畫面上看到從大陸、菲律賓等地押解回國眾多的騙徒有關。但是，能否一網打盡，而使詐騙電話從此銷聲匿跡，還是很難說。

由於政府對如何防範而大力宣導，以及人們的口耳相傳，大家都該會提高警覺而使電話詐騙歹徒無法得逞才對。但由破案後所公佈的贓款都是上億，甚至百億的驚人數字看來，顯然還是有很多人上當被騙，這些贓款無疑都是受害者的一生積蓄或退休金等，任誰遽然遭此巨大的損失，都會欲哭無淚。

我家當然也不例外，經常接到這類的電話。我的經驗是：大概在中午十二點十分左右到一點之間打來的電話，十之八九都是詐騙電話；因為騙徒知道趁著接聽165反詐騙電話者吃飯的空檔打來比較安全。應付詐騙電話，我老婆的警覺性特別「高」，（唯其如此，所以我就成了詐騙電話的受害者）。她對接聽所謂的「詐騙電話」自有她的一套應付方式：

1、答非所問，你問東我答西，假裝聽不懂你在說什麼，對方無計可施，會自動切斷電話。

2、很客氣地謝絕什麼「好康」之類的內容，一聲謝謝，掛斷電話。

3、如果她認定的是通「詐騙電話」不等話說完，說一聲謝謝就掛斷。

忘記是在哪一年了，大陸「中央電視台」以「兩岸情緣」為主題徵文，歡迎兩岸觀眾把親身交流的情形、感人的故事，具實寫出來，踴躍應徵，（當時好像台灣還有中央電視台的頻道）錄取者將免費招待一週「大西北」旅遊。我把返鄉參加「縣中同學會」的實況寫去應徵。不久，我就接到「中央電視台」打來的電話，通知我被錄取了，擬於四月底成行，確實日期另行通知。

我正以歡欣鼓舞的心情，迎接歡樂的時日一天天地接近。誰又料想得到，就在那年，貿然地冒出個史無前例的「SARS」來攪和。於是，兩岸三地，風聲鶴唳，無分族群層級，不管男女老幼，人人都被「嚇死」了。不久，我又接到中央電視台電話：「因『非典』肆虐，四月底的大西北旅遊不得不暫停舉辦，何時辦理，得看『非典』的控制情形，請再等待通知。」

等到何時「非典」才能撲滅，無人知道，這是個不確定日期的等待，我已不抱太大希望了。但這究竟是哪一年發生的事情?我已想不起來了。但有確定的必要，我想到《聯合報》健康版「健康你我他」有篇徵文題目是「口罩狂想曲」，我想那年的那段時間，一定正是「SARS」肆虐的鼎盛期，所以該報社才有這類題目的徵文。既云「狂想」，我就以「總有一天你會愛上我」的狂妄口吻為題應徵，自認切合應徵文之旨意;後來，就被刊於聯合報92年6月4日的「健康你我他」。但題目已被改為「罩子曰」。據此推算，「中央電視台」的徵文應在九十二年之初「非典」尚未出現之時。我這樣的推定，雖不中，不遠矣。

我衡量當時情形，不但專供醫療用的N95口罩難求，就是防疫效果尚待驗證，一直積壓存庫多年，無人問津的普通口罩，拜「SARS」之賜，竟也鹹魚翻身，搶購一空。這就是我的應徵題目「總有一天你會愛上我」的原由。

第二年（應是九十三年）的某日，妻告訴我說：「光台灣的詐欺電話都已經接不完了，有天我竟接到自稱是中央電視台打來的一通『詐欺電話』，指名道姓地說要你去北京參加什麼…什麼？我一聽就說他沒有時間參加，說了聲謝謝，拍的一下就把電話掛斷了。」問她何時打來的？已是幾個月前的事了。我一聽就楞住了！我慨嘆一聲：「煮熟的鴨子飛啦！」當我把原委告訴她後，她委屈的道：「我怎麼分得清楚哪一通是真的？哪一通是假的？」有理，我當然不會怪她，因為我事前從沒提起過我參加的應徵文被錄取的事。這種事「中央電視台」既不用書面通知，又不找當事人接電話，實有欠慎重。

這筆帳只能算在那段時間滿天飛的「電話詐騙集團」的頭上。就以「我也是個電話詐騙集團的受害者」自嘲。不然，教我怎麼說？

一〇一年六月《警聲月刊》二四八期

天上掉下來的禮物——3600元

咱們兩千三百萬的台灣人民，福氣啦！大漢、細漢，人人有份的這個天上掉下來的禮物——消費券，再過幾天就到手啦，包括趕上在（十一）月底前也能含著「3600」來到人間報到的小貝比。其實，發放對象尚不僅此，還包括：「取得台灣地區居留許可之無戶籍國民、取得台灣地區依親居留、長期許可之大陸地區人民、外國人為國內設有戶籍國民之配偶、香港澳門居民為台灣地區之配偶、取得居留許可者…」見（97.11.24.）的新聞報導。林林總總一句話，凡是生活在福爾摩沙，站在台灣這片樂土上的人，幾乎一個也不漏地都能接到這份天上掉下來的「3600」禮物的恩典。政府決定要在即將到來的春節前（元月18日）發放，在政治亂糟糟，經濟大蕭條，失業率攀高峰的當下，為大家注入一股振奮人心的新希望，有其必要；如果把它比作「乾枯的田地，需要傾盆大雨。」那麼，在經濟低迷的今天，「消費券」來的正是時候，也可把亂成一團糟的政治連續劇，淡化一點點，轉移一些些過來供作民間街談巷議的話題。

記得政府決定此重大政策之初，原擬把「消費券」限定使用範圍，但當聽了被排除使用範圍之外的各行各業的反彈聲浪後，遂擬把使用範圍加以擴大；但仍有遺珠之憾，仍有部分限制於使用範圍之外者，也就是仍有不絕於耳的部分雜音。最後，政府從善如流，乾脆取消所有限制，使各行各業，雨露均霑，皆大歡喜。

「消費券」，這個以前不曾聽過的新鮮名稱，顧名思義，應該是種專為消費之用，不記名，可以任意流通的有價證券，只要消費於咱們台灣這塊樂園之內，其流通的範圍愈廣，速度愈快，愈能符合政府發行此券的旨意。說白了，消費券只要用之於「消費」即可，如何消費？消費什麼？悉聽尊便。唯其如此，才能讓消費券的功能發揮至極致；也唯有如此，才更能符合政府旨意在「刺激經濟、活絡經濟、振興經濟」的美意。值得注意的應該在於發放後，必然帶動物價上揚的後遺症問題，政府是否注意及此，且予有效抑制的問題。不是我在杞人憂天，實有鑒於颱風期間飆漲的菜價，當時人們固然可以理解，可以忍受，但等到颱風過後，幾個月來，風調雨順，菜價依然居高不下；（現在已回到合理價位了）使家庭主婦，叫苦連天，就連電視主播小姐忍不住在播報新聞中也要插上兩句：「貴得沒理由，貴得莫名其妙。」有鑒於此，當消費者消費完手中的3600元消費券時，回頭看看物價，依然高高掛在那裡，不動如山！愛之適足以害之，致使政府的美意打了折扣，這應該不是政府發放消費券的初衷吧。這也就是一個消費者在雙手即將接到這份天上掉下來的禮物前夕，歡天喜地，手舞足蹈之餘，還附帶著一點點的憂心呀！

戲迷、「說」戲

「戲迷」——是好多年前，讀國小六年級的女兒以之為題，投稿某兒童刊物時送給我的「封號」，她在文章裡把老爸對平劇的迷戀、偏好、執著，描寫得入木三分。

此後，我就一直頂著這個虛妄的「戲迷」頭銜過日子。其實，我對平劇的內涵，起源與發展、歷代的演變種種，一無所知，說我對戲劇是個十足的「門外漢」倒也名符其實，當之無愧。只是喜歡看，喜歡聽罷了。因此，無論收音機或電視台的平劇節目我都不會錯過，幾至走火入魔。錄音、錄影後，閒暇時聽上一段，就覺身心舒暢。

到後來，有了電腦，我把「中國中央電視台」在電腦上列為「我的最愛」（僅限戲劇節目）。有事無事上網把喜歡的劇目叫出來欣賞一番，是我一日中最為愜意的時段。不知何故？近來該網站的「戲劇」叫不出來了；即使叫出來，也是有影無動作，當然更無唱腔啦！原因是該網站文字幕打出來的：「海外的你與陶寶的距離，只差一點。」差的是「那一點」？等弄明白了，就是要你即刻註冊，而我未照該網站的新規定辦理註冊，加入會員「這一點」。

讀高三的小孫女聽了不服氣，她從「YOUTUBE影片」網站叫出來，填上京劇，然後教我在京劇的下面隨意寫上我喜歡的劇目。於是，有清唱，有粉墨登場，有名家名段，有聽我學戲，有春節、秋節等節慶時的晚會直播，也有經常舉辦中小學生京劇比賽，有裹著尿布走路還欠穩健的三歲女娃兒的哼唱，怎不令人叫好又稱奇。這節節精彩、動聽、應接不暇的京劇節目，任你點選，可真過足了一個「戲迷」的癮。比賽時，從五歲到十幾二十歲，個個唱的有板有眼，架式十足，在我這個「戲迷」看來，難分軒輊，但經幾位裁判評定下來，失敗者總是差之毫釐而敗下陣來，難怪節目主持人嘴裡念叨著：「是比賽，就有勝負，是很殘酷的！」這話除了給予敗北者以安慰之外，當然也含有扼腕之意。

我最愛聽老生于魁智等在唱「四郎探母」，等待公主盜來令箭好出關時的那一聲「叫小番」，高亢入雲，妙到秋毫；又如「六月雪」裡的竇娥，在法場上的那段哀怨、盪氣迴腸的苦訴，聽了令人低迴不已。舞台上出將入相的熱鬧場景，我也喜歡。

這邊去大陸發展的梅派青衣魏海敏，雖已不復當年她在「中視」主持一個平劇票友清唱節目時的年輕了，但風華不減。他在北京曾拜師梅葆玖，還聽她清唱了一段「穆桂英掛帥」。她後來又與言興朋合演了「武家坡」。這位言菊朋的第三代傳人言興朋在師承其先人晚年獨創的言派「怪腔」，怪好聽的，我喜歡。有此一說：鄧小平也特別愛聽，如「讓徐州」、「臥龍弔孝」、「白帝城」等，扮相俊俏，唱腔傳神。他同時又學馬派，和魏海敏合演「武家坡」裡的薛平貴唱的就是馬派。除言興朋外，尚有原攻青衣，後拜言為師，改唱鬚生的張少樓、任德川、常東，都頗具言派神韻。尤其，聆聽常東清唱的一折「讓徐州」，使人感覺大有青出於藍的態勢；其與美麗端的程派青衣呂洋合演的「賀后罵殿」，可謂珠聯璧合，演唱俱佳。

台灣名鬚生葉復潤，唱了一折「慶頂珠」。說句良心話，已不再有當年在台灣唱「楊乃武與小白菜」的灑脫了。我好奇地是在那個混亂的年代裡，他們仍能培養出那麼多優秀的演員？原來，毛澤東也喜愛這個調調兒；據說，他尤其愛聽麒麟童的「蕭何月下追韓信」、「徐策跑城」等；又據說，有那麼一回，他只說了句：「好久沒有聽到麒派的戲了。」於是，有人就把正在南方表演的周信芳，連夜、快馬加鞭，弄到北京去，為的就是要他唱一段給「老毛」過一下戲癮。「毛主席」對京劇的改革亦煞費苦心，他曾對幹部不敢講真話的問題提出檢討，要求幹部學習「海瑞罷官」裡的海端，剛正不阿，直言不諱，以匡時弊，但不知為什麼竟而失控了？演變成「海瑞罵皇帝」的政治影射，更進而演變成動亂十年，千萬顆人頭落地，要了中國半條命，熱火朝天的文化大革命的引爆點！又豈是「遺憾」二字說得清？講得明？俱往矣！這場「戲外戲」，不「說」也罷。

盡人皆知，陶喆是個自彈自唱、又蹦又跳的台灣名歌手，殊不知他的京劇造詣亦深。我看過他在大陸上母子同台演出「霸王別姬」的錄影片段，當「虞姬」王復蓉出場，尚未開口，已是轟動，等處於四面楚歌的「霸王」陶喆念完了台詞：「力拔山兮氣蓋世，時不利我兮騅不逝…」已接近尾聲。結束時，觀眾更是瘋狂，全場起立，掌聲、歡呼聲，不絕於耳，歷久不衰。還有，陶喆的臉譜造型也是一絕，一邊是大花臉，一邊是不化妝的素面，為我這個老「戲迷」所僅見。不管怎麼「說」，他母子為台灣爭取到了至高的榮譽，則是事實。

人生終點站

一夜失眠，想東想西，想到去年參加台南縣政府舉辦的一年一度退休公教人員自強活動。中午在高雄市某餐廳用完餐後，三三兩兩，穿過馬路，往遊覽車停車處集中。到了停車場，猛抬頭，看到前面馬路的正對面，有家「小型葬儀社」，在人來人往，車輛頻繁中，相安無事地夾在左右林立的商店之間，好整以暇地「等生意」上門；門前停了部花花綠綠、尚無一「物」的運靈車；這樣就已夠引人注目了，更有甚者，是車上漆的那行字：「人生終點站」。

我用右肘碰了碰身旁的另一半，告訴她那車身上的幾個字，想不到凡事看得開、一向心胸開朗的她，竟然面色凝重地搖搖頭，長吁一聲後，什麼話也沒說。不必多問，那一定是受了「人生終點站」的震撼，使她感嘆人生的短暫與無奈！

再往下想，一個人偶然地來到這個世界上，又必然地回到另個世界去，就如同每天的日出和日落，是那麼的自然。生生息息，原也是所有生命體無法逃避的常規，既是常規，任誰都得遵守，然而，為什麼任誰都無法瀟灑地面對？

再往下想，虧人家想得出，能在靈車之上漆上那看似簡單的幾個字，其實並不簡單，它有緩和喪家悲戚的含意在。想想看，當一個至親的人走了，一旦搬上他的運靈車，對搶天呼地、傷痛欲絕的喪家而言，能抬起頭來看看那幾個字，必會得到一些寬慰，收到減輕過分憂傷的效果。

我還在想，如果再添加個「到了」的字樣，湊成「人生終點站到了！」，帶點不得不下車的意味在，勸慰的作用必然更大。

反正睡不著，就繼續往下想。當自己或身邊的親友逐漸年華老去，或聽到又有某某於某日走了，或參加某親友的「告別式」回來，心裡也難免不犯嘀咕！也會想到自己那班生命列車的終點站，必也即將在望！怎麼辦？也不難，只要坦然面對，從從容容地預估一下距離，不妨找個空閒，整理一下行囊，不慌不忙，不憂不懼，當時辰到了，揮一揮衣袖，不帶走一片雲彩，做個隨時準備下車的瀟灑過客。

八十七年九月一日《警聲月刊》一一七期

我們都是看「膨風」廣告長大的

面對那些鋪天蓋地，誇大不實的廣告，請問您是如何看待？一味地搖頭，不斷地「干焦」！還是任由他說得天花亂墜，都以「他傻瓜，你聰明」的心態，不為所動？果若如此，就未免皆有所偏啦。

何妨換個角度，把他當作文學、詩篇、奇文來欣賞，您會發現，有的廣告還是滿「古水」的啦！

再說，商人為了促銷產品，廣而告之以招徠，總不能要人家「賣瓜的喊瓜苦」吧！只要不是存心施詐，故意欺罔，使消費者陷於錯誤，上了大當，一般說來也不會構成詐欺罪。

舉個記憶猶新的例子：多年前，有個名號叫作「鮮大王」牌子的醬油，廣告上說：「家有鮮大王，清水變湯」。銷路不錯，財源滾滾。不幸的是，因添加了過多的防腐劑，被政府查禁沒收後，一車車倒進了淡水河。第二天，有家幸災樂禍的報紙報導，說什麼那些「大王」們，一夕之間，就把淡水河變成黑色的雞湯了。

我看，罪不在廣告。還不曾聽說過，因用「鮮大王」醬油，沒有把清水變成雞湯而被那家主婦告進官裡的案例。

「一家烤肉萬家香！」是家有「唐詩風味」的「萬家香」醬油，「正在熱賣中」。

「好吃、好呷、Very Good!」一席火鍋大餐，不但合於外省口味、本省口味，連山姆大叔、桃太郎，也都一邊吃，一邊豎起大拇指，讚嘆不已。有了這等美好的宣傳詞句，配合美好的畫面，老闆何愁各路饕客不上門？

好廣告要和好朋友分享，比方「活得越久，領得越多。」，那家保險公司招攬保險的廣告，最是實話實說，就是個值得向銀髮朋友大力推荐的好廣告。

不管在電視或平面媒體上，您總有機會看到一幅「讓男人一手無法掌握的……」半裸波霸美女照，可謂圖文並「黃」，殊不足取。等而下之，一些隱喻男女性事的廣告，更是俯拾皆是，怕只怕污染了咱們一向純淨的園地，本文不再列舉。

當然，文思枯竭，無以為繼，也是原因。這就使我不禁想起中央電視台的那則「飲孔府名酒，作天下文章」的廣告來了，真想即刻啟程，走趟曲阜，先喝個酩酊大醉；臨走務必記住，帶他幾瓶回來，以備不時之需。

八十七年十一月一日《警聲月刊》一一九期

「老少配」的悲情，令人同情

自從老趙與小鄭的戀情曝光後，就受到小鄭家人始終如一的強烈反對；社會上的評論，也幾乎是一面倒的負面為多。雖然名製作人周遊女士勇敢地在電視觀眾面前現身說法，和他的「小丈夫」摟摟抱抱，公開示範「老少配」的甜蜜模樣。儘管如此，依然改變不了小鄭家人的反對立場。

彼亦「老少配」也，此亦「老少配」也，何以前者能獲得社會的同情與祝福？而後者竟受到如此不平等的種種屈辱？眼看著就要逼人走上悲情絕路了！天理何在？國法何在？人情義理又何在？

昨日，台北縣政府的稽查人員也跳出來，趁機插上一腳，前往莉莉卡拉OK店送達停業通知書，並當場勒令歇業！工務局也指出：「老趙的卡拉OK店已經違反商業登記法的違規營業行為，和建築法未依規定使用防火建材及公共安全法⋯。」。乖乖！我們不禁要問：這一籮筐的「違法行為」難道是在「老少配」了以後才發生的嗎？如果不是，為什麼在「未配」之前，不見你們「依法取締」？為何一週內三次砸店的暴行無人問聞？我們認為台北縣政府貿然跳出來「伸張公權力」的時機極不恰當，有予人以落井下石的感覺。

順便奉勸小鄭的家人，得罷休時且罷休。承認事實，考慮後果，何必苦苦追究？各個媒體更不必添油加醋，反覆炒作；社會大眾，只要以平添一段茶餘飯後「千古佳話」的心情看待就好。畢竟，我們所樂於見到的是一個皆大歡喜的喜劇收場，而不忍心見到一血淋淋的悲劇演出。

九十年五月?日《台灣新聞報》「台灣廣場」

讀「魯迅評傳」並閒話他家的那「兩株棗樹」

不記憶是哪年？哪月？哪日了？反正，那時台灣還有個「中國中央電視台」頻道的年代，我們幾個人正在看該台灣國際頻道，突然，出來一個人介紹魯迅故居的畫面，解說員指著一棟古樸房子內的老舊桌椅說：「魯迅的《秋夜》就是在這裡寫的。」他接著身子一轉，指向窗外：「他寫出了『一株是棗樹，還有一株，也是棗樹』的名句。」未再做過多解說，畫面一閃，瞬即消失。當時和幾位在座的朋友看了，都覺得怪怪的，並即產生了那「兩株棗樹」何以會成為名句的興趣和疑惑。

趁著春節期間沒有報紙可讀的空檔，我讀完了曹聚仁著傳記文學《魯迅評傳》；在第五十八頁，說到魯迅被其弟媳所迫，搬至新居後的第一篇散文《秋夜》：「在我的後園，可以看見牆外有兩株樹，一株是棗樹，還有一株也是棗樹。」數十萬言的評傳中，僅引用了「秋夜」開端的了了數語，之後，對那「兩株棗樹」，就未再多說什麼了。

在我的印象中，幾年前，似曾在《警聲月刊》中，讀到過有關談論魯迅家的「兩株棗樹」的文章；因此待「評傳」讀完之後，就忙著翻查歷年《警聲月刊》的目錄。最後，在八十四年的三月號——即第七十五期的《警聲月刊》中找到了有位作者韓光俊先生在「談修改」的大作中談到：「魯迅有一篇題為『秋夜』的散文中，一開頭他寫到：『在我的後園，可以看見牆外有兩株樹，一株是棗樹，還有一株也是棗樹。』，一位國文老師讀了說：『魯迅放屁，既然兩株都是棗樹，就說可以看見牆外有兩株棗樹不就結了嗎，為什麼拖泥帶水，豈不是犯了堆砌的毛病？……』」韓先生對這位老師的罵語，深不以為然，並作了如下的註解：「看到兩株棗樹，與看到兩株樹，一株是棗樹，還有一株也是棗樹，完全有著不同的氣勢與意象。」。我對韓文的解讀，基本上是認同的，但總覺得太抽象了；換言之，好像還沒有抓到那「兩株棗樹」的重心。我人好奇，偏偏手邊又缺《秋夜》原文參考；於是我不得不開始認真自行思索這「兩株棗樹」了。

魯迅？何人也？「五四運動以後，胡適的文藝理論，雖像一顆彗星似的光芒萬丈，要說字斟句酌，老吏斷獄似的下筆有分寸，還是魯迅……」（評傳二二五頁）。

這樣一位備受推崇的文壇巨擘，怎有可能在遷至新居後的第一篇散文，竟疏於「字斟句酌」，沒有「分寸」地寫出被國文老師罵的文句來呢？

綜觀《魯迅評傳》，魯迅的一生，都在忙著教書、著書、寫散文，忙著罵人和挨罵，和他對罵最久的是陳西瀅，最凶的是活到一百零四歲，於九十一年四月辭世的文壇耆宿蘇雪林教授。

雖然，「他們之間，一刀一槍，也真夠瞧的。」（評傳一三頁）。

儘管有人罵得久（陳西瑩），有人罵得凶（蘇雪林），為什麼就是沒有人罵到他那「兩株棗樹」上?也許他們正欣賞魯迅的心思縝密，神來之筆呢！這畢竟不同於胡適之批判「無邊落木蕭蕭下」的謎底射一「日」字說：「作謎者的腳趾頭在動，只有他自己知道。」那般地教人費解吧?

我再三思索那「兩株棗樹」，我的結論是：魯迅藉「兩株棗樹」，烘托出一個「夜」來，一個沒有趨前近看，就無法辨清事物的朦朧秋「夜」，不是秋「天」或秋「日」。

想必國文老師，是在一個星光慘澹的秋夜讀《秋夜》，沒有看清題目耶！

九十一年一月份《古城陽》第二十一期

小偏方治大病——鹽水能克治貧血

病症：因貧血而致頭暈

材料及用法：一小匙食鹽，溶解於大半碗的白開水中，早晚各飲一次，即癒。

我對所謂的民間偏方一向抱持著半信半疑、信不信由我的態度。但是，在我當過了一次「小白鼠」之後，對於報紙上「小偏方治大病」專欄，在觀念上有了很大的改變。不但每天必讀它，且剪貼珍存，以備「來日之需」。

且說，約在半個多月前，我在早上起床時，猛然一陣暈眩，差點栽倒在床前，這之後的幾天裡，包括日間坐久了再起身時，都先有一陣暈眩的感覺。雖然時間很短就恢復了正常，但總是以前所不曾有過的現象，這就不得不去看醫生了。

我把我的症狀告訴了醫生，醫生替我量過血壓說了句：「還算正常！」之後。再也沒有說什麼，我就「照例」地挨了一針，再「照例」地包了二日份的藥帶回家。

「藥吃完了，症狀依舊，該暈的時候，照暈不誤（早上起床時、坐久了起身時）。」在一次晚餐中我對著家人說。

「爸一定是貧血！」兒媳婦說。

「啊！以前聽王太太說過，貧血喝碗鹽水就好啦！」妻把話接過去。

「那麼簡單，當醫生的還有飯吃嗎？」我在心裡暗想。

就寢前，妻未徵得我的同意，捧了碗鹽水硬要我喝下去，我勉強喝了兩口就拒絕了。說也奇怪，次日起床時，頭不暈了。這回是我自動地在早餐之前再「補」飲了大半碗，我的貧血症，就這麼簡單地治好了。因為本身就是個「臨床實驗」的見證者，不敢藏於私，如有類我這般因患貧血而有頭暈症狀者，不妨早晚各飲大半碗溫開水溶解的些許（一小匙）食鹽，保證有效。

台灣「民怨曲」

歲暮天寒又一年，翻開日記從頭看，紛擾！混亂！多少苦楚！多少心酸！一頁一頁在展現：經濟大蕭條，失業人口攀高巔，政治黑暗一團亂！說什麼綠？道什麼藍？天下烏鴉黑一般，污的污！貪的貪！都是爛蘋果，任你怎麼選？

我是歪哥高手貪污犯，你是黑金教父老番癲，龜笑鱉無尾，咱「父子」半斤八兩，同款；同會A台票，同會洗錢，同會聲聲句句愛台灣。

「我作了法律所不允許的事，再也無法騙自己，也無法再把國人騙。」阿扁說的是真心話，吐的全是肺腑言；懺悔、認罪、回頭金不換，百姓能接受，法律會輕判。誰人給你出的餿主意？教你猛踩煞車急轉彎。帶著一身「罄竹難書」的罪，四處搧風、點火，去取暖，肆無忌憚。莫非吞下了那個鐵口亂斷、相命仙的「關關難過，關關過」的定心丸？誰知子夜時分到，陰陽天靍變，「關關難過、難過關關！」於是手銬高舉就把「司法迫害」喊，世間少有這款貨，莫非也是台灣「獨」有的特產？「仙」說：「這是收押不算關。」多鮮！最終落得道德、良心、尊嚴，都沒了，「窮得只剩下錢。」綠營原本猶豫想切割，幸好一句「哪個沒拿我爸的錢？」一犯罪結構喪了膽，昧著良心去聲援，是非不明，善惡不辨，公理、正義，蕩然！借問仗著夫權牟利的阿扁嫂，妳到底搜括了多少昧心錢？讓我扳著手指算一算：珠寶，金鑽、SOGO券、有金改、有賣官，龍潭購地、南港館，拉拉雜雜各種「宴」，實不相瞞，天文數字難估算。難道妳不怕東窗事發抓去關？老身行動不方便，傳票傳我去問話，弄張記載不實的假診斷，慢慢磨，慢慢纏。要我出庭也簡單，老娘裝死逗著玩。此路不通再把策略換，「死豬不怕滾水燙」，一切罪過我包辦。

無業遊民賢伉儷，海外穿梭趴趴走，為哪般？「母命難違」去洗錢，順道吃喝玩樂消遙遊，住豪宅，吃大餐，怎不令人妒又羨？犯罪可以「協商談條件」。九牛身上拔根毛，就能把自由身來換，算盤珠子撥一撥，划算。

「樓下的人不知樓上事，阿扁怎會那麼貪！？」難得說句公道話，恰似一枝出污泥而不染的蓮，為何一夜之間轉了彎？拉攏獨派硬挺扁！且把正義擺一邊，還親手作雞湯，去餵扁，叫人雞皮疙瘩飛滿天，人人看得霧煞煞，原來做的是2012總統大位的春秋夢，爆料邱毅把妳的底牌掀！吃人夠夠深宮怨，嘿、嘿、嘿！別假仙。

說完了綠，再道藍，仗著一張俊俏、皮笑肉不笑的臉，今天去剪綵，明天講演，正經話兒沒幾句，嬉皮笑臉瞎扯淡，縱使「酷酷嫂」的魅力「殺很大」，也不該「自暴其短」於大庭廣眾前，這等閨房私密事，與國計民生有何涉？與國家大政方針有何干？說話守分寸，思然後言，人不厭其言。

卿本清新形象模範生，咄咄逼人鋒頭健，獨只為導演了一齣查證不實的烏龍「舔耳」

劇，踢到鐵板！落得鞠躬、道歉，「慶」幸過了關；從此形象打折扣，信譽減了半。又為國籍爭議鬧翻天；老哥硬挺，黨內偏袒，紙包不住火，事實勝雄辯，綠營娘子軍，窮追猛打不手軟，鐵定難善了，慘！問一問大小姐：妳近來寢食可「安」？數典忘祖的「陳瘋孟」，不自量力發狂言：「要關阿扁試試看！」狂言瘋語非等閒？國人皮皮剉，心驚又膽戰，那廝必有秘密武器和法寶，會把台灣翻一翻！「守訓」不吃這一套，人人平等法律前，要為法治台灣立典範，法律為依據，管你是「長」、是「扁」。該關就關，太陽照樣東邊出，眾人齊喊讚，歷史留美名，直追開封府的包青天。

五千步羨萬步

每天傍晚時分，我必去那座學校的操場上運動。該校上周日舉行「十五週年」擴大慶祝活動，不由人覺得時光過得如此飛逝，也使我真正感受到小時候作文起頭時常常用的那兩句：「光陰似箭，日月如梭」的真諦。我記得明明是「十三週年」嘛，為何說成「十五週年」？為此，我請教過學校的老師。他們的解釋是：因為建校之初的第一年，除招收一年級的學生外另有插班二、三年級的學生，在年度計算上必須向上推移兩年，以配合當年年級畢業的學生，雖然只有十三年，但我們慶祝的是「十五」週年，意義在此。

隨著建校，操場上的六線跑道就已做好，我就從原先的那個較遠的運動場地移師至此，以迄於今。即使是十三週年，也是個漫長的日子，也覺得像是轉眼之間的事。起初，我是用跑的，繞著跑道跑十一圈。不知從何時開始，改為跑幾圈，再慢走幾圈；又不知從何時開始，全改為用走的。我總是習慣性地走在內側的第二跑道上。十五圈，費時四十五分鐘，幾已定型，這個幾年以來不曾改變。

讀《警聲月刊》二六三期第二頁有個：「王理事長希望同仁日行萬步」的標題。內容大概就是「…希望退休同仁都能日行萬步加強照顧健康…」用意至善。王理事長一向對退休同仁的關心、呵護，不遺餘力，大家有目共睹，尤其對做人處世以及保健問題，更是語重心長地不時提供寶貴的建言，目的就是要退休同仁都能延年益壽，活得健康，活得快樂。而每期一篇言談中充滿了人生智慧的「一飛書簡」，更是令人折服其內容的精湛、廣博。

看了上述（263）期《警聲月刊》的標題，我對每日繞道十五圈，費時四十五分鐘，極為精確的步伐，但卻不知多少步？有必要測量一下，看有無達到理事長所企望的一萬步的標準。

平日裡，在操場上都與幾位退伍的榮民弟兄一起走。他們多半是參加古寧頭戰役或金門八二三炮戰退役下來的戰鬥英雄。論年齡，不相上下，總是三三兩兩，吱吱喳喳，邊走邊談，有聽不完的戰地風雲。為了要計算一下我到底走了多少步？一天，我提早去到操場，靜靜地、從記住一個起點開始算起，第一圈338步，第二圈、第三圈都是同一步數，非常精確。因此，就以此數乘以十五，所得結果是5070步，距10.000步僅及一半稍強而已。幾年前，走完十五圈後，自己覺得尚有餘力可以繼續走下去，但卻就此打住，因為那時還沒有「日行一萬步的呼籲聲」，否則，我確信我可以達成此一目標。這幾年，情況不同了，雖然還走十五圈，但十圈以後，就不時地要看手錶，這說明了人已至「夕陽斜照」，走得有點勉強了。

唉！生命總是在日漸老去的歲月裡，不知不覺中被遺忘了，丟失了。寄望剛退休五六十歲的「小伙子」，要珍惜時間的寶貴，莫負理事長的好意，日行萬步，確實大有裨益於健康，莫待到了類我等退休三、四十年，八十開外的老人時，只有望萬步而興嘆的份了！

一〇〇年六月號《警友之聲》二三九期

減壓寶典話「摔角」

當百無聊賴時，心情鬱悶時，在電腦桌前絞盡腦汁，仍無法突破瓶頸時，我不會猶豫，不再勉強，立即關掉電腦，打開電視，按到「Z」頻道，看看日本職業摔角節目，藉以紓解情緒。對我而言，這個方法蠻有效的。看著那些虎背熊腰的摔角明星進場時，個個雄赳赳，滿懷信心的高昂鬥志，無論雙人或多人開打時的狠勁兒，其所表現的是：集耐性、韌性、技巧、勇猛，以及合作無間的精神等等之大成，自然就會激發起一股振奮人心的感覺。早在還是黑白電視的年代，我就迷上日本「職業摔角」了。

那時有個已忘其名，只記得名字中間有個「小」字的體育記者，隨著擂台上的過招，以純正的國語，巨細靡遺地加以解說，並藉著一點空檔，插播一些摔角者的個人背景，使觀眾對摔角者的個人資料多了一些瞭解。

正當台灣觀眾熱愛摔角的當時，忽然有個人跳出來在電視上說：「那是打假的，純粹在『表演』」。真是大煞風景！有的人竟信以為真，再精彩的過招鏡頭，心裡就有那是「打假的」的想法，減弱了對摔角明星的崇拜。但是，這盆冷水並沒有澆醒我的執迷，我有我的客觀分析，不會受到「虛假說」的影響。如果真如其人所言，「打假的」，那必須固定的二人經常練習一來一往的拳打腳踢功夫，才能有默契用來表演，否則漏洞百出，很容易被眼尖的觀眾看出破綻的。但摔角者的對打對象，今天是張三，明天換李四，對象並不固定，怎能假得起來？看那幾乎場場爆滿的觀眾，動輒萬人以上，包括兒童（常常聽到兒童在看到精彩鏡頭時的興奮高喊加油聲；只是在片頭標明「護」或「輔」：六歲以下兒童不宜，十二歲以下兒童得由師長陪同等字幕）。精明如日本人者，豈肯花大錢買張價值不菲的門票去看「假的」玩藝兒呢？而且，曾經有人從擂台上被打到擂台下當場死亡的案例。這些足夠證明那位自稱曾參加過摔角訓練的「爆料」者，是「內行人說了外行話」。

當年電視還是黑白時代，摔角節目曾被禁播，理由是太暴戾！太血腥！會影響社會善良風俗及兒童心理。不過據我的觀察，台灣兒童愛的是「卡通」，對「摔角」不屑一顧。再說日本的治安也不比台灣差，看摔角就會變壞，我不相信。當時又有家報紙添油加醋，推波助瀾地附和著報導說：「有位老太太愛看摔角節目，因過於緊張，心臟病發而死在電視機前。」恐怖啊！是耶？非耶？誰人查證耶？亂打空槍的誤導，有予人以「欲加之罪」的感覺。

直到有了第四台，已是彩色電視時代了。電視上有個播報職業摔角的「Z」頻道，電視台會將流血的鏡頭，轉變成黑白，等把血跡處理好了再改回彩色畫面。現在換成日語解說，因我略懂日文，再配合文字幕，對內容的了解，毫不含糊，當年在青島所學的日文在這裡用上了。現場摔角的日文撥報員也和過去的中文播報員一樣，遇有空檔，不會留白，順便把摔角者的個人背景資料也不忘附帶解說一番。所以，我對摔角者的個人背景不敢說「如數家珍」，但較之其他愛好此一節目者多知一、二，因我喜歡，我會留意。

我喜歡摔角中的單打，一對一，四人雙打也行，更能表現出合作無間的精神；到了三人或四人以上一組、即六或八人開打時，擂台上開始霧煞煞，亂成一團，看不出誰跟誰？誰打誰？只能以「張飛打岳飛」的心情，看個滿場十的熱鬧場景。

茲就我所知的摔角者的個人資料，不規則地，沒順序地，擇優或已不在世者，當然不是全部，想到哪個，就簡略地筆之如下，藉供愛好此道者的參考：

首先說205公分的巨人馬場。他本來是個打職業棒球的，因跑不快，動作像恐龍般的遲緩，就改打職業摔角。最厲害的是他的「鐵砂掌」，在電視上曾看到過他的示範，對著一棵樹，一掌下去，樹皮就落下一塊；連續幾掌，樹皮就掉落滿地。他曾來過台灣，當時有位觀眾不知對他開了句什麼玩笑話，他揚起手臂作勢要打，嚇得那人連滾帶爬地跑了。馬場放手，後來也笑了，當然他也是在開玩笑，逗得觀眾笑聲如雷。如果真的打下去，不出人命才怪呢？當年經常與馬場搭擋的是：巨無霸「鶴田」。他死於2005年。當時醫生就警告過他，要立即停止摔角，否則病情會惡化，他也很聽醫生的話，不再摔角；可惜因病入膏肓，還是逃不過肝病的折磨而死。另一個就是見好就收的安東尼豬木；他見好就收，曾當選過國會議員。他的得意門徒小川，柔道出身，比賽時穿著柔道衣，有次和帶著黑手套翻譯成中國名字的敦福來對打，沒幾下就被留著鬍子一臉殺氣的敦福來一拳，打倒在擂台上不醒人事。事後小川回憶說：「他一拳打過來，我就失去知覺了，我懷疑他的手套裡藏有『東西』。」我也懷疑他的手套裡有「東西」，因為我看過他拒絕裁判檢查手套的鏡頭。

蝶野正洋：外號「黑道首領」。他「小動作」頻頻，不太遵守比賽規則，還愛用腳或頭攻擊對方的下體。

橋木真也：外號「破壞王」年輕輕地死於腦溢血，我想這與急劇的打鬥不無關係，年僅40歲。

滿臉黑鬍子、像煞我三國時代劉備、關羽的三弟張飛的威廉亞姆斯，外號「殺人醫師」，力大無比，能把對方高高舉起，朝向攬繩丟去，還能把對方抱起來，在擂台上「滿場飛」地從這一角碰一下，再跑至另一角碰一下，然後再重重地摔下，體壯如牛的他，年僅49歲就因喉癌死於2011年。以後觀眾再看到他和馬場、鶴田三澤，橋木等對打時，那真的在看「鬼打架」了。

規規矩矩的三澤光晴，從不使用「垃圾步」，善於肘擊，在擂台上被「齋原彰俊」一記金臂勾打到擂台下，後腦碰到鐵欄杆，腦震盪急救無效，死時四十六歲，可謂當場戰死比賽中的第一人。現在雖然還經常看到重播他過去的影帶，但「捐軀」的那一幕，僅從播報員的口中得知，始終沒有看到公開播放過。

至於女子摔角部份，比較少看。倒不是因為「花拳繡腿」，其實打起來也夠凶猛，除了黑金鋼個個面貌嬌美，但就是不大喜歡看，因之名字所知不多，只知有個長髮披肩、塗著紫色唇膏，不時手中揮舞著木劍，凶猛無比，號稱危險女郎的「北斗晶」。那也是因為她有個連勝四十場紀錄「佐佐木健介」丈夫之故。播報員說，佐佐木健介的幾手狠招還是乃妻「北斗晶」的傳授。

中島勝彥，年僅十六歲就下場亮相，雖然蹦蹦跳跳，有模有樣，但總是予人以「嫩」了點的感覺，能否成為明日之星，有待觀察。使我搞不清楚狀況但又好奇地是他與「佐佐木」的關係，有人說是父與子，有人說是師傅與徒弟；師徒對打是常有的事，但我也曾看過他與「天能一郎」搭配，對抗「佐佐木」等的開打，若是父子關係，以中國人的道德尺度衡量，是有違倫常的。

當然還有更多更多的當紅者，如小橋、川田、高山秋山…等等，說他們「族繁不及備載」也不為過，可以「扯」三天三夜，可以出厚厚的一本書，唯就本刊言，已夠多了，就此打住。

一〇一年四月號《警友之聲》二四九期

「食」難開口

電視新聞主播小姐播報新聞時開頭經常用的第一句話：「今天的大頭條是⋯」或「今天的發燒話題是⋯」。不用多作解釋，內容已猜個差不多了，前一陣子的「發燒話題」是：無孔不入的「塑化劑」，其毒素污染，似已降溫啦，人們也淡忘啦。近日來的「發燒話題」是「餿水油」的濫用。君不見，它正在滾雪球嗎？越滾越大，普天蓋地，一網打盡，濫用的情形實已超出想像，其毒害之大、之廣，可謂空前，致人人成為驚弓之鳥！

從近日來每天報導新的食品中標者幾無所不包的情形看，如果留心一一記下來，列出個明細表的話，以A4的印表紙十張、二十張也不夠用。今天吃的是什麼？飲的是什麼？說不定明天新聞報導出來，也中標了，你的肚子裡已經裝滿「餿水油」了！我們真的不知道還能開口吃什麼？

想起「塑化劑」氾濫、發燒期間，我們剛在超商賣了一箱「XX莎士」，回家，尚未開箱，第二天電視新聞就報導說它中標了，電視機前，我倆夫婦面面相覷，妻問怎麼辦？退貨嗎？

「人家也是受害者，那要費多少口舌？說不定貨退不成，帶一肚子氣回來，我們這般年紀還經得起這般折騰嗎？那怎麼辦？很簡單，就算明知罐罐裝的是帶有『塑化毒』的毒水，就

和平常一樣地閉著眼睛一口接一口勇敢地喝下去，我們不是飲之有年了嗎？怕什麼？」我搖搖頭說。

「我要把一罐『XX莎士』分作兩份，您一半，我一半，這樣兩人的肚子裡各有原來一半的『塑化劑』，這樣對身體的健康也僅能影響一半而已。倆人如果真的有個三長兩短，可也算得是『同命鴛鴦』啦！」妻說。

又何怨？既聰明，又公平，我舉雙手贊成。

新聞播報中常聽到「下架」與「銷毀」兩個名詞，它的現代化解釋：「下架」是從架子上拿下來，「妥為保管」，等到「發燒話題」降溫後，換個更好聽的名子，重新包裝，再「上架」，再送進消費者的肚子裡。「銷毀」是大張旗鼓的報導給你知而已，你有看到過「銷毀」鏡頭嗎？即使有，你相信那是全部嗎？

這些毒化食品不像「富商司機殺富商！」那樣有「立竿見影」的危險，只是37分鐘製造一個「大腸癌」的病患而已。

附註：

本文於民103．10．11寄「中時論壇」卻為「大X元」報所盜取，搶先一步於次（10．12）日，登出了。

後記

「出書」？的確有人勸進過我，如《古城陽》季刊發行人莊仲儒先生，除了見面時的當面力勸，更曾寫給我催促、鼓勵有加的信函，我遲遲沒有「從命」、不敢「動手」的原因是：對我來說，這是一樁「浩大的工程」，不是輕言「出書」即可濟事，更坦白一點的說，我有「力不從心」的恐懼感。

最後還是三個兒女的鼓勵以及強力催促下，使我從「不予考慮」，到開始動搖，開始籌畫，先把歷年投稿集中、整理，寄給家住新北市的小兒子，由他找尋出版社；與出版社面談、簽約、付款等煩雜手續，皆由小兒一肩承擔。我想可以靜靜地等待作品問世啦；然而，事實沒有想像的這麼簡單。出版社為尊重作者，對作品不作一字之更動，包括標點符號，對讀者又負有不可推卸的責任；為了慎重，於是有交由作者「一、二、三校稿」的程序。校稿時，我拉著頗有經驗的女兒來參與。想不到為了「字斟句酌」的觀點不同，父女起了很大的爭執，受到委曲的女兒留下一張紙條，拂袖而去。

出書之不易，校稿期間因一字之去留，而吵吵鬧鬧。如今，終於到了水到渠成時刻了，心中的喜悅已讓過去的辛苦與出書期間的不愉快成了煙雲，消散於天際了。

再回頭把歷年各報副刊、論壇、徵文等，刊出者摘錄幾則如下：

〈鄉土卡拉OK〉——〈小哥修車 小妹怕怕〉聯合報鄉情版：(85.10.25)。
〈血案迷思〉台灣新聞報「輿情廣場」(85.12.10)
〈廣場之上菜色已全〉自由時報「自由廣場」(86.06.24)
〈脫韁之馬與孫悟空〉中國時報「時論廣場」(86.09.18)。
〈事急矣！高雄市長候選人宜早敲定〉台灣新聞報「輿情廣場」(87.05.16)。
〈老照片說故事〉——〈違警車上的違規人〉聯合報「鄉情版」(88.03.29)。。
〈學學賈母 含笑而去〉聯合報「健康版」『如果生命只有三個月』徵文(88.05)
〈阮某是個反對黨〉新生報「家庭版」我的另一伴徵文：(89.09.20)
〈銀髮大腦不打烊〉台灣新生報徵文(90.01.02)
〈我的寶貝小神通〉聯合報副刊，500字徵文(90.05.02)
〈東邊在哪邊？〉聯合報副刊(海上快樂行)三百字徵文第三名(90.10.07)
〈樂透解憂平民樂〉「健康版」「減壓葵花寶典」徵文(91.01.12)
〈陰錯陽差樂透啦〉聯合報「繽紛版」。(91.08.10)
〈總有一天你會愛上我〉聯合報「健康版」「口罩狂想曲」徵文(92.06.04)
〈後記〉，記後，作為書的終結，讀者大人，不瞞您說，我有點累了！

本书中任何违反一个中国原则

的立场和内容词句一律不予承认

2015.09

04007689

心靈勵志 37

七十歲學吹鼓手

作　　者：崔建侯
編　　輯：崔冶萍
封面設計：崔小威
插　　畫：劉采禔
出 版 者：博客思出版事業網
發　　行：博客思出版事業網
地　　址：台北市中正區重慶南路1段121號8樓之14
電　　話：(02)2331-1675或(02)2331-1691
傳　　真：(02)2382-6225
E—MAIL：books5w@gmail.com或books5w@yahoo.com.tw
網路書店：http://www.bookstv.com.tw 、華文網路書店、三民書局
http://store.pchome.com.tw/yesbooks/
總 經 銷：成信文化事業股份有限公司
劃撥戶名：蘭臺出版社　帳號：18995335
網路書店：博客來網路書店 http://www.books.com.tw
香港代理：香港聯合零售有限公司
地　　址：香港新界大蒲汀麗路36號中華商務印刷大樓
C&C Building, 36,Ting, Lai, Road, Tai,Po, New,Territories
電　　話：(852)2150-2100　傳真：(852)2356-0735
總 經 銷：廈門外圖集團有限公司
地　　址：廈門市湖裡區悅華路8號4樓
電　　話：86-592-2230177　傳 真：86-592-5365089
出版日期：2015年9月 初版
定　　價：新臺幣350元整（平裝）
ISBN：978-986-5789-59-6

國家圖書館出版品預行編目資料

七十歲學吹鼓手 / 崔建侯著
--初版-- 臺北市：博客思出版事業網：2015.09
ISBN：978-986-5789-59-6（平裝）

855　　104007689

心靈勵志　37

七十歲學吹鼓手

作　　者：崔建侯
編　　輯：崔冶萍
封面設計：崔小威
插　　畫：劉采禔
出 版 者：博客思出版事業網
發　　行：博客思出版事業網
地　　址：台北市中正區重慶南路1段121號8樓之14
電　　話：(02)2331-1675或(02)2331-1691
傳　　真：(02)2382-6225
E—MAIL：books5w@gmail.com或books5w@yahoo.com.tw
網路書店：http://www.bookstv.com.tw 、華文網路書店、三民書局
http://store.pchome.com.tw/yesbooks/
總 經 銷：成信文化事業股份有限公司
劃撥戶名：蘭臺出版社　帳號：18995335
網路書店：博客來網路書店 http://www.books.com.tw
香港代理：香港聯合零售有限公司
地　　址：香港新界大蒲汀麗路36號中華商務印刷大樓
C&C Building, 36,Ting, Lai, Road, Tai,Po, New,Territories
電　　話：(852)2150-2100　傳真：(852)2356-0735
總 經 銷：廈門外圖集團有限公司
地　　址：廈門市湖裡區悅華路8號4樓
電　　話：86-592-2230177　傳 真：86-592-5365089
出版日期：2015年9月 初版
定　　價：新臺幣350元整（平裝）
ISBN：978-986-5789-59-6

〈鄉土卡拉OK〉——〈小哥修車　小妹怕怕〉聯合報鄉情版：(85.10.25)。

〈血案迷思〉台灣新聞報「輿情廣場」(85.12.10)

〈廣場之上菜色已全〉自由時報「自由廣場」(86.06.24)

〈脫韁之馬與孫悟空〉中國時報「時論廣場」(86.09.18)。

〈事急矣！高雄市長候選人宜早敲定〉台灣新聞報「輿情廣場」(87.05.16)。

〈老照片說故事〉——〈違警車上的違規人〉聯合報「鄉情版」(88.03.29)。。

〈學學賈母　含笑而去〉聯合報「健康版」『如果生命只有三個月』徵文(88.05)

〈阮某是個反對黨〉新生報「家庭版」我的另一伴徵文：(89.09.20)

〈銀髮大腦不打烊〉台灣新生報徵文(90.01.02)

〈我的寶貝小神通〉聯合報副刊，500字徵文(90.05.02)

〈東邊在哪邊？〉聯合報副刊(海上快樂行)三百字徵文第三名(90.10.07)

〈樂透解憂平民樂〉「健康版」「減壓葵花寶典」徵文(91.01.12)

〈陰錯陽差樂透啦〉聯合報「繽紛版」。(91.08.10)

〈總有一天你會愛上我〉聯合報「健康版」「口罩狂想曲」徵文(92.06.04)

〈後記〉，記後，作為書的終結，讀者大人，不瞞您說，我有點累了！